危險魔物

DANGEROUS CREATURES

卡蜜・嘉西亞 & 瑪格麗特・史托爾
KAMI GARCIA & MARGARET STOHL

致臺灣的讀者，

非常感謝你們翻開這本書，我們很榮幸能再和你們分享巫界的魔法故事。

——卡蜜・嘉西亞&瑪格麗特・史托爾

給林克與萊德莉，
因為你們的故事在我們心中尚未完結——
也給我們的讀者，
因為你們還想繼續看下去。

歐第——埃——阿默。夸睿——伊——法西安，佛他瑟——睿奎斯？

奈西歐，賽——費利——森提歐——埃——艾克魯希爾。

我恨，我愛。你問我為何？

不知道，我只知曉感覺，只知曉煎熬。

——卡圖盧斯

之前 萊德莉

在寂寥的南卡羅來納州蓋林鎮，只存在兩種凡人——笨蛋，還有無處可去的傢伙。至少，其他人是這麼說的。

說得像是別處的凡人就不一樣似的。

拜——託。

不過無論在世界的哪個角落，甚至到了冥界，都只有一種女妖。

自暴自棄……不對。

自我陶醉還比較貼近現實。

笨嗎？

這是一個思維角度的問題，從我的角度出發好了：能套用在我身上的詞彙很多，但論本質我是個生存者——愚蠢的女妖不在少數，愚蠢的生存者可是一個也沒有。

來談談我創下的紀錄吧。世界上幾個最黑暗的巫師與魔物都死了，我卻還活著；我在石牆中學撐了好幾個月還沒發瘋，就連一千首難聽至極的情歌我也硬著頭皮聽了——作曲者是衛斯理・林肯，這位少年從一無所知的凡人變成同樣一無所知的四分之一夢魔，音樂才能卻絲毫不見長進。

有一段時間，我甚至強忍住沒將自己對他的感情寫成情歌。

那才是最難的。

「女妖」的存在是一條不歸路，你不信就去問奧德賽，去問問兩千年來被女妖害死的無數水手。

這當然不是我們選擇的道路，是命運發給我們的牌組，我不會為此成天唉聲嘆氣，我可不像蕾娜表妹。

我先把話說清楚了：我本來就是反派角色，我會一而再、再而三地讓你失望，你的父母長輩會對我恨之入骨。你從頭到尾都不該支持我，我才不是什麼別人家的模範孩子。

我不懂大家為什麼總是忘記這點，我自己可是一刻都沒忘過。

不管她本人怎麼說，蕾娜本就是「光」，而我則是「暗」。拜託各位，我們兩派人馬差很多的，麻煩至少把遊戲規則記清楚。

我在「第十六個月亮」轉化成黑暗陣營的女妖，親生父母與我斷絕親子關係，自此便再也沒有任何事情——或任何人——能使我動搖。

我一直都明白，自己被囚禁在瘋人院（麥坎舅舅所謂的雷氏莊園）只是通往更多與更好的中繼站。「更多」與「更好」是我最喜歡的兩個詞……好吧，這句話其實是騙人的。

我最喜歡的兩個詞是我的名字：「萊德莉」・「杜凱」。

有何不可呢？

蕾娜身為史上最強巫師是享盡了榮譽沒錯。

那又如何？我就不優秀了嗎？還有她那位傑出到不可置信的凡人男友——「引靈使」伊森．魏特——為真愛打擊黑暗全年無休，一副了不起的樣子。

所以呢？

我本就不完美，你到現在還不懂嗎？

我扮演了自己的角色、打出了自己的手牌，甚至在必要時賭上了一切，拿自己沒有的東西做賭注，用盡所有騙術後終於得到了那東西。林克曾經說過：**萊德莉．杜凱時時刻刻都身在賭局之中**。雖然我沒告訴他，但他說對了。

這有什麼不好？我很清楚自己寧可身在賭盤中也不願從旁觀戰。

除了那一次。

我只後悔參加那一次的遊戲——至少，我後悔自己輸了那場遊戲，更後悔自己輸給那位黑暗巫師。

雷諾斯．蓋茲。

兩筆賭債，我只欠他兩筆賭債，小小的債務卻改變了一切……不過現在說這些未免操之過急。

一切在那之前很久便開始了，血債就是要血償，但這回還債的不是我表妹與她男友。

伊森與蕾娜？小莉與約翰？麥坎與瑪麗安？都不是，這已經不是他們的故事了。而是我和林克的故事。

我早該知道事情沒那麼容易結束，即使你認為他已毫無勝算，也沒有任何一位巫師會乖乖就範，沒有任何一位巫師會讓你狗血地騎著白色獨角獸奔向黃昏，或讓你乘著男友破破爛爛的老爺車揚長而去。

童話故事裡，巫師的結局會是什麼呢？

我不曉得，因為巫師不屬於童話的世界，尤其是黑暗巫師。黃昏什麼的壓根是笑話，在巫師的故事裡整座城堡都會被燒成灰燼，白馬王子也逃不過活活燒死的命運，然後七矮人會像忍者一樣將你一腳踹出這座王國。

這，才是黑暗巫師的「童話」。

你還要我說什麼？冤家討債就是如此難纏。

啊，但難纏的可不只他們……

還有我呢。

第一章
甜蜜的家

今夜是夏季的尾聲，是他們最後一夜的自由，是他們在南卡羅來納州蓋林鎮一起度過的最後一晚，時間彷彿凍結在這一刻——但理論上萊德莉・杜凱和衛斯理・林肯正在冷戰。

我們還有吵架或冷戰之外的感情狀態嗎？萊德莉暗想。然而這回可不是普通的爭執，而是你死我活、頭破血流、驚天地泣鬼神的對峙——林克背地裡稱之為「女妖終極戰士VS混種夢魔異形」之戰。不過在蓋林鎮，背地裡說三道四基本上和當著她的面放話相差不遠。

這場戰爭從畢業典禮後開始，即使到三個月後的現在，依然不見停止的跡象，只不過表面上看不出來罷了。

若是林克與萊德莉公開承認他們仍在冷戰，就等於公開承認他們依舊關心彼此。如果他們公告自己關心對方，就等於承認自己擁有「感情」這種鬼東西。有了感情，就會衍生出各種幼稚、麻煩、糾結的複雜問題。

就是感情害他們吵起來的。

噁心死了。

萊德莉寧可讓林克用園藝剪刀刺穿她的心臟，也不願承認自己擁有那些噁心的東西。她寧願像亞伯・雷一樣倒在安息園，不被任何人關愛、孤孤單單地嚥下最後一口氣——對於那位巫界最強嗜血夢魔而言，這結局實在是虎頭蛇尾。

至少萊德莉多少能理解亞伯・雷，不被喜愛什麼的、形單影隻什麼的她算是專家呢。

受人崇敬、號令天下？非常好。受人畏懼、被恨之入骨？也行。

可是備受關愛、如膠似漆？這就不簡單了。

這是蕾娜擅長的範疇。

反正萊德莉才不打算承認自己和林克仍在冷戰，今晚不會，以後也不會。撞倒了一張友情骨牌，就要做好全軍覆沒的心理準備；如果連「有沒有吵架」的話題都不能討論，那其他可能被間接引爆的話題她更是連想都不願去想。

不值得冒這個險。

也就是因為上述種種原因，當她穿著蛇皮超高厚底鞋穿過蓋林鎮最溼黏的沼澤前往墨翠湖時，萊德莉沒有說出心中真正的想法。

「早知道就穿『貓跟鞋』出門了。」萊德莉哀嘆道。

「我相信貓咪是沒有跟的。」林克笑嘻嘻地說。

萊德莉今天暫時放低姿態，搭林克的便車前往表妹舉辦的白痴歡送派對。他們兩人久違地獨處超過五分鐘時間……原因當然是林克初夏在「乍奚王」犯下的滔天大罪：對她說出「我愛妳」三個字。

「喵。」萊德莉不悅地說。

林克似乎覺得很好笑。「我覺得妳不太像貓系女孩耶，萊德莉。」

「我明明就很喜歡貓。」她邊說邊使勁從一灘半乾的泥巴拔出自己的一隻腳。「我衣櫃裡一半的衣服都是豹紋。」鞋子脫離泥濘時發出噁心的聲響，讓萊德莉聯想到妹妹萊兒吸思樂冰的聲音。

「然後另外一半都是皮革，很環保嘛。」林克的頭髮弄成一如既往的刺蝟頭，比起帥氣搖滾造型，更像是剛睡醒的亂髮，不過看得出他要的是什麼效果。他褪色的T恤印了「林祖母電爆小潮男」的字樣，掛在皮包上的鎖鏈使他看起來像拴了鍊條的小狗。總而言之，林克的樣貌與成為混種夢魔前相差無幾，即使獲得超自然力量也無法改善他的穿著品味。

就跟我最初喜歡上的男孩一模一樣。萊德莉心想。**雖然我們之間已經不一樣了……**

她再次從爛泥巴拔起自己的腳，突然重心不穩向後倒。林克搶在她全身栽進泥巴前接住她，趁萊德莉還未反應過來將她扛到肩上，大步穿行沼澤區，來到湖畔。

「放我下來。」萊德莉扭來扭去，想辦法拉好迷你裙。

「好，好。妳有時候真像小屁孩。」林克哈哈大笑。「想不想要我把妳『放倒』啊？我知道不少關於金髮美女的黃色笑話喔……」

「我的天，快閉嘴——」萊德莉捶打他的背，同時用膝蓋撞他胸口。在萊德莉內心深處，她其實不介意搭便車、黃色笑話和非人的怪力，有個四分之一夢魔前男友就是好處多多……不過倒掛在別人肩上可不算好處。萊德莉努力想將自己弄回頭上腳下的姿勢。

蕾娜揮手示意他們到營火邊加入她。蕾娜等人已經在水邊搭建了簡易的柴堆，麥坎的巨犬布芮德蜷縮在她腳邊，而伊森與約翰正在小莉的指揮下用凡人的方式生火——但小莉顯然不曾生過火，柴堆到現在仍有氣無力地冒煙。

「嗨，萊。」蕾娜微微一笑。「好拉風的馱獸。」

「人家有名字的。」林克說。他單手扛著萊德莉。

「嗨，林克。」蕾娜的一頭漆黑捲髮梳成蓬鬆的包包頭，掛滿雜物的項鍊依舊戴在頸上，就連陳舊的黑布鞋也毫無變化。萊德莉瞥見項鍊上多了蕾娜畢業典禮的小飾品。**毫無意義的凡人儀式**。高中畢業典禮那天，愛蜜莉・艾雪與哈波校長握手時，畢業證書當場變成一條活生生的蛇，萊德莉一想到就忍不住得意地偷笑。**那是我的得意之作**。她心想。**怎麼讓一場無聊透頂的畢業典禮用最迅速、最華麗的方式落幕呢？當然是用蛇了**。言歸正傳，現在伊森回歸人世，蕾娜看上去比之前快樂一千倍。

「現在。放我下去。」萊德莉又多踢了林克一腳。

林克燦笑著讓萊德莉自己站好。「別說我都不為妳做事。」

「親愛的頂克小子，有那個心意才是最重要的……但這麼說的話你做什麼都不算數。」萊德莉對他甜甜一笑，伸手拍拍他的腦袋。「你這裡像空氣墊一樣空空如也。」

「我媽都比喻成氣球。」林克坦然接受。

「來吧布丁腦，擊拳！」伊森將最後一塊木柴扔在冒煙的柴堆上，和林克撞拳頭。

小莉嘆口氣。「每一根木柴都接觸到了足夠的氧氣，而且柴堆是用很傳統的圓錐形結構，除非物理定律都變得面目全非，否則它理應——」
「我們一定要用凡人的方法點火嗎？」伊森望向蕾娜。
她點點頭。「比較好玩。」
約翰又點燃一根火柴。「對誰比較好玩？」
萊德莉舉起手。「等等，這看起來很像是露營。是露營嗎？你們要我來這邊『露營』？」
林克走到火堆對面。「你們也許不曉得，一說到露營萊德莉就會很開心……才怪。」
「坐下。」蕾娜一個眼神射向萊德莉。「不管誰對露營有意見，我會讓你們都很開心。」她揮揮手指，火苗便竄了起來。
「開什麼玩笑？」小莉看看蕾娜，又一臉不甘地看看燒得正旺的火堆。男生們笑得不亦樂乎。
「要我把火滅掉嗎？」蕾娜揚眉。小莉嘆著氣，伸手拿棉花糖、巧克力與全麥餅乾。光看她愛吃零食的模樣、褪色的死之華樂團T恤與凌亂的髮辮，誰也想不到她不是高中生，而是準大學生了。不過小莉只要開口說話，你就會懷疑她其實是教授。
「如果我們萊姊哪天真的去露營，我就算要倒貼錢也得見識見識。」林克坐倒在伊森身邊。
「你的零用錢還不足以吸引我去露營，頂克小子。」萊德莉絞盡腦汁，思考如何在不撕破黑色彈性纖維短裙的情況下，坐在火堆邊的石頭上。
「妳的奈米短裙出了什麼問題嗎，美眉？」林克拍拍身旁那個勉強撐得上是座位的地方。

「才沒有。」萊德莉用手指玩弄一綹挑染粉紅的長髮。蕾娜拿竹籤插一塊棉花糖，笑著看萊德莉再次嘗試坐下。

「穿著那塊屁股ＯＫ繃是不是行動不便呀？」林克嘲笑道。

萊德莉感到鬱悶不已。「這叫極短迷你裙，在繆繆買的。你又懂什麼？你連搭配菜色都不會，更別提搭配衣服了。」

「寶貝，我有自己的格調，不用去『喵喵』買衣服。」

萊德莉放棄那塊石頭，改而蹲坐在林克身旁的枯木邊緣。「你？格調？你這人可是每天用洗髮乳洗臉、用毛巾刷牙呢！」

「所以重點是？」林克朝她挑眉。

蕾娜抬起頭。「夠了，別跟我說你們還沒吵完，就算是你們兩個也早該破紀錄了吧？」她揮動竹籤，棉花糖燒了起來。

「如果妳說的是那天晚上——」萊德莉張口。

「那次不算吵架，只是普通『對話』。」林克說。「而且她那次放我鴿子——」

「我有道歉啊。」萊德莉辯駁道。「哼，就像人們常說的那樣，只要曾經是凡人就……」

林克對她嗤之以鼻。「妳說凡人？我才不會相信一個女妖——」

蕾娜抬手打斷他們。「我不是說了，別跟我說嗎？」萊德莉與林克尷尬地撇開視線。

「都沒事了。」林克僵硬地說。

「露營露營。」萊德莉轉移話題。

蕾娜搖搖頭。「這不算露營，比較像……我也不知道怎麼說，棉花糖野炊？」她用兩片全麥餅乾夾住一團咖啡色與白色相間的糊狀棉花糖，整個塞進伊森嘴裡。

伊森發出咕噥聲，但無法張嘴表達自己的意思。

「你的意思是，我的棉花糖野炊很棒對不對？」蕾娜對他盈盈一笑。

伊森點點頭。他今晚穿了最舊的哈雷機車T恤與破牛仔褲，和以前剛練完籃球去得速偷時一模一樣，讓萊德莉想起初次遇見他的情景。考慮到之後發生在伊森身上的種種，這簡直是一場奇蹟。**這男孩為了我表妹經歷了多少苦難，他為了蕾娜什麼事都做得出來。哈，說女妖才會把男人迷得神魂顛倒，根本是騙人的嘛。**

萊德莉腦中一個小小的聲音突破了盲點：**「備受關愛、如膠似漆」就是「無人關愛、形單影隻」的反義詞。**如此恩愛的小情侶，萊德莉簡直快看不下去了。

她渾身一抖，用力搖頭拉回思緒。「棉花糖野炊？妳確定不是野地打瞌睡？我們六人齊聚的最後一晚怎麼能這樣糊裡糊塗混過去？還有那麼多敵人等著去樹立，那麼多法律等著去違反，那麼多啦啦隊員——」

「今晚不行。」蕾娜搖著頭，邊做第二個棉花糖夾心餅乾。

萊德莉放棄了，直接抓起一包巧克力補償自己。女妖多半離不開糖，尤其是這位萊德莉小姐。

「每個人都有自己的想法，我個人覺得我們這樣超讚的。」小莉說完將一大塊黏糊糊的巧克力棉花糖餅乾塞進嘴裡。「融化的巧克力和熱熱的棉花糖在同一片餅乾上合而為一——這就是最完美的民主。棉花糖就是我愛美國的原因。」

「就只因為這個？」約翰輕輕撞她一下。

「只因為這個嗎？是的……不對。」小莉舔著手指逗他玩。「有棉花糖、乍奚王，還有CW電視網。」她朝約翰投以笑嘻嘻的眼神。約翰笑了，隨手將一塊棉花糖拋進布芮德大開的嘴巴。阿布感激地用尾巴拍地。

又吃了二十五塊棉花糖，阿布不再那麼感激，火堆也逐漸黯淡，但長夜依舊漫漫。

「你們看，沒有人哭，也沒有人說再見。」蕾娜拿著燒得焦黑的樹枝攪動灰燼。「我們離開的時候，你們不准說那種市售卡片寫的肉麻話。」

伊森攬住她。蕾娜已經盡力了，但再多的糖分也無法沖淡此次離別的依依不捨。那是不可能的，對這六個人而言。

萊德莉皺起臉。「表妹，妳那麼想對別人呼來喚去就去成立個姊妹會吧。」她心不在焉地亂翻一袋巧克力包裝紙。「這是我們團聚的最後一夜了。所以呢？接受它、放下它吧各位，這就是我嚴厲的愛。」萊德莉嘴上說得好聽，內心深處卻很清楚自己所謂「嚴厲的愛」可能還不比蕾娜融化的棉花糖堅強。

只是表達方式不同罷了。

蕾娜注視著營火，動也不動。「我做不到。」她搖頭說。「我已經離開過太多人、太多次了，我受夠了。我不要離開你們，我不想改變。」她雙手埋進阿布黑色的毛髮。阿布將頭靠在自己的掌心。

六位摯友不發一語，直到空氣中只剩火堆快熄滅的劈啪聲。

沉默使萊德莉不自在，但之前那些離別傷感的話語讓她更不自在，於是她選擇閉緊嘴巴。

最後，林克打破了沉靜。「嗯，反正改變是一定的吧？我以前很喜歡這種變化的。」他捏著一塊棉花糖說。約翰坐在林克與小莉中間一塊石頭上，忽然被林克推了一把。「老兄，現在我不需要進食而且吃什麼都噁心得要死，你把我變成夢魔之前應該先提醒我的。早知道最後一餐就吃豐盛一點了。」

約翰舉起拳頭。「你只是四分之一夢魔而已好嗎，夯哥。你應該感謝我才對，照你原本的吃法永遠不可能有人叫你『夯哥』的。」

「現在也沒人這麼叫啊。」伊森說。

「你什麼意思？」林克忿忿不平。

「我的意思是，你應該樂觀一點，想想以前可憐兮兮的模樣，現在女生都排隊想接近你呢！不客氣啊。」約翰回到位子上。

「喂，拜託。」萊德莉說。「他的自尊心已經夠膨脹了。」

「我『膨脹』的可不只有自尊心喔！」林克暗示性地眨眨眼，害所有人齊聲抱怨。萊德莉翻了個白眼，但林克不在乎。「你們都不捧場，我接的話算是神回應耶！」

蕾娜坐直了，隔著火堆注視她在這世界上最要好的五個朋友。

「好了，讓我們忘記這些，忘記離別。明天去大學又怎麼樣？」蕾娜看向伊森。

「還有英國。」小莉握住約翰的手，輕聲嘆息。

「還有地獄。」林克補了一句。「我媽鐵定會這麼說。」

「沒人問你媽。」萊德莉說。

「我想說的是，我們不必用凡人的方式道別。」蕾娜說。她不顧伊森怪異的眼神，逕自說下去。「我們可以立下約定。」

「只要不是血誓就行。」約翰說。「那是嗜血夢魔的習慣。」

林克聽了很感興趣。「那也是露營的某種傳統嗎？我以前去教會暑期營都沒玩過。」

蕾娜搖搖頭。「不是血誓。」

「那吐口水握手呢？」林克滿懷期望。

「好噁！」萊德莉將他推下枯木。

「也不是吐口水。」蕾娜向前傾，一手舉在火焰上方，映照在掌心的火光變幻著橘黃、鮮紅與豔藍。

萊德莉微微一顫。表妹顯然心裡有個鬼點子，對於法力如此難以預測的巫師而言，這並非全然是好事。

餘火在蕾娜指尖之下閃爍。「我們得用比棉花糖更刺激的東西紀念這一天。我們不必道別——我們需要的是法術。」

第二章 宇宙的徵兆

六人繞著這個想法討論了許久，直到月已東升、火焰幾近熄滅，林克仍然不太清楚狀況。

他們只是心情低落而已。他心想。**這時候用什麼咒術都沒有幫助吧**。不過他可不願點破這件事惹人生氣。明天，他們六個人就要告別蓋林鎮各奔東西，已經確立的事實無從改變，但是看蕾娜和小莉絞盡腦汁尋找維繫感情的方法，林克也不忍戳破她們美好的幻想。他已經學乖了，只要扯到巫師與法術就避得遠遠的。

「我們的目標是：無論我們去了什麼地方、做了什麼事，永遠永遠都能成為彼此的助力。」月光下，蕾娜用手肘碰碰伊森。「對吧？」

「這還用說嗎？」伊森睡眼惺忪地低語，臉埋在蕾娜頸邊磨蹭。「不用法術也能做到啊。」

「不管去哪裡都可以嗎？就算隔著大西洋也是？」小莉緊握約翰的手發問。

林克別開臉。約翰老早便決定像乖巧的小狗般跟隨小莉去世界另一端的牛津大學，陪小莉完成學業與保管者的訓練。林克與萊德莉不曾有過這種心連心的關係……就連過去還有關係時也一樣。

但是今晚，約翰與小莉因不必分離而幸福洋溢，伊森與蕾娜則宛如石像般親密無間，即使找到和林克那輛老爺車一樣大的鏟子也無法分開他們。伊森和蕾娜將就讀同一州內兩間不同的大學，這是和家人討論過後妥協的結果。林克連那兩間學校的名字也記不起來，明明聽他們說過了無數次——大學、宿舍、暑假閱讀作業，什麼什麼的。他只曉得兩位朋友讀的是兩間互相競爭的學校，分別位於麻薩諸塞州（還是密西根州？明尼蘇達州？真的有差嗎？）兩座安靜的小鎮，相距約九十分鐘車程。**瞧他們依依不捨的模樣，不知道的人還會以為是相隔九百哩呢**。

就像感恩節火雞一樣，被吃得死死的。

儘管如此，林克看著眼前的笨蛋情侶還是忍不住微笑。他又有什麼資格評判人家呢？要他猜誰會走得最長遠，伊森與蕾娜最有希望，就連約翰跟小莉也努力熬出頭了，唯有他自己和萊德莉……他們仍舊是蓋林鎮最無解的情侶，沒有之一。

是「前任」情侶。他提醒自己。

「不會有任何改變的。」蕾娜的語氣變得十分嚴肅。「我們不會讓彼此之間的友誼改變的。我們一起經歷過這麼多，應該都明白：真正重要的只有我們在乎的人。」

即使尚未和好，林克仍在閃爍不定的火光中對上萊德莉的目光。萊德莉移開視線，假裝在聽蕾娜說話，一副很專注的模樣。**故意無視我**。林克心想。**這就是她的手法，從以前到現在都沒變，還以為我看不透**。

與往昔無異。

「所以，妳覺得可以用法術把我們聯繫在一起？」萊德莉故作認真地提問。「那個啊，不能直接寄明信片就好嗎？」

蕾娜不理她。「說不定瑪麗安知道什麼方法。」

「說不定她不知道，因為這個點子不可行。」萊德莉說。

「不，等一下，我突然想到了。」小莉的髮辮逐漸鬆散，聲音也疲倦不堪，但閃閃發亮的雙眼宛如火堆最後的星火。「誓約咒。雷氏莊園的結界就是運用類似原理，將意圖傷害它的人阻隔在外以保護屋主，對吧？類似雷家與莊園的誓約？那理論上，同樣的咒術是不是也能將六個人連結在一起呢？」

蕾娜聳聳肩。「施加在人身上的誓約咒？也許有用，我想不到什麼因素會造成失敗。」

林克搔了搔頭。「怎麼個有用法？妳是說我們永遠只能六個人黏成一團分不開？還是我們可以聽到彼此的想法？可以說清楚一點嗎？」**被永遠束縛在萊德莉身邊也不錯**。他暗想。**至少不會太痛苦**。

蕾娜凝視散發微光的餘火。「誰知道呢？我們這算是巫術實驗，畢竟沒幾個人嘗試過將誓約咒施展在人身上。」

「喂喂，是完全沒人試過吧。」萊德莉嘆一口氣。「為什麼只有我覺得這個話題該到此為止，快拿蜜桃蒸餾酒出來喝個痛快，再去打打保齡球如何？」無人附議。「那去吃早餐總可以吧？」

林克將一塊泥土踢向火堆。萊德莉什麼時候變得如此謹慎？她以前使用法力用得毫不猶豫，今年夏天卻突然像剛出生的小狗般畏畏縮縮，什麼事情和巫術扯上關係都讓她緊張得要命。

「這不是黑魔法，萊。」蕾娜說。「就算做錯了什麼，直接解開咒術就可以了。」

「妳老實說，這種想法什麼時候導向好結果了？」萊德莉朝表妹直搖頭。

「這沒什麼大不了的。」蕾娜說。「只是避免我們忘記彼此的小法術，像送人勿忘草或小紀念品一樣，我在睡夢中都能輕鬆辦到。」

萊德莉狐疑地挑眉。「某人自從讓男朋友起死回生之後，就踏上自我感覺良好的不歸路了。」

蕾娜無視萊德莉的吐槽，朝表姊伸手。「大家牽手。」

萊德莉嘆著氣，無奈地握住蕾娜的手，也拉好林克熱到出汗的手。

他咧嘴一笑，捏了捏萊德莉。「我們這是要做色色的事嗎？拜託來點刺激的。」

「拜託給我閉嘴。」萊德莉回嘴。儘管嘴上不饒人，她卻很想笑，必須格外努力維持不屑的表情。

約翰拉起小莉的手，小莉也牽著林克。最後，伊森分別握住約翰與蕾娜的手，完成這個圓。

蕾娜闔眼，音調低沉地開始朗誦：「**在超越山川人族的光陰歲月——**」

「就這樣？」林克插嘴。「這就是法術？妳是不是在瞎掰啊？我以為你們巫師的咒語都是拉丁文——」

蕾娜睜開雙眼怒瞪他，翠綠與燦金的異色雙瞳在餘光中閃耀。林克的嘴緊緊閉上，聲音也用「巫師的方式」直接消除，他緊張地用力吞口水。蕾娜的做法等同把電工膠帶拍在他臉上。

他明白了，真的。

蕾娜再度闔上雙眼，又一次朗誦時，彷彿一幅卷軸在他們眼前攤開，林克幾乎能看見紙張上的字跡。

在超越山川人族的光陰歲月，
吾等六面之月東升。
若你呼喚我，我必當赴約，
吾等六頭之馬馳騁。
十六個月亮開始了吾等之行，
以十九個月亮結果，
讓南方之星牽絆彼此身心，
若危機來臨——
召喚我。

閃電撕裂暗沉的雲劈開夜空，倒映在如鏡的湖面上。阿布喉頭發出低鳴。一陣寒顫竄遍六人身體——猶如湖面吹來的冷風——他們彷彿被看不見的力量扯開，迅速鬆手。

圓圈不再。

林克試著出聲，發現嗓子恢復正常後鬆一口氣。很好，他正巧有話想說。「我的老天爺啊！剛剛那是什麼？」他睜大雙眼。「『危機』？還有什麼『召喚我』？把我召喚去哪裡？妳到底說了什麼啊？」他聲音沙啞，像是剛才一直嘶吼不停。

蕾娜看上去不甚自在。「那只是我剛好想到的語句而已。」

坐在石頭上的約翰驀然直起身。「等等，妳說什麼？」

蕾娜不安地扭動。「危機的部分我也沒想太多，應該不會出什麼問題吧？對不對？」她還沒說完，眉頭已經皺了起來。「你們是不是覺得聽起來不太吉利？」

「妳說呢？」萊德莉調整自己在硬邦邦木頭上的坐姿。她的語氣毫無保留地表達了內心的不滿。

「會不會是某種徵兆？」小莉的神情變得憂心忡忡。「或是警告？恐嚇？意思是會有東西來讓我們『結果』？」

蕾娜聳肩。「我不知道，它的意思就是它的意思。我專注於誓約咒的時候，冒出來的就是這些詞句。」

林克終於崩潰了。「搞什麼啊，『冒出來』？妳不知道自己在施什麼法術，妳要怎麼施法？如果這些奇怪的話代表我們都完蛋了怎麼辦？問上帝就知道這種慘事有沒有發生過！」

伊森敲敲林克手臂。「冷靜點，林肯太太。」

林克瞪他一眼。伊森被瞪是活該，對林克來說沒有更汙辱他的話了。

可是……

控制好自己，兄弟。

「蕾娜不會出錯的。」萊德莉努力擠出有信心的語氣。

多說幾次，說不定會成真呢。林克暗想。

「萊德莉說得對，沒事的，沒有出錯。大家別慌。」可惜小莉似乎也對自己說的話沒有把握。

蕾娜顯然也感到不安。「嗯，反正理論上誓約已經成立，我們連結在一起了。你們看，好像有什麼動靜。」她示意中心的火堆。

逐漸堆高的灰燼與木柴之中，一股奇特的光芒閃爍不定。蕾娜向前傾身，吹走灰燼。

遺留下來的，是六團散發藍色輝芒的火星。

「太美了。」小莉驚嘆。

在眾人的注視下，那六顆光球浮到空中，在火焰上方旋轉、飄浮。趴在蕾娜腳邊的阿布發出細細的哼聲。

「哇。」林克說。

蕾娜伸出一根手指緩緩接近光球，直到豔藍球體忽然炸成無數星點，消失無蹤。

「結束了嗎？剛剛算是終曲？」伊森低頭研究幾乎熄滅的餘火。

「不曉得。」蕾娜撿起樹枝，在灰燼中翻找。

「你們看，它還在發光。」小莉也向前傾身。

蕾娜直接將手指伸進熱灰裡。「找到了。」她抓著某個物品舉起手。「有六枚，剛好一人一枚。」

「那是什麼？」伊森直勾勾地盯著蕾娜的手，其餘眾人也目不轉睛，眼前的景象無論在蓋林鎮——甚至是整個凡界——都十分罕見。蕾娜手中躺著一枚精緻的半透明小戒指，遠觀像玻璃工匠小心翼翼吹出來的藝術品。

蕾娜戴上戒指，它恰到好處地套在手指上。戒指短暫地發出亮光，隨即恢復正常。

「拿去吧，它不會傷害你們的。」她盯著自己的手指說。

伊森伸手要拿戒指，突然頓了頓。「妳『猜』它不會傷害我們。」

「我『知道』。」蕾娜說。「誓約咒的目的就是守護。」她的語氣不太肯定。

伊森吸一口氣，戴上戒指。約翰與小莉也跟著照做。

萊德莉也緩緩地戴上了。

五枚戒指已套上五根手指，只剩最後一枚靜靜在餘火的微光中明暗閃爍。等待著。

「嘿，兄弟。」伊森用手肘撞撞林克。「拿啊。」

「等一等啊，佛羅多，讓我考慮幾分鐘。」林克一隻手將頭髮撥來撥去。

「你是認真的嗎？現在才要考慮？」約翰無奈地搖頭。

但萊德莉只用了一個眼神，就讓林克乖乖將第六枚戒指迅速套上了手指。

萊德莉個人認為戒指、誓約什麼的很蠢，她叫林克戴戒指不是為了討表妹歡心，老實說她根本不了解凡人常說的「同儕壓力」是怎麼回事。**別人要你做什麼你就乖乖照辦？哪有人這麼傻**。當別人要萊德莉做某件事的時候，她偏偏想背道而馳。

誓約戒指也一樣。

但考慮到蓋林鎮這五個朋友近來的經歷，萊德莉不願冒險。「閃電不會兩次都劈同一個地方」這句話壓根不成立，至少對蓋林鎮的巫師與凡人而言是如此。

就連萊德莉也不例外。

假如一名自然師施法做出的戒指能防止災厄，她會二話不說地戴在手上。如果有辦法彌補她今年夏天闖的禍，要她每根手指都戴滿戒指，萊德莉也沒意見。

明天，所有人將出發邁向嶄新的未來。

只有萊德莉必須與過去的債務奮鬥。

第三章
傀儡大師

在暗影重重的地下，所有事物都染上了邪惡的色彩。

一名青年男子站在紐約市地鐵老舊的月臺邊緣，儘管他已經十八歲，要前來此處他還是非常不甘願。他甩了甩凌亂的淡褐色頭髮，露出一雙參雜金斑的眼眸。

在這裡，就連我這個黑暗巫師也無法辨別普通黑暗與魔幻黑暗的差異。

雷諾斯．蓋茲自己已經夠黑暗了。

鐵軌對面的月臺邊緣坐著一位蒼白少女，她並不為這些哲學問題困擾。垂頭坐在地上的少女身穿縫了斜補釘的黑色皮革外套，像個超現代罪犯；頭髮剃到三公分長度，只有中間一條豎起來的鮮藍刺髮。看上去，全身上下唯一純潔無辜的只有那張娃娃臉。

危險，卻也無辜。

雷諾斯想到她的未來——他也不願看見他人的未來，然而每次不慎看著壁爐、點燃的蠟燭，甚至是閃爍著火苗的打火機，雷諾斯便無法控制映入腦海的種種景象。少女的未來與多數人一樣以片段的形式閃現在他眼前，宛若拍照那一剎那的閃光，龐大的資訊不受控制地流過。他瞥見了痛苦與罪孽、鮮血與背叛。

愛情。

等著這位黑暗死靈巫師的未來，可精采了。

少女倚柱坐著，眼睛不是平時黑暗巫師的燦金，而是不透明的乳白色。她似乎不省人事。儘管已事先成立契約，每次安排這種見面時雷諾斯依然感到愧疚。以安全保障為由提議消除她記憶的是少女本人，她和許多其他死靈巫師一樣，不想知道自己說了什麼——或者更準確地說，是「誰」透過她的身體說了什麼。即使完事後少女不會記得這些，但每一個無聊透頂、浪費生命的細節雷諾斯想忘也忘不掉。

我為什麼非繼承這堆亂七八糟的麻煩事不可？

圍繞在少女周圍三邊的蠟燭已融成一灘灘蠟油，裊裊輕煙飄向她面無表情的臉龐。她雙腿懸在鐵軌上方，隨著不知名的節奏擺蕩。

還好這條軌道已經廢棄了，否則管她是不是死靈巫師，火車開過來照樣讓她兩腿分家。雷諾斯暗想。少女很專業，但在這種狀態下無法保護自己，只能仰賴他的照護。他永遠不會忘記這點。

這就是她的職業風險。

他從黑色長風衣的內袋取出一支雪茄，注視了良久。他痛恨雪茄的味道——尤其是這一款的。

這，就是我的職業風險。

他盯著那支雪茄，彷彿希望它消失——彷彿希望自己能隨著它消失。但他沒有這個選項，他是家族最後的子嗣，即使心中千百個不願意，也得完成分內的工作。

真的有任何人能夠違抗自己的宿命嗎？說不定，我們到頭來還是和那些小凡人同樣無助。

雷諾斯聽見軌道對面傳來的聲響。再過不久少女便會醒轉，沒時間自怨自艾了。該獻上供品了。

於是他將雪茄舉至面前，提高音量說：「巴貝多雪茄，你最喜歡的。本來想給靈媒抽一根的，不過她大概會生氣吧。」雷諾斯點了雪茄，任由火柴燃燒殆盡後落到鐵軌上。他沒有看火焰，就連點著的雪茄也不看——火焰會令他看見他不喜歡看見的事物。「你不是想和我談談嗎？我來了。你要我做什麼？」

他隔著鐵軌望向少女。

她仍然昏迷不醒，但香菸飄到面前時她抬起頭，像人偶般張開嘴巴。出自少女之口的聲音屬於一個老男人——低沉、沙啞，帶有明顯的南方口音。「我要你為了家族的榮耀復仇，討回我的血債。」

他的血債？一個雙手染滿鮮血的人有資格這麼說嗎？

雷諾斯竭力壓住脫口的憤怒。「有人說，應受責罰的人已經一次又一次遭受報應，就連他們的友人也一塊付出了代價。你的家族遭受了應得的報應……至少，你自己是罪有應得。」

「誰說的？」少女的面容咧成扭曲的邪笑。

「我。」雷諾斯冷冷地說。

「說話前先想清楚，小鬼。」

小心點。雷諾斯提醒自己。**他雖然死了，還是一樣危險**。

雷諾斯朝被附身的少女搖搖頭。「你要我辦的事情我照辦了，該安排的我也安排好了。按荷馬的話來說，我已經身陷骨骸與腐屍的河流，出不去了。」他也不把雪茄往嘴邊送，直接敲掉菸灰。「幸好我母親已經看不到這些了。」

「我要是你就不會擔心這點，你老媽從來沒把你的事情放在心上。」

雷諾斯瞬間理智斷線。「她根本沒那個機會。你很完美地確保了這一點。」**利用各種酷刑折磨**。

「我確保了很多事情。」少女停頓片刻享受雪茄的味道，而後露出殘忍的微笑。「你的工作距離完成還很遠呢。」

雷諾斯恨不得將雪茄甩到她身上。

是「他」。

「命運之輪將碾碎我們所有人——俗話不是這麼說的嗎，老頭？」雷諾斯搖搖頭。「一次擾亂這麼多人的命運，這是很危險的行為。你確定這件事值得嗎？」

「別像你那個懦弱的父親一樣。」少女低聲咕噥。「我的復仇是必然。」

雷諾斯僅微微一笑。「你說過了。」**我父親應該趁還有機會時殺了你的**。

「你笑什麼，小鬼？」少女隔著黑暗溝壑朝他低吼。「在我得到安息前，你都別想過安穩日子。」

雷諾斯在兩人之間揮揮雪茄。「終於開始威脅恫嚇了，我還怕你瞧不起我呢。」

「不是威脅，是承諾。我言出必行。而且還不只這一點。」

黑暗巫師揚起眉毛。「難怪我出落得如此宅心仁厚，畢竟我生長在一個充滿愛與溫暖的社會啊！」

「你沒有我的血脈。」被操縱的少女不屑地吥了一聲。

「那我得謝天謝地。」雷諾斯已經疲於應付這個老頭，就連死亡也無法抹消與他共處一室的壓力。「你為什麼不放下這些？前往下一個世界？你一輩子都在對所有見過的人施行復仇計畫，到現在還不覺得無趣嗎？」

「我哪都不去，小鬼。」少女陰沉地說。「我要他們死得一乾二淨，不光是直接刺死我的人，也不只是欺騙了我的叛徒，而是所有幫助他們到達那一天、那一刻的人。」

「所有？」

「一個不留。你聽清楚沒？給我聽仔細了：你，替我，殺了他們。」

雷諾斯垂眼注視軌道，下方除了黑暗什麼也沒有。

他又有什麼選擇呢？

走到了最後，答案仍舊只有一個，打從一開始就只有一個。

他嘆了一口氣。「我會盡力而為。」

字句在舌尖格外陌生，彷彿是別人透過他的嘴在說話。

「你答應了？」

「就只為了家族的榮耀。」

死靈巫師笑了，她舉起雙手。「我的家族得感謝你。」

雷諾斯一臉反感。「我是說我自己的家族，不是你的，少給自己臉上貼金。」

「可是雷諾斯，我們兩個家族是如此的『親密無間』。」對方的聲音迴蕩在隧道之中。「幾乎分不出哪裡是從你家開始，哪裡是到我家結束呢。」

我可不這麼認為。雷諾斯心想。

他將用完的火柴紙板扔到鐵軌上。豔紅色紙板上印了五個字：

媚妖俱樂部。

鐵軌對面的少女布偶似地軟倒在地，老頭子離開了。同樣的畫面看了無數次，雷諾斯還是無法習慣。他等待片刻，確認自己的契約死靈巫師會逐漸醒轉。

隔天早上，她將全身不適——不僅如此，她身上的雪茄臭味也不會散去。要讓她忘記這次的工作，雷諾斯得多下點工夫了，也許可以幫她加薪。畢竟特別擅長和精神變態的亡靈溝通也不是她的錯，反而是她的價值所在。

又是一個職業風險。

雷諾斯邁步離開，消失在濃稠的黑暗裡。前方等待著他的只有更多黑暗，打從出生那一日起，他就活在闇影之中。

所以他讓黑暗擴散也是無可厚非。

第四章 學習飛翔

最後一塊燒焦的棉花糖掉進火堆時，周圍的凡人與巫師都已然睡去。兩位混種夢魔保護眾人似地靜靜觀看，其餘四人則睡在火堆附近。

萊德莉飄入夢鄉時還能隱約聽見兩人的低語，入睡前的最後一絲念頭牽在林克身上，她知道林克就在身邊。

與往昔無異。

那之後，萊德莉的夢裡充滿了昔日的回憶，她想的並非離別、男孩子、來自火焰深處的戒指。她並不曉得一件比任何火焰都危險——比任何棉花糖都黏膩麻煩——的計畫，已經開始執行。

她怎麼可能曉得呢？

萊德莉繼續沉睡，夢中的事物比戒指更怪異，甚至比夏日滿月下在巫師小鎮施展未知的法術——永遠連結了女妖、自然師、保管者、引靈使與兩個夢魔的法術——還要神祕。

滿月，是創造魔法的良辰。

魔法，以及回憶。

一名金髮小女孩窩在盤根錯節的樹上，閱讀一本比這棵雷家農場土地上最古老的橡樹還要歷經更多歲月的書。女孩兩條細瘦的腿勾住了比腰還粗的樹枝，但這個位子再怎麼說也不適合老舊書籍或小女孩。

「萊德莉，妳也知道我們不准看那本書。」樹下傳來另一名女孩的責備。

「妳這個小嬰兒。」萊德莉戲謔地說。她的視線沒有離開書本。「妳也知道妳不該自己換尿布。」

「等黛阿姨發現妳又偷她儲物櫃的東西，一定會扒了妳的皮。」一頭狂亂黑色捲髮、碧瞳閃閃發亮的蕾娜站在安全的草地上，朝樹上的表姊喊道。

「愛打小報告。」萊德莉邊說邊翻頁。「妳的義氣呢？」

古書的紙張大到翻頁時碰到了小女孩褪色的牛仔褲，險些撕破，而書背幾乎和她的脊椎一樣長。

「被抓到是妳倒楣。」蕾娜說著仰天躺在草地上，從口袋取出筆記本與原子筆。她拔開筆蓋，嘆著氣翻到全新的一頁。「妳說吧，萊德莉。現在發生什麼事了？」

「跟妳說喔蕾妮妮，有一艘船。」萊德莉漫不經心地玩弄一綹金色捲髮。

「別亂叫我。然後呢？」

「還有三個美人魚，不過她們不是美人魚，因為她們有翅膀。然後她們在唱歌——至少，有其中一個在唱歌，另外一個在吹奇怪的笛子，還有最後一個在彈金色小豎琴。」

萊德莉看著書頁上的插圖，依照她的敘述做出動作。

「繼續說啊，萊。」蕾娜睜大閃亮的雙眼，屏氣凝神。「後來怎麼了？」

一艘船駛進書頁，船上有帆，四周是波濤與岩石。

「有水手來拜訪美人魚，他們覺得美人魚是他們見過最美麗的生物。我猜他們想跟美人魚結婚，他們好像墜入愛河了。」

「好嗯喔！」蕾娜在樹下咯咯嬌笑。「然後咧？」

「現在美人魚唱歌唱得更大聲了，妳聽得到嗎？把眼睛閉起來。」萊德莉闔上雙眼，樹下的蕾娜也學著閉眼。

「那妳聽得到嗎？」

抒情樂曲自古書的書頁間飄揚而出，傳入萊德莉耳裡。樂聲越來越大、越來越大，整棵樹充滿了優美的和弦，直到枝枒開始晃動、樹葉飄落至地面。

萊德莉毫不在乎，她感覺自己遠在數千哩之外。

蕾娜用手遮住頭，卻無法阻擋不斷墜落的葉片與小樹枝。「萊！妳還好嗎？」

然而萊德莉已經著迷了，她雙手抱著古書坐在樹枝上，一股金色輝芒自書本深處照耀到她臉上。

歌聲動人心弦，甚至可以用「攝魂引魄」形容……直到「攝魂引魄」轉變成「驚心動魄」。

女高音的歌聲變成了尖叫，歌劇風格的旋律調子一轉，簡直如指甲刮過石頭般刺耳。噪音震耳欲聾，分貝一秒秒地增加，直到耳朵疼痛不已。

萊德莉仍然沒有移動。她動彈不得，就連呼吸也變得微乎其微。

樹下，蕾娜雙手用全力按住耳朵。「快停，讓它不要唱了——萊德莉，快停啊！」

萊德莉全身一僵。

她張口又閉口，不發一語。

她感覺自己想要的一切都被封印在書頁裡——但那歌聲越聽她越明白，自己永遠不可能得到那些。

哀傷太過沉重，她雙眼盈滿淚水，手指更用力抓住書頁。

歌聲進化成鬼哭神號，微風變為狂風盤旋在金髮女孩周圍。

「萊，等我！」

蕾娜緩緩攀上老樹，一手壓著耳朵，另一隻耳朵靠在自己肩上。

當她從耳邊移開手指時，蕾娜用外婆常比喻成「厲鬼」的聲音大叫：「我聽不到我聽不到我什麼都聽不到特別是聽不到妳！」

她向上伸長手臂用指尖亂摸，直到觸碰到金邊的書頁。她用盡最後一股力量拉扯古書，書本被扯出萊德莉的懷抱，在鮮藍色火花閃耀中從樹上墜落。

「砰」的一聲，古書落到草地上。

寂靜。

萊德莉睜眼時，看見蕾娜爬上樹枝坐到她身邊。兩個小女孩緊緊相依，努力平復急促的呼吸、緩下紊亂的心跳。

「剛剛那是什麼東西？」蕾娜臉色蒼白。「別跟我說是美人魚。」

「女妖。」萊德莉輕聲說。她的聲音輕到幾乎聽不見。「她們叫作女妖。她們很黑暗，有翅膀、爪子跟尖牙。她們把水手的心臟直接挖出來了。」小女孩眼神茫然。「我看見了。」

蕾娜搖搖頭。「我永遠永遠不想當那種生物。」

「我也是。」萊德莉說。她眼裡盈滿淚水，又刺又酸。

「我們不會的。」蕾娜伸手拍拍表妹的臉頰。「別擔心，萊，外婆說只要我們心地善良，以後就會跟陽光一樣光明。」

「是這樣嗎？要怎麼知道自己善不善良？」一小滴眼淚溢出了堤防。

「妳很善良。」蕾娜嚴肅地說。「我就是知道。」她從口袋拿出一根沾了棉絮的紅色棒棒糖，遞給萊德莉。「我保證。」

有那麼一瞬間，她比起表妹更像是表姊。

她們一同坐在老橡樹的枝幹上，妳一口、我一口地分著棒棒糖，直到萊德莉遺忘了尖牙、利爪與失去心臟的水手。

一乾二淨。

我保證。

萊德莉甦醒時淚流滿面，卻不知自己為何哭泣。她記得方才作了一個夢，但夢境的細節已經開始淡去。

「怎麼了，萊？」蕾娜就在她身旁，在晨曦的微光中緊緊抱著她。

「沒事。」她試圖回想，卻感覺像觸摸裸露在外的神經。

「妳這個傻孩子，妳明明最討厭離別了，昨天晚上幾乎沒說話呢。」蕾娜皺起眉頭，拉著褪色的藍色毛毯裹在兩人身上。「妳還有別的煩惱嗎？」

「我說過了，沒事。」萊德莉左顧右盼，將熄滅的火堆與散在地上的幾條毛毯收入眼底。

除了她和蕾娜，只剩伊森趴在阿布身上睡覺。「大家都去哪了？」

「林克還沒整理好行李，約翰跟小莉也是。我叫他們不要打擾妳睡眠。」蕾娜笑了。「依我對妳的了解。」

萊德莉寬心了。

蕾娜將一綹挑染粉紅的長髮撥到萊德莉耳後。

「其實現在還不算太遲，妳沒有跟我們一起讀完高中也沒關係，妳還是可以考到高中同等學歷，然後讀夜校——」

不會吧，我的老天爺——

萊德莉匕首似的閃亮指甲扣住蕾娜手腕。「給我等等，妳該不會認為我的煩惱是沒有從石牆中學畢業吧？妳所剩無幾的腦袋是不是也融化了？」

蕾娜輕輕撥開萊德莉的手指。「我只是覺得妳表現得有點反常。」

萊德莉怒氣沖沖。「妳是說，我表現得不像冷酷的巫婆？還是正好相反？我可是再明白不過，我就是這種人。」

「萊德莉。」

「『蓋屎鎮』裡的人為什麼對我抱有美好的幻想，我還真不懂。我不是他們的同類——就連妳也不是我的同類。我是冷酷無情的女妖。」

「妳沒有冷酷無情。」蕾娜的語氣就事論事。萊德莉不管爭辯多久，蕾娜也不會改變自己的立場。

「妳怎麼知道？」萊德莉的語氣透出內心的懊惱。

「我就是知道。」蕾娜親親表姊臉頰。「相信我。」

說實話萊德莉誰也不信任，但如果非選一個人不可的話，那個人絕對是她表妹蕾娜。

她們攬著彼此坐在地上，沉默良久。

「妳保證嗎？」萊德莉悄聲說。話一出口她就開始咒罵自己——她太過軟弱了，一直都是如此。

「我保證。」蕾娜輕聲回應。她從長袖運動衫的口袋取出一支鮮綠色棒棒糖。

「綠色？」

「改變是件好事，要多享受人生才行。」

萊德莉接過棒棒糖，在表妹面前晃晃。「叛逆女孩。」她站起身，不甚雅觀地伸展裸露的美腿。「嗯，好，我該閃人了。」到了和唯一真正的朋友道別的時刻，萊德莉只擠得出這句。

「我知道。」蕾娜說。她什麼都明白——萊德莉說的話，還有她沒說出口的話。蕾娜遞出一串車鑰匙。「我剛變出一輛好車，就停在轉角。」

萊德莉搖搖頭。「太強啦。」

「我知道。」蕾娜聳肩，雙眼笑意盈盈。

「幫我跟伊森說再見。表妹，要乖喔。」煩惱也罷、人生也罷，萊德莉綻放微笑。

「這還用說？妳是壞女孩，我是好女孩，難道妳忘了嗎？」

萊德莉怎麼可能忘記呢。

第五章
我的寶貝孩子

沖過澡、換過衣服後，萊德莉心情好多了。

好吧，是沖過澡，再加上一件粉紅色日式復古浴衣、一杯熱巧克力、一層香奈兒「激情誘惑」口紅——又名「女妖紅」——以及萊德莉最愛的荷芙妮格綁帶洋裝。女妖戰服。

該上戰場了。萊德莉心想。

紅色寶馬迷你開下山坡、過了九號公路駛進小鎮時，萊德莉心情大好。望見林克的瞬間，她就看得出林克快崩潰了——她猜崩潰的原因跟平時沒兩樣，而今早，其中一個原因正穿著類似腹痛糖漿的亮粉紅居家服。

「衛斯理．林肯！你去喬治亞救贖大學才不需要這些垃圾！」林肯太太站在車道上，想從林克手中奪走一幅《星際大戰》海報。「告訴你，去了喬治亞救贖大學，你房間裡那些廢物全都可以扔了。」

林克煩躁地用力拉扯海報。他的老爺車幾乎塞滿了，但他早在一個小時前就該上路了。萊德莉比誰都清楚，像現在這樣站在車道上和母親爭論每一個公仔的去留，是林克心中的無間地獄。「拜託啦，媽，那是我的東西耶！而且我得趕快出發了，難道妳希望我新生訓練就遲到嗎？」

林肯太太的回應是將海報向上一扯，直到它在林克手中撕裂。

「媽！」

萊德莉選在這一刻登場。「林肯太太，您真美啊！瞧瞧這件家居服，跟您頭上的捲髮夾太太太——搭配了。」萊德莉總是忍不住想刺激林克母親，畢竟這是她的專長——她尤其擅長讓林肯太太變成一種特殊的紅色，這種紅堪比甜菜根或晒傷的豬。

林克看見萊德莉時如釋重負，萊德莉還以為他會衝過來當街吻她。她瞟向林肯太太，收回這個愚蠢的想法。

林肯太太怒火中燒。「妳在耍嘴皮子嗎？妳以為我會想聽妳這種無恥暴露的浪女，教我如何打扮上帝賜與我的身軀嗎？」

萊德莉低頭瞧瞧自己的高筒靴與露背洋裝——比起真正的綁帶洋裝還少了好幾條綁帶——又搖搖塗了鮮紅指甲油的手指。「這位女士，怎麼可以歧視浪女呢？難道您沒聽說嗎，太太，現在坐鎮白宮的是位民主黨總統喔。」

林肯太太倒抽一口涼氣。

萊德莉笑容滿面，越來越愉快。欺負凡人的感覺真好，她天生的伶牙俐齒就該好好使用。

當「乖乖萊德莉」實在太無趣，有時候她甚至想交幾個朋友……以便哪天心情好把他們全甩了。

「萊德莉，別這樣。」林克轉向母親，從她手裡拿走海報。「萊德莉是來說再見的，能不能看在她不跟我去喬治亞救贖大學的分上，對她好一點？更何況她去不了喬治亞是因為妳寫了一堆信給教育委員會。」

林肯太太勉強擠出笑容。「沒錯，她絕對不會去的。她要是敢踏上基督教大學的校園，肯定會被聖火焚燒至死，你可別忘了。」

「媽，耶穌愛所有世人。」

林肯太太瞪著萊德莉。「這邊就有一個孩子被耶穌給遺忘了。」

林克竭力保持正經的表情。林肯太太罵人的時候，最痛恨有人露出笑容或膽敢還嘴。「這我就不確定了，畢竟它叫『救贖』大學。」

「我跟你保證，屬於你的女孩絕不會是她。你要是敢打電話給她，你就完蛋了。」

林肯太太的臉色直逼醬紫色。

「我打電話給誰其實不關妳的事。」林克悶悶不樂地說。

「你最好給我搞清楚，衛斯理・林肯，你的事就是我的事，我就是你的董事長。」

「我只是來送你離開的。」萊德莉甜膩膩地說。

萊德莉是來奪回男友的，只要她出手就絕不容許失敗。

我們一步一步來。

林克朝她伸出手。她看著林克的手。「握手？我跟你握手幹麼？」

「說再見啊，就像妳說的。」他將手伸向萊德莉，微微一笑，眼睛一眨。「以後再見啦，萊，很高興認識妳。」

萊德莉握住他。林肯太太瞇起眼睛。萊德莉猛然扯過林克的身體，雙手捧住他的臉向下拉——一個激情熱吻深深印在他脣上。林克被吻到腳趾蜷曲，雙頰潮紅。

幾乎和他母親的臉一樣通紅。

這就是令女妖名垂千古的吻，比成群的黃蜂更刺激人心——讓你忘記自己的名字、忘記自己的宿命，使水手情不自禁地將船開向無情的岩石。

然後就換他要穿繃帶裝了。萊德莉得意洋洋地想。這是藝術家對作品的自豪，那麼多年吃櫻桃棒棒糖的經驗練就了舉世無雙的舌技。

萊德莉猛然結束熱吻，推開結結巴巴、上氣不接下氣的林克。她鬆手時，林克看似要昏厥了。

「那，掰囉！」萊德莉甜甜一笑。

林克跌跌撞撞地走向老爺車。他母親張開雙臂跟上來，隨後一臉嫌惡地放下手臂。

「好啊，衛斯理・林肯，你現在滿意了嗎？看了如此汙穢的一幕，還有哪個母親願意親自己的兒子？」林肯太太斥罵。「你最好回屋子裡好好漱口，不然我永遠不能親你了。」

「啊呀呀，那真是太可惜了。」萊德莉慵懶地說。

五分鐘後，萊德莉站在人行道上目送老爺車離去。何許人合唱團的歌——聽起來像是《少年荒原》——餘音嫋嫋，彷彿林克在蓋林鎮生活的電影已經結束，片尾曲隨之響起。

林肯太太吸了吸鼻子，用手帕擦拭眼角。

萊德莉拍拍她的背。「好了，老媽，我想我也該走了。」她彎腰在林肯太太臉頰上大聲一吻，留下豔紅脣印。「老媽——妳不介意我這麼稱呼妳吧，林肯太太？畢竟我們什麼時候成為真正的家人都不意外。」萊德莉傾身，在這位對她深惡痛絕——比恨蓋林鎮圖書館所有禁書還要恨——的女人耳邊說：「妳知道他在存錢買戒指吧？」

林肯太太幾乎語無倫次。「妳這個小蕩婦，快滾出我家的土地。」

萊德莉晃晃手指，展示她的誓約戒指。**這枚戒指怎麼樣啊？**她忍不住對林克討人厭的母親施展一點女妖法術。

林肯太太面色紫紅，想罵人卻什麼也說不出口。

萊德莉笑了。「我也愛妳喔，老媽。我已經等不及想繼承妳家的名貴瓷器了！」她朝林肯太太送出飛吻，大步穿過院子最漂亮的花圃，邊走邊踢起泥土。

萊德莉回到寶馬迷你，大笑著開上九號公路，粉紅色圍巾愉悅地在風中飄揚。

萊德莉追上老爺車時，林克停在小鎮邊緣的加油站旁，倚著車蓋等她。

萊德莉按了喇叭後搖下車窗，從前座的菸灰缸拿出《星際大戰》海報被撕破的一角。「你忘了拿這個。」

林克燦笑著從她手裡接過紙片。「我看妳害我媽心臟病發了。」

「只不過是臨行前留給她一些關於我的美好回憶，她似乎越來越喜歡我了呢。」

萊德莉笑著拉下遮陽板，看著小鏡子補脣蜜。

「可能太刺激了，我媽接下來三個月都要噩夢連連了。」

「才三個月？你害我好受傷喔，搖滾小子。」她抿起嘴脣。林克直勾勾地盯著她。

繃帶洋裝，兩分。衛斯理．林肯，零分。

「說到道別，你覺得你媽信了嗎？」她看向林克。

「嗯，她信了。」林克笑嘻嘻地說。「救贖大學萬歲！我自由了。」他逃離蓋林鎮的計畫已經構思了數個月，一切——就連不存在的大學寄來的假錄取通知——都一而再、再而三檢查過。林克在高中頻繁練習偽造文書，此刻終於派上了用場。

夠了。時候到了。萊德莉蓋上鏡子。「那個握手是怎麼回事？你該不會以為你媽那麼好騙，還真當我們是普通朋友？」

「為什麼不行？我們不就是普通朋友嗎？」林克向後靠在車上。

萊德莉讓引擎熄火。「那可不一定了。」她推開車門，也順便推開林克，隨後從容繞過車身、解下圍巾，緩緩將圍巾放到後座。

有時候這就像跳舞——即使只有妳自己聽得到音樂。

「妳要去哪裡？」林克一臉狐疑地看著她。

萊德莉沒有回答，而是彎腰打開後車箱，還停頓片刻讓林克看個清楚：緊身窄裙，高筒長靴，上帝賜給她的美貌。

一。

二。

三。

就是現在。

萊德莉拎出三個一模一樣的路易威登包包，一包一包遞給林克。從他的表情看來，他剛才已將畫一般的美景盡收眼底。

她大功告成，只差把重大新聞告訴這位無知男孩了。

萊德莉走到加油站員工面前，將車鑰匙給他。「幫我把車開回雷氏莊園的馬車車庫，麻煩停到離麥坎舅舅那臺靈車遠一點的位子，我表妹開車像瘋子一樣。」她抓住員工的手。「還有，你什麼都沒看到。」

萊德莉現在使喚蓋林鎮大多數的人連棒棒糖都不需要，她只需要自己的名聲——那是比棒棒糖更加強大的力量。加油站員工點點頭，吞了吞口水，他取走鑰匙後回到車庫裡。

「妳這麼做的意思和我想的一樣嗎？」林克緊盯著萊德莉。「妳會跟我一起去紐約？」

「不去紐約難道要去喬治亞救贖大學？」

林克忍住笑意。「妳是認真的？」

萊德莉訝異地發現自己也得忍住笑出來的衝動。「認真到不行。」

林克深深吸氣。「妳跟我？」

「你有看到別的女妖在排隊嗎？」萊德莉自己也深呼吸，穩住氣息。「還是你對我的計畫有意見？」

她知道林克此時可以提出各種意見，例如問她為什麼改變心意，或點出她聽說約翰要跟隨小莉去英國時表現出的不屑，或者提醒她過去幾個星期的冷戰與更之前的分手。

好幾次分手。

但林克什麼也沒說。他對萊德莉露出比密西西比河還寬的笑容。

「這樣啊。」林克說。

「沒錯。」萊德莉說。

「那我們要不要——」

「對。」

林克只花了十秒鐘，就有點尷尬地幫萊德莉將三個印花押字的包包塞進老爺車後車箱。

「妳的行李這麼少？」林克非常驚訝。

「我只帶了內衣褲。頂克小子啊，去紐約該逛什麼地方姊可清楚了。」

好吧，去逛街的只有我，你負責做我需要你做的事情。

至少，那是她的計畫……但她不能告訴林克。萊德莉感到有些愧疚，隨即將那絲情緒埋進內心深處。

管它的，晚點再想這個。

等回到老爺車上時，兩人之間的尷尬已經消失無蹤，只剩下成功瞞天過海的狂喜。

萊德莉在林克身旁調整到舒適的坐姿。

他摟著萊德莉，調高音樂的音量。「我從昨晚就一直想這麼做了。」他靠近萊德莉，輕吻她的唇。一股突如其來的喜悅在萊德莉胸口炸開。

天啊，原來我真的很想他，也很想吻他。

「久等了，親愛的。」她回吻林克，身體幾乎坐到他腿上了。南卡羅來納到紐約的路途很遙遠，何不找個舒服的姿勢呢？

林克邊吻邊忍不住微笑。「妳就是無法離開我，對不對？」

「就是對你沒有抵抗力。」萊德莉又親了他一下。

他稍微退開，嘻皮笑臉地看著萊德莉。「教會學校去死吧。」

萊德莉妖媚地眨眨大眼。「衛斯理・林肯，我是一個很壞很壞的女孩，你能不能解救我呢？」

林克的回答在他的舌尖灰飛煙滅。

又或者，是她的舌尖。

第六章 歡迎來到叢林

道別、珍重再見什麼的已經過去了，當約翰與小莉搭上前往希斯洛機場的班機，伊森與蕾娜開車往麻薩諸塞收費公路而去時，林克與萊德莉正在前往紐約市的路上。紐約，是林克唯一的夢想、唯一的舞臺，他等這一天已經等很久了。

「還記得我們上次去紐約市的事嗎？」林克偷偷斜眼瞄萊德莉。

「你是說，你假裝去參加教會夏令營的那次？」

「史上最棒的樂團夏令營——溜進東村區的夜店啊，在青年旅舍和基督教青年會過夜啊，還有在這輛老爺車上睡覺。」他拍拍儀表板。

「怎麼忘得了呢？」萊德莉微微一笑。那次出遊從頭到尾都如魔法般夢幻，是女妖強大的法力創造出的幻覺。

「萊，在紐約出名就像簽唱片合約或是在ＭＴＶ音樂錄影帶大獎表演，是搖滾人最終極的夢想！」

「慢慢來，搖滾小子，首先得找到新的樂團，是吧？」**我正巧知道一個有空缺的團**。萊德莉暗想。

林克已經想到以後去了。「誰知道呢？這說不定會成為我自傳的第一個章節：〈源起：卡羅來納搖滾巨星的首戰〉。」他說得好似這是今天剛想到的新鮮話題，而非自己大肆宣揚千百遍的遠大理想。

萊德莉笑著說：「運氣好的話，你媽還會把你出的書列在石牆中學圖書館的禁書清單呢。」

林克哈哈大笑，自在地開著車。「我的終極夢想。」他將音樂調大聲。

萊德莉暗自搖頭。至少不是叫「香腸樂團」，那是林克上次成立的樂團名稱。想當初她還認為「神聖搖滾」已經是很爛的名字，沒想到跟香腸樂團一比，瞬間提升到滾石樂團的檔次……這大概是林克無法說服舊團員一同來紐約打拚的原因。葛雷伯・漢尼考特準備去桑莫市的洗車場全職工作，而戴瑞・何莫……就是戴瑞・何莫，明年的此時他多半還會攤在老媽的沙發上，除非他母親說到做到，將沙發連同戴瑞一起賣掉。

「我賭戴瑞勝利。」林克在畢業前，宣布樂團解散時說過。「況且，誰會想買一套附贈戴瑞屁味的金色天鵝絨沙發？」

反正他們又不是放棄了什麼偉大事業，桑莫市活動中心舉辦舞會時最常點的兩首歌——〈（妳是我的）神祕肉丸〉以及〈（我感覺像在咀嚼）無法消化的軟骨〉——在萊德莉目中根本不忍卒睹，林克寫了那麼多歌，還真沒幾首的歌詞比這兩首慘烈。（「**我的心被宰殺，我的魂被切片，當我血流成河，沾麵包配上椒鹽。**」）好吧，老實說就是最難聽的兩首，找不到更糟的了——萊德莉最清楚，畢竟她耐著性子聽了那麼多場「神聖搖滾的演唱會」，誰都沒有她研究得透徹。

「現在樂團都解散了，你要不要嘗試寫一些跟肉類沒有關係的歌？」她當時說。

「可是我最懷念的就是肉啊。」林克嘆了口氣。「因為我現在不能吃東西……而且我們又在一起了嘛。」他對萊德莉拋了個媚眼。「我們的愛是生生世世的愛，半生不熟的愛——」

「你再提一次香腸的歌試試看。」

萊德莉沒有多說。現在不能傷害林克的自尊，尤其當她知道未來等著他們的是什麼命運。她早晚得告訴林克，這次紐約之行跟夢想沒有半點關係……至少現在已經偏離軌道。這是「才能、人情、法力」的交換，說白了就是萊德莉在苦痛俱樂部玩「謊言交易」時欠下兩筆人情，而且還不是普通的人情債。她到現在仍拉不下臉承認自己敗北——拉不下臉，也沒勇氣說出口。

她欠了雷諾斯・蓋茲兩筆賭債。雷諾斯・蓋茲是何等人物？他可不僅僅是法力高強的黑暗巫師俱樂部老闆。若林克不前往紐約，事情就不是放棄夢想那麼簡單的了，萊德莉會因此陷入連她也無法脫身的危險之中。不過換個角度想，這就是一個自討苦吃的女妖終於嘗到報應的故事。

也許我現在就該叫他回頭。我都已經把人家的未來輸在牌局上了。她內疚不已地想。**現在想自保已經太遲了。**萊德莉迅速甩開這些念頭，不能讓愚蠢的情感阻止自己完成必須完成的工作。

我這是在幫他。為了償還第一筆賭債，我得替雷諾斯找一個鼓手，林克正好要去紐約實現當搖滾鼓手的夢想，不是一箭雙鵰嗎？有什麼不對？而且那個樂團……叫什麼？惡魔的快遞？惡魔的劊子手？他們也不算太糟啊，對不對？

這幾個搖滾巫師好歹在頗有人氣的俱樂部例常演出，跟他們混一年又不是世界末日。

真正的世界末日是什麼，萊德莉清楚得很——那天晚上她在牌局上輸掉的可不只這個，還有一件她無論如何拒絕去回想的事。她欠的不僅僅是一個鼓手，她還欠了另一筆賭債，而且是欠莊家的賭債。意思是，莊家隨時能討回這筆債，至於要她付出什麼也是莊家說了算。

雷諾斯・蓋茲身兼苦痛俱樂部老闆及莊家。換句話說，他手上仍握有萊德莉欠下的賭債，在那場遊戲結束一年內，萊德莉的命運都掌握在他手中。

她得償還人情這件事還不是最慘的。最糟糕的情況下，她可能得付出自己某項才能，甚至是法力。

只要他一聲令下。

毫無限制。

從世界最高大樓跳下來、潛入墨翠湖底溺斃、把自己封印在伏魔球內……只要他下令，萊德莉就必須照辦。

萊德莉過去用魅惑之術逼迫別人做了不少事情，現在雷諾斯・蓋茲也能以彼之道還施彼身，而且隨時都能收回這筆賭債，萊德莉完全無從反抗。

她至今還能清楚回想起在苦痛俱樂部那一晚，雷諾斯・蓋茲得意洋洋的神情。

忍無可忍。

萊德莉強迫自己暫時忘記這一切。

先解決眼前的問題。

她得先還清第一筆賭債，將林克送到紐約。為您奉上一位熱騰騰的小鮮肉鼓手。

途經費城時，萊德莉只讓林克去路邊餐廳買一罐可樂（雖然他也不能喝），又把他趕回車上。

在紐澤西州的東布朗士維克市，萊德莉看見處處皆是「禁止自助加油」告示，著實鬆了一口氣。這下他們就算想下車也沒辦法了。「抱歉啦，搖滾小子，人家就是這麼規定的。」

萊德莉心中一直莫名地恐慌，怕林克突然掉頭回家。她坐在副駕駛座都能感受到林克的緊張與不安，他的雙手沒有一刻乖乖握住方向盤，老爺車裡幾乎每一個地方都被他不安分的手指敲過了。

「我想停車呼吸一下新鮮空氣。」他大聲吐氣，像極了無菸可抽的老菸槍。

「你不會有事的。」萊德莉伸出手。**我是不是該拍拍他？拍哪裡？手臂嗎？**她的手略為尷尬地拍在林克腿上。

「妳怎麼知道？如果我很爛怎麼辦？要是找不到新樂團呢？說不定整個紐約計畫都只是一場鬧劇。」他說。即使是煩惱過一千次的問題，林克依然有辦法像剛剛才想到似地又長吁短嘆一番。萊德莉收住自己的微笑。

「你以前有哪次因為這種原因放棄過？」她果斷放棄安慰他。

那之後，萊德莉全神戒備，緊急措施蓄勢待發。林克邊開車邊崩潰，萊德莉已經上了賊船、斷了後路，若放任林克繼續消沉，到時她只剩連同賊船一起沉入江心的命運了。

情願也好，不情願也罷，此時想下船已經來不及了。

林克聳聳肩。「我也可以去洗車廠混口飯吃吧，大概。」

萊德莉這輩子還沒聽過如此悲慘的發言，隨之出現在腦海中的想法來得太過突然，與她性格截然相反的念頭灼燒著她的腦細胞。

透過誓約咒和別人產生連結，原來是這樣的感覺啊。你不能無視他的感受，也沒辦法用魔法隨心所欲地關閉連結，只能永遠維持這種極其複雜的關係。

萊德莉注視著手指上那枚火焰煉製的誓約戒指。為了自己與林克，她得做些什麼。

她晃晃手指，看著戒指的顏色從豔藍轉變為不透明的綠色。**巫師綠**。她心想。**簡直像巫師版的心情戒指**。

她闔上雙眼。

不，這不是咒術，甚至連魅術也算不上。不是櫻桃棒棒糖，不是口香糖，不是她可以咀嚼、吸吮或用來增強女妖法力的東西。

而是祈願。

但在萊德莉許願的同時，她感受到一種奇怪的吸引力，彷彿腦海深處有種微小的變動，類似和其他巫師用密語傳音，或者對某個可憐的男孩子施展魅術的感覺。

真希望這輛老爺車能瞬移。如果約翰在的話，一定能找出讓整輛車瞬移的方法，讓我們一瞬間移動到紐約市。

萊德莉心跳狂亂地睜眼，正好看見老爺車開上布魯克林大橋，從紐約曼哈頓開進布魯克林區。

「等等。」她轉向林克說。「你看到了嗎？」

「那可是布魯克林大橋啊，萊，怎麼可能沒看到？就連我這個蓋林鎮出身的鄉下男孩也知道。」林克粲笑，已經恢復平時的模樣。對他而言，大城市擁有與萊德莉同等級的魅力。

「你沒注意到任何奇怪的事嗎？從紐澤西到這邊的路上？」

「妳是說，除了車牌顏色很難看、廣播電臺亂七八糟以外？還有上高速公路要收錢？寶貝，這裡是北方了，全部都很奇怪。」這時音樂電臺開始播《天堂之梯》，車內的對話自動暫停。這是老爺車少數幾條規矩之一：尊重《階梯》。

萊德莉將手舉至月光下，打量戒指。**誓約咒的咒語是什麼？「什麼什麼召喚我」？剛剛是戒指的魔法嗎？**

戒指已然恢復豔藍，乍看下不比她身上其他首飾神奇。

將我們瞬移的不是林克，他甚至沒注意到這件事。也不是我的幻覺，不可能。

因為，他們確實抵達紐約了。

萊德莉不曉得他們是如何辦到的，也不曉得施術者是誰——但至少沒發生不好的事，願望也實現了。現在，已經沒有退路。

不知是否因戒指的力量，當他們穿行黑暗，從一簇燦爛光點移向另一簇明亮燈光時，夜裡的布魯克林大橋宛如全世界最魔幻的景象……好吧，第二魔幻。它讓萊德莉聯想到通往接縫的巫師橋梁，那是凡界與冥界的分界線。不過巫師橋梁長得像破舊的碼頭，而布魯克林大橋在凡人眼中幾乎是人類不朽的象徵。不知為何，她以往未曾注意過這一切的宏偉之處——上方高高伸向夜空的纜繩，矗立兩側的一根根梁柱，當老爺車飛馳而過時在他們身上印出一道道暗影——與他們在蓋林鎮常見的景象天差地遠。

這座令人屏息的橋梁是凡人所建，是那個可憐兮兮、衰弱頹敗的種族，造就了此刻映入眼簾的輝煌。萊德莉大概永遠無法適應這個事實。

正當你以為他們搬不出讓你驚豔的花樣時……她心想。**卻發現自己不得不提防他們的花樣了。**

第七章 牆上另一塊磚

「我們沒有迷路。布魯克林也就那麼大，有什麼好迷路的？而且我的鼻子跟犬狗一樣靈敏呢。」

「犬跟狗是一樣的意思。」萊德莉說。「你說的是獵犬吧。」

「隨便啦。」他拿起卡在車座與車門中間的可樂灌了一口。這輛老爺車老得不具有杯架、擋風玻璃清洗液，甚至是兩個完好車燈這種奢侈的設備。

「你確定你知道怎麼走？你真的知道公寓的地址嗎？」萊德莉懷疑地瞅著林克。

他將可樂吐回飲料罐，連連嘆氣。他頂多只能含著可樂，因為他是夢魔，已經不能吃喝並失去進食的欲望了。儘管如此，林克還是很懷念食物的味道。

他嘆息著搖晃可樂罐。「不太算是……公寓。」

「那不然算是什麼？」

「停車場。」他偷偷用眼角瞄萊德莉。

「好極了。」萊德莉想擺出厭煩的表情，但其實她不甚驚訝。

「我打算睡在車上，這寶貝可是封存了不少美好回憶。」林克深情地拍拍儀表板。

「你計畫在紐約待到出名，然後每天睡在車上？」

林克聳聳肩。「過沒多久就會出名了吧？我很有才華的。」

萊德莉從包包抽出一張紙條，拿起林克放在儀表板上的超級古老、完全無智慧手機。她找到數字鍵，又尖又長的紅色指甲緩慢打字。「算了，讓我來。」

現在到了計畫的下一步——是時候和樂團成員打照面了。萊德莉還得感謝林克創造的完美時機。先前，苦痛俱樂部的巡迴樂團器材管理員將吉他手的號碼給了她，叮嚀她到紐約時打電話過去。

我們來了。

在路上了麻煩給地址——苦痛的萊德莉

「妳來？妳要做什麼？」林克皺起眉頭。

「我認識一些人。」她拍拍林克的手臂。「我人脈很廣。」

「我倒是頭一次聽說。」現在輪到林克懷疑她了。

對方回覆的簡訊幾乎是立刻傳來，卻完全不知所云。

嘔吐的小丑默特爾杜安

萊德莉試圖讀懂這則信息。「我們好像要跟一個叫杜安的人住。」她說。「可能還有一個叫默特爾的女生。」

「我怎麼沒聽過這些人？」

萊德莉連忙找藉口。「他們是約翰的朋友，我剛剛傳簡訊給約翰，他幫我們安排的。」

「約翰今天晚上都在搭飛機，妳忘了嗎？」林克說。「老實告訴我，這個杜安是誰？」

「他們現在飛機上都有無線網路。」萊德莉面不改色地胡謅。**說謊變得越來越容易了，像呼吸一樣自然**。「你要是坐過飛機就不會問這種問題了。」

「喂，我也是見過世面的。」

「搭飛狗巴士去默特爾比奇不算。」萊德莉頭也不抬。「說到默特爾……」她繼續打字。

什麼嘔吐的小丑

和剛才一樣，答覆很快便傳來了。

吐在默特爾

什麼？

林克嗤笑一聲，萊德莉逼自己從手機螢幕移開視線。林克的目光暫時從路牌移開，他挑眉轉向萊德莉。「我搭飛機做什麼？約翰太傻了，為什麼不直接瞬移。」

「說來有趣，我們今天不曉得開了幾萬個鐘頭的車，從南卡羅來納州一路開到紐約市。你說為什麼不直接瞬移呢？」**但我們確實瞬移了**。萊德莉暗想。

「這不一樣，我怎麼能把這可憐的寶寶丟在家裡呢？她會生氣的。」林克又拍拍儀表板。「妳說是不是啊，甜心派？」

「反正重點是，我們今晚可以跟杜安和默特爾住，相信不會出什麼問題的。」

萊德莉都快被自己說服了。她再傳了一封簡訊。

啥鬼嘔吐小丑誰是默特爾

這一次，完全沒有回音。

「這是路名，不是人名。」萊德莉站在「默特爾大道」的路牌下。他們能找到此處只能說是奇蹟，現在已是漆黑深夜，周遭所有路牌與牆壁平面都被一層厚厚的塗鴉遮覆。

「我也看到默特爾小姐的真面目了。」林克無奈地嘆息。「我們回車上吧，這傢伙的房子總該在這附近。」

萊德莉搖搖頭。「還不夠明顯嗎？這個杜安在耍我們。」

「其實，他沒有。」林克笑著指向某個位置。「不過杜安先生很希望我們去打流感疫苗……因為他也不是人。」就在前方，一則告示宣布今天在杜安里德施打疫苗有買一送一。

杜安里德（Duane Reade）藥局。

可惡。萊德莉暗忖。**他們還真的在耍我。惡魔的筷子是吧？這樂團已經比香腸樂團還低分了。**

林克低頭看向萊德莉。「寶貝，沒有杜安這個人，也沒有默特爾。妳真的知道我們要去哪裡，找什麼人嗎？」

「一個嘔吐的小丑。」她在路邊席地而坐。萊德莉的確只剩這條路可走了，她懊惱到欲哭無淚。而且他們要找的傢伙還是不回簡訊。

「那當然，妳怎麼不早說。」林克用力吐氣，克制自己不發飆。

「對方就只說了這些啊。我怎麼會笨到輕信一個根本不認識的白痴巫師，還期望他幫助我。」她發現自己說溜嘴，連忙改口。「就算是約翰的朋友也一樣。」**騙誰啊**。其實她不太算在撒謊，她這輩子遇到的白痴巫師可多了，其中又有幾個是能信任的呢？

可惡的巫師。

還有那個凡人器材管理員，一切麻煩都是他害的。若萊德莉沒有遇到他，怎麼會加入謊言交易的牌局，淪落到現在的悽慘境地呢？

可惡的凡人。

「這位不叫杜安的傢伙到底是誰？黑暗巫師嗎？」林克在她身旁的人行道坐下。

「大概是吧。」萊德莉聳肩，開始她的即興演出。「畢竟是約翰的朋友，你也曉得約翰的童年說不上光明。」

「拜託，萊，約翰有沒有朋友我們都清楚。這個人究竟是誰？」

「他……」萊德莉吸一口氣，抬頭看著林克。「他是某個樂團的團員。」

「什麼？」林克全身一僵。萊德莉只要說出「樂團」兩個字，便無法再對林克隱藏自己的心機。

玩音樂是林克的專利，她打從一開始就不感興趣。

自從和林克交往，萊德莉基本上不聽其他音樂了……考慮到林克過去幾個樂團的風格，還是別和其他類型的音樂比較來得好。

現在，真相水落石出。**某一部分的真相**。「我連他的名字都忘了，只記得他在某個樂團裡，我在苦痛俱樂部聽過他們演唱。」**在我們分手後。在我逃離你身邊後。在**

我跑遍大半個歐洲狂歡作樂後。

在我輸了一場謊言交易、失去了一切之後。

「然後？」林克的疑心更重了，完全沒有減少的跡象。說到其他樂團已經讓他心生不快，而黑暗巫師俱樂部的樂團就令他更煩躁了。

萊德莉為自己辯護的說詞是一段（出乎意料地涵蓋不少事實的）長篇大論。「我之前不想告訴你是因為不想跟你吵架，因為我知道你要是把他跟我們分手的事情聯想在一起就會討厭他。」（算是事實。）「但我和他確實是在苦痛認識的，他的樂團正好缺鼓手，而且他們也確實有點水準。」（這也算是事實。）「然後我跟他說我認識一個非常適合的人選，所以我們現在來到了這裡。」她再次深深呼吸。「你看，沒問題吧？我們趕快去找嘔吐的小丑吧。」

萊德莉試著維持輕鬆的語氣，但講到「嘔吐的小丑」時只能默默放棄。

「我真不敢相信。」林克盯著她，眼神傳達的訊息與「我愛這個女妖」天差地遠。就連繃帶洋裝都失去了影響力，可見這番對話的慘烈走勢。

怎麼會這樣。萊德莉想。**我本該有把握搞定這件事的，怎麼會辦不到？我究竟怎麼了？**

「你不敢相信什麼？」她努力回想剛剛說的哪些是真哪些是假，結果連自己都理不清自己混亂的說辭。

「全部。妳也知道我來紐約是為了闖出自己的音樂事業，為什麼一路北上都沒提到妳要我應徵樂團鼓手的事情？」

「不是應徵，你已經錄取了。」**這正是問題的癥結點**。萊德莉暗想。**太諷刺了**。

「妳在說什麼？」

「他們需要鼓手，你剛好就是鼓手。這是很基礎的數學題吧，你加上他們等於完整的樂團，就這樣。我們可以去找小丑了嗎？」

「萊。停。這件事對我來說很重要，妳不能代替我決定我的未來。我們不能就這樣照妳的意思走。」

「為什麼不行？」

「這是我的夢想，妳不能插手。自己的夢想就該由我自己實踐。」

「你有啊。」

「是嗎？妳為了搞定這個樂團，用了多少支棒棒糖呢，萊？」林克問她。

不留情面的話語刺痛了萊德莉的心。她轉開臉。

「正常的女朋友是不會做出這種事的，萊。」

「那你何不找一個正常的女朋友呢？」**別開罵，萊。記得讓步**。「我只是想幫忙而已。」**是啊，幫助自己**。她充滿罪惡感地在內心補充一句。

林克一臉狐疑。

「真的，林克，我只想誠實對待你。」**高招**。

「隨便啦。」林克別過頭，直直盯著被塗鴉覆蓋的杜安里德藥局。

「為什麼我每次跟你道歉，你都不相信我？」萊德莉試圖表現出歉意，卻無法想起那個表情該怎麼擺，只好改用煩悶病容代替，這個表情在她小時候為了裝病練過無數次，自然熟能生巧。

「因為妳從不感到抱歉。」林克說，說得像是今天第一次想到。「因為妳沒有一次由衷相信自己該道歉，因為這一切對妳而言只是場遊戲，對妳而言永遠不會成為真實。因為，妳是萊德莉・杜凱。」

萊德莉明白林克話中的意思。今年初夏，當林克對她表白「我愛妳」時，萊德莉嚇到直接發飆走人。自此，他們再也沒提過那件事。

有時候，真實太過真實。尤其對萊德莉而言。

「不，不是這樣的。」她說。她忽然感到有點難過。

林克站起身。「我去走走。」

「不要，拜託不要。」萊德莉說。「林克。」

他頭也不回地沿街走遠——離開萊德莉，離開老爺車和杜安里德以及他們的對話。

萊德莉這輩子將無數凡人玩弄於股掌之間，就算沒玩弄也牢牢掌控在手心，以前都活得自由自在，為什麼現在卻心生悔意？林克又算哪根蔥，憑什麼讓她為自己一貫的作風感到抱歉？

大多數黑暗巫師根本不考慮凡人的想法，凡人對他們來說只是供他們利用的玩物——那就是凡人存在的意義。

例如打靶的道具，或練習施咒的白老鼠。

他們就只是……凡人啊。

萊德莉獨自坐在路邊一圈悲哀的黃色燈光下。即使在紐約都會裡，深夜依然幽暗，而她又一度孤身一人。

這就是我，一個孤零零坐在路邊的女孩。這就是我唯一知曉的生存方式。

她明白自己必須對林克坦承，但她該說出什麼真相呢？而且又有什麼用？到了最後，她仍舊會孤單地坐在路邊。

也許，這就是我的歸宿。

萊德莉感覺自己太引人注目，忍不住微微顫抖。世界彷彿注視著她。

注視著。就是字面上的意思。

她抬頭。

因為的確有人在監視我。萊德莉暗忖。她能感覺到對方的視線鎖定在自己身上，她不安地掃視街道巷弄。車輛下、門廊下、玄關內、樹叢後，黑夜在周遭的縫隙中變得更加陰暗，能藏身的地方太多了。

然而在萊德莉的注目下，沒有任何動靜。

說不定只是我的幻想。

沒有腳步聲，沒有任何聲響。

我的想像力可沒那麼好。

正推敲琢磨著，林克的喊聲從遠處傳來。

「萊！」

「走開。」萊德莉說。「我不想聽。」林克想聽的就是這個吧？她是孤身坐在路邊的女妖，還能說什麼？

「那太可惜了，因為我找到了一位嘔吐的小丑。」

第八章
天堂之梯

「你要帶我去哪裡？」

「給我一點信心啊，萊。」林克說。

「好喔。」**最好有可能啦**。

林克止步，將她拉到面前，兩手搭著她雙肩。「聽著，我在嘗試配合妳。我還沒答應要加入，還得先確認能不能好好融入……我是說，那個樂團。」

萊德莉屏息。

「所以？」

「如果對妳來說很重要的話，我就試試看。畢竟我是妳的男子漢。可是妳要對我誠實。」

「我有。」她伸手撥開林克額前一撮頭髮。

「所以妳沒有隱瞞別的事情，對吧？」

萊德莉搖搖頭。**反正不是我能告訴你的事情**。但她還沒擺脫適才被監視的不安，而且對自己男友撒謊也不好受。

今晚發生的一切給她一種不好的預感。

「沒事。」萊德莉說，也算是安慰自己。

林克似乎寬心了，他牽起萊德莉的手。「那我們走吧。」

萊德莉跟著他過馬路到杜安里德對面——是杜安里德藥局，而不是存在於妄想中的杜安先生——來到一間除了老舊之外毫無起眼之處的單層小餐廳。在黑暗的街道上，那棟建築的前窗閃爍著「小餐館」三個字的霓虹燈，整間店貌似乎足足半個世紀沒有改變或清潔過。

「意思是，這裡是間小餐館？還是這間餐廳的名字叫『小餐館』？」萊德莉抬頭盯著霓虹燈。「我不懂。」

「瑪麗蓮小餐館。沒看到燈管壞掉的部分嗎？」

萊德莉定睛端詳招牌，但幾乎看不見窗裡的情景。林克自轉化為混種夢魔後，視力與聽力便遠超凡人，甚至超越了巫師。

「反正那不是重點，妳看這個。」林克指向餐館一面外牆，是面朝路口的普通磚牆，同樣被五顏六色的塗鴉覆蓋，噴漆寫下的各式標語化成抽象圖形，融入下一幅塗鴉。

一排怪獸、無數人臉，如花朵般貼著地面的人手。

還有高高掛在這一切之上的三個大字：

妮骷髏

萊德莉看見這三個字似乎聯想到某件事，但一時想不出是什麼。可能是這個名字很眼熟，或者是塗鴉的風格。「有點像那個誰的畫作，那個誰，就是作品收藏在巴黎和西班牙幾間美術館的那個。」

「喔，那傢伙啊，我知道妳說的是誰。」不過林克不知道，因為他此生從未踏進美術館一步，就連紀念品店也沒進去過。

「達利。」萊德莉打了個響指。「薩瓦多・達利！有點像他畫的那些怪東西，融化的時鐘、瘋狂的人臉、眼眶裡也有骷髏的骷髏，還有怪獸的頭架在雞腿上走路之類的。」

「印象中妳對美術館的興趣應該跟我差不多。」林克浮現笑意。「少不懂裝懂了。」

「你看那邊，怪獸從詭異的蛋裡面爬出來——天啊，蛋還長腳了——在吃旁邊的小傢伙。我說的就是這種風格。」萊德莉示意眼前的塗鴉牆。

「我想，妳沒有看到重點。」林克一臉得意。

「好啊？你倒是告訴我重點在哪啊，畢卡索大師。」

林克一手舉向白色的怪獸。「是那個。」

他觸摸白色怪獸身後的牆壁，指出另一隻長得像烏賊與長頸鹿私生子的生物——這隻鼻子異常圓又異常紅的生物，正從血盆大口吐出一堆看起來像眼球的東西。

「他在吐。」萊德莉說。「小丑鼻在吐。」她突然懂了。小丑鼻、吐——**嘔吐的小丑**。

「吐得像高年級之夜時的莎凡娜・史諾一樣。」離開蓋林鎮後，林克首度展現平時的活潑。「還有舞會上的愛蜜莉·艾雪，還有香腸樂團最後一次演出的時候，那個喝得酩酊大醉又食物中毒的桑莫市學生，還有——」

「好了好了，我懂了。」萊德莉將手伸向小丑的嘴，整個手掌輕鬆滑入牆面，沒至手腕。

「門把？」林克滿臉期待。

做為回答，萊德莉抓住他的衣袖一扯，兩人一同消失在壁畫光怪陸離的色彩之中……

……然後在門的另一邊出現，來到一座看似平凡的公寓入口收發室。

林克彎下腰，雙手扶著膝蓋，隨後直起身，如剛出水的大狗似地用力搖頭。

「哇，我應該永遠無法適應這種魔法。」

「你說這個基礎的隱蔽術？拜託，這算什麼，對幻術師來說根本是兒戲，拉金五歲的時候就用這個咒術把祕密基地給藏起來了。」入口的咒術沒有令萊德莉吃驚，這種程度誰都做得到。她隔著另一扇玻璃門望見了曲折隱入上方暗處的樓梯，原來瑪麗蓮小餐館樓上還有公寓，同樣被咒術隱藏得天衣無縫。用幻術隱藏一整幢公寓就不簡單了，在旁人看來這棟房子只有第一層樓的餐館。萊德莉發現還有第二道入口。

「餐館才是真正的玄關。」她說。「我們走的應該是後門，他們大概故意想迷惑我們。」

「為什麼這樣做？」

萊德莉聳聳肩。「這些人可是黑暗巫師，又不是石牆中學家長會，你認為他們想和鄰居搞好關係嗎？」

她審視一旁的信箱，每一個平凡無奇、破爛不堪的鐵盒旁都用鉛筆寫了一個名字。她撫過一排名字。

佛珞依德：#2D

萊德莉用手指敲敲那個名牌。「我看過這個女的，她就是幻術師。」

「佛珞依德？」

「我猜就是她。」她聳聳肩。老實說，在苦痛俱樂部那一晚她關注自己的處境都來不及了，根本無暇注意其餘事物。「她很擅長謊言交易，但我比她更強。」

「還有呢？」林克瞅著她，等她提供真正重要的資訊。

「喔，對，印象中是貝斯手。」萊德莉試圖回想，隨後放棄。「隨便，反正就是個搖滾妹。」

「我喜歡搖滾妹。」林克嘻皮笑臉。

萊德莉無視他。她指向牆上另一個名字。「她還有同伴，你瞧。」

就在那裡：

妮骷髏：#2D

「所以她們是朋友囉？」林克說。

萊德莉點頭。「一個負責標記，一個負責隱藏。我兩個都見過，但那一整晚幾乎沒和她們說話。」**又一個裝腔作勢的搖滾魯蛇**。

「妮骷髏？聽起來像死靈巫師會取的名字。」林克有些焦慮。他這幾年已經跟死人聊過不少次，沒興趣再跟亡靈打交道了。你隨便問去冥界走過一遭的人看看，他一定也會這樣告訴你。

「……你真是太有才了，我怎麼沒想到呢。」

林克舉雙手投降。

有一個名字被劃掉了，萊德莉仔細研究後還是看不懂。「這位多半是他們爛到掉渣的鼓手，就是你要替補的那位。」

「我還沒——」

小心，別心急。「我是說，他們希望你能替補的那位。我知道，我知道，不要插手是吧？你不必做自己不想做的事，我不是你老媽，我管不著。那我們就直接上去跟他們說清楚吧。」

「那這個人呢？」林克彎腰看下一個名字。「好像是山……山普什麼的。」

山普森：＃2D

看見這位神祕暗黑之子的名字令萊德莉渾身不適。就是這個人在最後一局謊言交易中擊潰了她，替莊家奪得勝利。「山普森，他……他是不太一樣的存在。」

「黑暗巫師？光明巫師？夢魔？」

如果她知道就好了。

「就是不一樣。」萊德莉的語調告訴林克別再問了。

他不再追問。

萊德莉吸氣填滿肺臟。

要去就去吧，是我害自己跟林克捲進這件麻煩事，那就由我想辦法脫身。

於是，她做出與本意截然相反的動作，爬上非常平凡的階梯後找到2D號公寓，而後……按下門鈴。

門開了。

開門的少女頂著一頭雞冠造型的藍髮，全身散發中性的美感。萊德莉記得在苦痛俱樂部看過這個髮型，但忘了少女的名字。那一晚的種種如今已變得模糊。

「嗨，『杜安』。」萊德莉試圖擠出笑容。「猜猜我們是誰？」萊德莉跨出一步擋在門口，差點被藍髮少女直接將門摔在臉上。「看到我們是不是很驚喜啊？感謝妳幫我們導航，妳給的指示真好，我們託了妳的福才順利找到這個地方。」

林克推開門，映入他與萊德莉眼簾的是兩名迥然不同的少女。萊德莉依稀記得在苦痛俱樂部看過她們。

其中一人高高瘦瘦，穿著陳舊的牛仔褲與撕破的平克佛洛伊德T恤，一頭糾結的金髮似乎令她不知所措——現在盤成頭頂兩個鬆鬆散散的髮髻。「嗨，佛珞依德。」萊德莉說。

而她身旁的另一位偽雞冠頭少女身形瘦小，身上沒有藍髮或黑皮革覆蓋的地方穿滿了環，簡直像對釘書機情有獨鍾。

「妮骷髏。」萊德莉朝她點頭。現在回想，當初在苦痛俱樂部時她還將妮骷髏誤認為男生。

兩名少女都沒有回應。

「喔，佛珞依德。」林克指著她的上衣。「我懂了，很棒的梗。」他朝聖般微微躬身，讓佛珞依德嚇下差點露出的微笑。

他轉向妮骷髏。「妳好嗎，女神卡卡？」

萊德莉嗤笑一聲。「林克，真沒禮貌。這個不是卡卡，我甚至不確定這個是不是女的。」

「『這個』？妳在說我嗎？」妮骷髏審視自己拳頭，顯然在思考自己的選擇。「芭比小姐，好傷人啊，妳這種禮儀又是打哪學來的？」

「那當然是布魯克林的大街小巷。」萊德莉不甘示弱。「我還得再次感謝妳精確的導航。」她看向林克。「這是我的男朋友，林克。」她再朝兩位少女點頭。「她們是『惡魔的筷子』樂團成員。」

「劊子手。」佛珞依德糾正她。

「有比較好聽嗎？」萊德莉翻了個白眼。

妮骷髏臉上寫著惱怒。「妳們女妖不是該把尖牙利爪藏在溫柔甜美的外表下嗎？」

萊德莉揮了揮自己利爪般的長指甲。

妮骷髏淺淺一笑。「妳誤會了，我有看到利爪，只是找不到溫柔甜美的外表。」

「咬我啊。」萊德莉說。「不是想嘗嘗看我有多甜美嗎？」

妮骷髏挑眉。「哈哈，我還是算了。」

萊德莉還以微笑。「哈哈，我哪都不去喔。」

她們針鋒相對，死靈巫師與女妖誰也不肯讓步。

到最後，死靈巫師眨眼了。

結果不都如此？

妮骷髏拉開門，手一揮。「行，反正雷諾斯事先說過你們會來。在你們找到住處前可以在我們『惡魔的巢窟』住一陣子。」萊德莉朝門口走一步，卻被妮骷髏擋下。

「我衷心希望妳男朋友的鼓技比妳的牌技好，女妖。」

萊德莉推開她走進門。她沒有笑。

雷諾斯・蓋茲一點也不好笑。

第九章 運用幻像

2D公寓的內部甚至比外部還奇特，前門在身後關上的一瞬間，萊德莉發現自己站在約三公分的淺水之中。

「什麼——」

她看見自己腳下的金黃色沙粒。

抬頭時，一片海灘映入眼底，而且不是旅行社海報那種「致鬱」海灘。是真的。陽光明媚，溼暖的海水滲入她趾間。

「這是幻術嗎？」

妮骷髏聳聳肩。「佛珞依德很想念海邊風景。」

佛珞依德同意地點頭。「我全身心都是加州女孩。」

林克穿著馬汀鞋踢起水花。「好讚的海浪！」

什麼嘛。

「水可以調小聲點嗎？我連自己思考的聲音都聽不到了。」萊德莉瞪佛珞依德一眼，接著立刻被比車還高的浪花迎面沖得狼狽不堪，佛珞依德甚至讓萊德莉的衣服頭髮看起來——更慘的是，感覺起來——溼透了。

「真好笑。」萊德莉努力掩飾心中的佩服。

當她轉身背對沙灘時，全身又恢復乾燥……雖然很鬱悶，但至少不再滴水。

除了他們現在站的位置，海灘的另外三邊幾乎空無一物。公寓挑高的天花板與灰泥牆壁都漆成白色——至少，沒有被平克佛洛伊德和其他重金屬樂團海報遮覆的部分是如此。

就像林克在蓋林鎮老家的房間一樣。萊德莉心想。**也許是個好兆頭**。

「那是什麼？」她指向空曠房間另一頭的某種舞臺，舞臺一邊堆了麥克風架、擴音器等器材，天花板還掛著揚聲器。臺上放著一組鼓與三把吉他。

「練習間。」佛珞依德說，經過時她敲響鐃鈸。妮骷髏走到她身邊。她們就是萊德莉的新室友……之二。萊德莉輕聲嘆息，幸好暗黑之子山普森不在。

「太厲害了。」林克看見舞臺時瞬間容光煥發，注視它的眼神彷彿已開始想像自己站在臺上。他朝舞臺走一步，舞臺後忽然出現足以媲美大型體育比賽數量的觀眾，彷彿從後臺窺視演奏廳。

林克倒退一步，觀眾消失了。

前進，後退。前進，後退。

有人，沒人。有人，沒人。

他笑出聲。「我離不開這裡了。」他再前進一步，又一步。臺下觀眾開始尖叫，直到他們的叫聲蓋過海潮的聲響。

「惡魔的！劊子手！惡魔的！劊子手！」

林克回頭一笑。「可以讓他們叫我的名字嗎？」

萊德莉揪著他退回來，舞臺又復寂靜。「可以不要嗎？」

「別這樣嘛，妳看看這地方。」林克揮手示意牆上的無數張海報，讚許地點頭。「金屬製品樂團、槍與玫瑰、黑色安息日、鐵娘子樂團、AC／DC樂團。」隨著他視線移動，每張海報都放了一小段各樂團的著名歌曲。巫師搖滾迷就是厲害。「品味不錯的住戶。」

「那個住戶就是我。」金髮少女對林克露出笑容。

「我就知道是妳，佛珞依德。」他眉開眼笑。「光聽到妳的名字就夠了。」

好棒喔。萊德莉暗想。**是女版林克**。

佛珞依德擺擺手說：「不是不是，我的名字跟那個樂團沒有關係，這是我的姓氏，我叫法蘭西絲·佛珞依德三世。」

林克一臉失望。「太可惜了！好吧，反正妳的名字就是妳的名字。」

佛珞依德粲笑起來，樂不可支。「騙你的啦！平克佛洛伊德是史上最棒的樂團！」她一隻手幻化成電吉他，用另一手彈奏一小段《迷牆》。

「**我們不需灌輸式教育**——」她唱道。

萊德莉不得不承認佛珞依德歌技很好，但這讓她更煩躁了，特別當林克開始用手在咖啡桌緣拙劣地敲打應和時。佛珞依德斗膽打她男友的主意，看來這朋友是做不成了。

「**我們不需思想被控制**——」林克以歌詞回覆。不曉得他知不知道自己有多難聽，佛珞依德若不是聽力出了問題，一定就是演技高超。

萊德莉提高音量。「好了，好了，你們兩個很好很厲害。林克佛珞依德是吧？很好，我們都懂了。」

「林克佛珞依德。」佛珞依德說。「你聽這個名字，簡直是命運的組合！」

命運的組合？

「悟性真高。」林克對佛珞依德舉起拳頭。「撞個拳。」

「我剛剛說了林克佛珞依德？」萊德莉搖頭說。「真抱歉，我是說『超級爛』。」

她看著緊盯自己男友的金髮少女眼神，意味深長而熾熱。

滾遠點。

佛珞依德跟林克撞拳，又補了一句：「『超級辣』對吧？」

妳說什麼？

萊德莉蹙起眉頭。這種展開實在出乎意料。「我說了『超級爛』嗎？不對，我的意思是『賤女樂團』。」

林克詫異地看向她，就連佛珞依德盯著她的表情也像是見到神經病。

萊德莉若無其事地聳肩。「看什麼？真的有這個樂團啊，不信自己去查。」她忍下踢碎咖啡桌的衝動，那樣靴子會踢壞。

「哇，靠。」林克和佛珞依德無意間異口同聲，他們相視一眼後哈哈大笑。

這是最後一根稻草。

「你們要不乾脆去開房？」萊德莉翻白眼說。「還是誰要帶我去我的房間？我快累死了。」

「抱歉啦，山普森需要自己一間，另外一間是我跟佛珞依德睡的。」妮骷髏掃了佛珞依德一眼，彷彿警告她別說出她們不可告人的祕密。

好極了，就算有什麼不可告人的祕密，萊德莉也完全沒興趣聽。「好，我這下知道這屋子裡誰作主了。」

妮骷髏臉上浮現一層陰影。「妳知道暗黑之子都是什麼樣的人嗎？他們的想法作為往往無可預測，妳不會想當他室友的。」

「暗黑之子？」林克困惑地提問。

「說來話長。」萊德莉說。她目不轉睛地看著妮骷髏與佛珞依德。「某種變種巫師。不用擔心，有我在。」

「妳準備對他怎麼樣？施用魅惑之術嗎？」妮骷髏笑了。「妳就去試試看啊，女妖。」

顯然暗黑之子對巫術的免疫力不僅止於地下賭莊。在苦痛俱樂部，山普森擊敗了使用蠱惑法力的萊德莉，那天她失去了一切。她現在可沒興趣再和山普森作對。

不過要我對這兩個時尚白痴示弱，根本是作夢。

「我的法力對他無效又怎樣？他難道刀槍不入嗎？」萊德莉心情很差，只想盡早結束這一天。

還有我自己的房間。

「妳想對山普施咒？那就像蒼蠅想跟大象擊掌一樣蠢，妳根本入不了他的眼。」妮骷髏笑吟吟地提醒她。

「我們走著瞧。」萊德莉說。「趕快帶我去我睡的地方，妮哭哭。」

佛珞依德看向單手扠腰的妮骷髏。「自己找，不可能找不到的。就是廚房地上唯一的彈簧床，很髒的那個。」

妮骷髏陡然咧嘴一笑——這是她今晚首次露出笑容。「對了，妳的某位朋友要我代為傳達訊息。」

「我沒有朋友。」萊德莉說。

「妳當然有。我不知道他的名字，不過他給妳留了很有病的留言，妳似乎經常引出別人負面的反應呢。有時候就是這樣，訊息一直在我腦裡揮之不去，就像噩夢一樣。」妮骷髏一手攬著萊德莉，將她拉近自己。

「不必跟我分享妳噁心的噩夢。」萊德莉低聲怒斥。

「**夙仇咒**。」妮骷髏說。「三個字，名詞，復仇的宣言。」說話的同時，多個唇環敲擊牙齒發出脆響。「我想，妳在地下有幾個關係匪淺的朋友呢，女妖小姐。」

夙仇咒。

魔咒如威脅般懸掛在兩人之間。萊德莉踉蹌地倒退至牆邊，遠離妮骷髏。「這算什麼留言？這個人為什麼要復仇？妳到底在說什麼？」她見過幾次夙仇咒，這種詛咒與地怒有幾個共通點：它不會心軟，它不留活口，它留下的只會是哀鴻遍野，只要扯上夙仇咒就別想安心過日子。

萊德莉嚥了口口水。

「就這樣。」妮骷髏聳聳肩。「這些奇奇怪怪的東西通常在我睡著的時候出現在我腦裡，不是我能控制的。還有，我不是妳的私人祕書。」

「我好怕喔，小尼姑。」萊德莉翻了個白眼。她的心臟狂亂鼓動，但她看見林克站在門口好奇地觀望，除了裝作若無其事之外她別無選擇。

有什麼大不了的。沒事。

「到時別怪我沒警告妳。我們死靈巫師常聽到這類事情，妳自己注意點。有某個東西——或是某個人——要來找妳了。」妮骷髏瞟了林克一眼。

「找你們兩個報仇。」

第十章
夢中之鏡

萊德莉認為那只是惡作劇，但小尼姑妮哭哭顯然不是在開玩笑。照穿環小姐的意思來看，萊德莉不僅有性命之憂，她的臥房還是這間公寓的廚房。

廚房地板。

對萊德莉而言後者麻煩多了，威脅恐嚇她聽過不少，但在髒兮兮亞麻地板上鋪著的彈簧床上睡覺，這可是全新的體驗。萊德莉懷疑這些新室友在惡整她，如果是的話，她們絕對是酷刑的天才。她這輩子從未睡過任何地方的任何地板。

即使當初被亞伯・雷囚禁在金色鳥籠裡，她睡的也是沙發床。

事先聲明，萊德莉不確定她是否曾涉足廚房，但這也不完全是她的錯，畢竟雷氏莊園的「廚房」不可能允許別人入內。

等林克將她的三個包包、一個灰色大箱子與他自己的石牆中學籃球袋從老爺車扛回來時，萊德莉已經和衣躺在彈簧床上了。

「躺在這東西上，我絕對不可能睡著。」她說。

林克笑了。「廚房地上的彈簧床。妳確定不要睡老爺車上？」

「搭計程車去曼哈頓的飯店如何？」萊德莉不是在開玩笑，妮骷髏的警告現在仍令她心神不寧。

是誰對我施了「夙仇咒」？是先前在街上監視我的人嗎？或者那純粹是我的想像？

萊德莉用手臂擋住光線，彷彿在拒絕看見這個世界的同時，能否定這一切的存在。

究竟是真的，還是那個死靈巫師在整我？

林克伸手摟住她。「別這樣，妳的冒險魂去哪了，寶貝？」

「別叫我寶貝。」萊德莉扭出他的懷抱。「你倒說得輕鬆，你明明不需要睡眠。」

「真希望我能睡覺，今天實在是太漫長了。」林克將包包與箱子放在她面前。廚房的空間太過狹小，除了彈簧床什麼都擺不下。

他嘆口氣，倒在萊德莉身旁的位子，再將灰色箱子朝萊德莉一推。

「這是什麼，禮物嗎？」萊德莉最討厭驚喜了，她每次都會想像最壞的可能性。

一顆頭。炸彈。縮小版林肯太太。

「我原本該告訴妳的。」林克略為心虛地說。「可是我原本不知道妳會跟來。」

萊德莉小心翼翼地撞開箱蓋，似是怕裡頭的東西咬她一口。

事實與她的猜想相去不遠。

露西貝兒蜷縮在一條破舊的粉色浴室地毯上，睜著大眼凝視她，彷彿剛睡了二十四小時的午覺。

「你在跟我開玩笑吧？你把貓給帶來了？」

露西同樣不滿地嚎叫。

「梅西姨婆說她從來沒來過北方，葛瑞絲姨婆說露西貝兒等上天了再過梅森－迪克森線（南北戰爭前區別南方與北方的界線），伊森答應她們會問問我，然後我答應伊森會想想看，等回過神──」

「所以你偉大的計畫，是帶著朋友的姨婆的貓偷跑來紐約，成為搖滾巨星？」萊德莉看看露西貝兒，再看看林克。

「我想說想家的時候有張熟悉的臉可以看還不錯。」

「一張貓的臉？」

露西貝兒又嚎叫一聲，林克試圖幫她戴上嘴套，結果被咬了一口。

「妳咬她啊，咬我做什麼！討厭妳的又不是我。」林克想蓋上箱蓋，不過露西搶先跳到彈簧床上。

他猛地一抓，被露西給溜了，她鑽出虛掩著的門消失無蹤。

「希望窗戶都有關好，否則我得跟三姊妹稟告說露西還沒看到自由女神就走丟了。」

「別擔心。」萊德莉無奈嘆息。「我們不可能好運到擺脫那隻貓的。」

「是嗎？」林克滿懷希望。

「相信我，我試過了。」萊德莉想擺出氣憤的臉色，卻忍不住輕笑出聲，害林克也跟著笑彎了腰，兩個人笑到呼吸困難。

萊德莉再度仰倒在彈簧床上，林克也跟著臥倒在她身邊。他們躺在地上，盯著天花板。

「妳要不要抱在一起取暖？這叫體溫，妳懂的。」林克摩擦她的手臂。

「我很熱。」萊德莉移開手。看到露西讓她心情稍微好轉，但好心情也隨著貓咪溜走了。

「熱辣辣的三級正妹，我無法反駁。」林克笑嘻嘻地看著她說。

「很晚了，我想睡覺。」萊德莉扭動身體，離開林克。

「我們剛剛來看『臥房』的時候，妮骷髏到底說了什麼話，讓妳這麼心神不寧的？」他問道。

「沒事。」

「告訴我，沒關係。」

最好是。

過幾分鐘後，林克放棄了。他下床走去練習間，獨留萊德莉默默盯著天花板。她在苦痛俱樂部那晚闖了禍，但是，此刻的孤獨或許才是真正的懲罰。

她聽見林克的話聲，還有女孩子的笑聲。

是「超級爛」。**又來了**。

過沒多久，貝斯低沉的樂聲響起，隨之傳來的是鼓聲，以及觀眾的呼喊。

萊德莉將枕頭蓋到頭上。

「**林克佛珞依德！林克佛珞依德！林克佛珞依德！**」不想聽也不行。萊德莉翻身側躺。

今晚還能更糟嗎？

她懶得脫鞋，這樣出現麻煩時她隨時能開溜（穿著十公分的高跟鞋已經夠難跑了）。況且這張彈簧床聞起來像骯髒的泳池，怎麼看都不適合寬衣放鬆。
謊言與威脅遍布的城市裡，萊德莉獨自躺在硬邦邦的彈簧床上，而男友正與另一個女孩玩在一塊。她陷入斷斷續續的淺眠。
點亮前路的，只有誓約戒指的微弱綠光。

鹹鹹海風如輕吻般溫柔地拂過她的臉。「萊絲妳看，風把陽光都吹走了。」睜眼時，她看見太陽在眼皮下的殘影——以及遠方兩個小黑點。她揉揉眼睛。黑點還在。他們比棕櫚樹還要遠，就在水邊的沙灘上。

「快看，那是什麼？」萊德莉坐起身，嘴裡還含著從外婆茶盤上偷來的兩塊方糖。她、姊妹與蕾娜每年都來探望外婆，已經持續十四個夏天了，她一次都沒被逮到過。

「妳該說，那是『誰』。」姊姊萊絲說著綁上泳裝的繫帶，綁得比平時還緊。現在她們能看見黑點移動，更準確地說是在走動。是兩個人——兩道黑影沿著拔示巴海灘的蔚藍水線行走。

「好吧。那是誰？」萊德莉瞇起眼睛。她繼續吸吮，但嘴裡的方糖已經溶到幾乎吃不出甜味了。

「大概是迷路的海灘客吧。妳何不自己去問問？」「海灘客」是外婆自己發明的詞彙，指的是那些在她們家門前海灘晃來晃去的怪人。

其中一個黑點正筆直朝絢麗的藍海灣走去。

「這裡算是東邊海域，不適合游泳，他們會被暗流淹死的。我們應該去警告他們。」

「凡人？」萊絲聳聳肩。「別看我。」即使凡人與巫師在這座島嶼上和平共處已有數世紀，最基本的規矩仍然是你不犯我、我不犯你。

如果你淹死，那是你家的事。

「世事難料，順其自然」。

「好嘛。」萊德莉跳下老舊的籐製長椅，踏上蜿蜒在草叢之間的沙徑，朝拔示巴海灘走去。

「帽子！」萊絲在陽臺上大喊。萊德莉隨意地揮手離去。

雷氏別墅是外婆在巴貝多住的宅院，四面環繞著巨石雕刻的露臺，其典雅的美感與下方無情的臨海懸崖形成強烈對比。這棟宅邸自十七世紀起一直守著島嶼的一隅——守護這片海灣，以及拔示巴海灘——雷氏別墅的年代比雷家農場更久遠，萊德莉的祖先與當時許多人一樣，在前往卡羅來納區域前於巴貝多停留了一陣子。

幾百年的無聊時光。萊德莉心想。

那是一段很漫長、很漫長的歲月。

……除非你喜歡花無數個小時背誦族譜、星圖、草藥、巫界歷史，當然，還有這幢別墅的歷史。萊德莉之所以對外婆的夏日別館如此瞭解，就是因為萊絲、萊德莉與蕾娜全都讀過，就連小萊兒也必須在別墅藏書室消磨好幾個鐘頭，唯有關於魔咒的書籍她們看也不能看一眼。「她要我們研究法力，根本就為了讓我們永遠不要使用法力。」今年夏天，萊德莉剛來到別墅時曾抱怨。

「別說這種話，外婆很愛我們的。」萊絲憂心忡忡地蹙眉。

擔憂就是萊絲的招牌表情。萊德莉暗想。

「我怎麼會知道？她什麼時候對我好了？有時候我覺得，說不定她恨我。」壓抑在心頭已久的話語終於說出口，聽在耳裡非常奇怪。

「她怎麼會恨妳。」萊絲說。她將萊德莉拉入懷抱，萊德莉默默享受姊姊難得的溫柔。「我想，有時候，外婆有一點怕妳。」

「怕我？為什麼？」

萊絲一手輕撫妹妹的臉頰，深深注視她的眼眸，彷彿能在她眼底找到所有答案。「如果我知道就好了。」

外婆今天根本不在家，她和媽媽去群島極東點研究古老岩洞了，外婆深信那些岩洞和她們家族的未來息息相關。

怎麼會有人想浪費一整天研究山洞？萊德莉毫無頭緒。她沿著小徑跑向海灘，除了豔陽、晴空與昨晚在房外池塘裡找到的蝌蚪，她什麼也不去想。

夏天本就是玩樂的季節。

除此之外的一切，在這一刻都不重要。

她打算去拯救那兩個海灘客，晚餐時再跟外婆講——還有麥坎舅舅，他們會稱讚她勇敢善良，叮囑萊絲與萊兒多學學她，還會多給她一份飯後甜點。萊德莉的如意算盤打得很好。

「你們！海灘客！快點上岸！」

一名髮色淡黃的男孩站起身，踏出雪白浪花直直朝萊德莉走來。一名看似較年幼、髮色也較深的女孩坐在水邊的沙地上。

「妳剛剛叫我什麼？」男孩雙眼一閃。

萊德莉輕蔑地說：「海水很危險的，如果你們溺死了我外婆還得叫警察來，她最討厭警察了。」

「我不會溺死。」擁有麻黃色頭髮與幽深眼瞳的男孩微微一笑。他看起來與萊德莉年歲相仿，皮膚晒成了古銅色，身形修長但不會太高。也不會太老。只是個男孩。

「你們不該在這邊玩，這裡是私人用地。」萊德莉說。

「海灘和大海不是誰能擁有的。」男孩交叉雙臂。

「你們來這裡做什麼？」

「我帶妹妹來玩。」他說。「因為很無聊。」

「我懂你的感受。」

「我祖父今天出門，我們整天都得待在島上。」

萊德莉點點頭。「我也是，我外婆出門了。」

「他跑去看一些莫名其妙的山洞了。」

「我外婆也是。」萊德莉越說越感覺不對勁。

她想逃走，想全速衝刺逃離這裡，一路沿著小徑、爬上樓梯、跑下走廊、回到房間。她想跑回家躲在床底下——卻不曉得原因。

吻我。她心想。我要的是這個。

我要他吻我。

我的初吻。

我要現在，在這片沙灘上，跟這個眼睛深邃的男孩接吻。

她雙眼圓睜。男孩咧嘴一笑，露出尖銳雪白的牙齒，深邃的眼眸又圓又大。他傾身靠近萊德莉。

她的願望快實現了。

他在她耳邊輕聲細語，聲音輕到幾乎被海風帶走。

「妳是不是希望我吻妳？」

「沒有。」萊德莉說。但那是謊言。

「妳知道妳為什麼希望我吻妳嗎？」男孩問她。

她緘默不語。

「因為我讓妳這樣想。」

他仰頭大笑，萊德莉開始哭泣。

「別再把我誤認成凡人了。」男孩說。「我不是妳說的什麼海灘客，我是世上最強大的巫師之一。」

「少作夢了。」萊德莉不知哪來的勇氣，突然回嘴。「你只是個小屁孩巫師而已，我外婆比你強一千倍！」

對方踩著沙子逼近一步。「是嗎？證明一下啊。」

鬥嘴跟剛才接吻一樣刺激。

是「差點」接吻。萊德莉提醒自己。

她閉上眼睛。

吻我。

我要你想要吻我。

男孩彷彿聽見了，他逐漸靠近萊德莉的臉，雙眼不可置信地圓睜。

她感受到自己的法力纏繞著男孩，包覆他們兩人。她從未這樣使用法力，從未明確針對一個人施展魅術，更別說對方是巫師了。

萊德莉喜歡法力帶給她的感覺——強大、獨立、所向無敵。

男孩的唇接近她的……越來越近。

現在，他連眼睛都閉上了。

「我告訴你。」萊德莉輕聲說，低啞的聲音與男孩適才的說話方式十分相似。「永遠別忘了：我的名字是萊德莉．杜凱，沒有人能對我發號施令。如果我要你吻我，那相信我，你就會想要吻我。」

男孩啞口無言。

「你是不是想要吻我？」

他點頭。

「比什麼都想嗎？」

他再次點頭。

「很好。」

萊德莉用盡全力甩了他一巴掌，轉身一路沿著小徑跑回家。

萊德莉在彈簧床上坐起來，感覺剛剛記起某件重要的事情，聽見林克在練習間唱《漢堡男孩》時才想起自己身在什麼地方，以及來到此處的前因後果。

觀眾消失了，佛珞依德也走了，只聞林克獨自歌唱。

「漢堡排漢堡排，我的肉肉女孩／妳無禮卻又可愛／我的漢堡女孩。」

萊德莉又倒回彈簧床上盯著天花板的裂痕，直到這首歌結束，直到旭日東升。無論以前者或是後者為基準，今晚都是她此生度過最漫長的夜晚之一。

她會想辦法讓林克加入這個巫師樂團，再想辦法將他弄出來。**惡魔的筷子，去死吧**。她才不允許林克為了她或任何人毀了自己的前程，而她更不允許愚蠢的賭債毀了她自己一生。

還有自己被人監視的瘋狂幻想，以及死靈法師從冥界捎來的「夙仇咒」。怎能讓這些瘋狂怪事毀了她的自在人生。

或是，最瘋狂的，搖滾妹佛珞依德搶她男友的可能性。

林克佛珞依德？絕不可能。

因為，她的名字是萊德莉．杜凱，沒有人能對她發號施令。

任何人都不行。

第十一章
謊言之間的字句

一早萊德莉離開2D公寓，來到樓下的瑪麗蓮小餐館，望見林克一人坐在雅座前講電話。

真有趣。

一杯涼掉的咖啡擺在他面前桌上，看似沒被動過。他穿著一件瑪利歐與路易吉T恤，意思再清楚不過：林克現在感覺多愁善感，而且想家了。萊德莉通常拿林克這種情緒沒轍，她本人從不承認自己會思鄉或感傷。

她謹慎地走向林克。今天萊德莉穿了她最喜歡的網襪、絨面露趾短靴、扣帶蘇格蘭式迷你裙，以及最舊的黑T恤，都是最令她安心、最可靠的衣物——然而今早，這身舒適的打扮也無法達到預期的效果。

萊德莉不知道自己為何狀況不佳，明明周遭的事物看上去稀鬆平常：吊扇在餐館中央的長桌上方打轉，褪色的紐約市健康與心理衛生局證明掛在牆上，旁邊掛著過時的瑪麗蓮．夢露月曆——想必是餐館名稱的由來。就萊德莉所知，瑪麗蓮．夢露不是女妖，但她的魅力足以與真正的女妖一較高下。櫃檯長桌後，灰塵滿布的玻璃櫃擺了黏答答的甜甜圈，甜甜圈的糖霜撒了幾粒色調暗沉的小糖球，還有幾塊包覆保鮮膜的過期蛋糕倚著巨大巧克力馬芬，或迷你糖麥片盒，或滿溢楓糖漿的小壺——換句話說，就是女妖誘餌。萊德莉能聞到飄散在空氣中的濃郁甜香。

不過她十分肯定自己是這間小餐館裡唯一的女妖，長桌邊與套著塑膠的高腳凳上擠滿戴鼻環的學生、刺了青的文藝青年，甚至有穿著夾克與運動鞋，一臉疲勞緊繃的上班族——看樣子大多數客人都是凡人。當萊德莉經過他們時，他們紛紛避開她的視線，彷彿知曉某個她不知道的祕密，彷彿無意窺視她的祕密。

是不敢知道。

這就怪了。

萊德莉感覺到熟悉的寒意——是昨晚在路邊感覺到的夙仇咒，也是潛藏在她夢境裡的陰冷。她試圖甩脫這種感覺，紐約市已經夠複雜了，她沒有餘裕懷疑自己的判斷力。

我可以搞定這裡的一切，對吧？

她不想思考這個問題的答案。

仔細觀察周圍，萊德莉還是看見幾張熟悉的面孔，像是在廚房切生肉的嗜血夢魘、駝著背研究瑪麗蓮甜心特餐菜單的黑暗巫師，還有一位年老色衰的女妖調酒師端著咖啡坐在長桌後。在巫界鮮少有巫師與凡人都歡迎的店家，萊德莉不知該作何感想。

自從來到紐約，有很多事她都不知該作何感想。

「你說意不意外，生意真好啊！」萊德莉說著坐到林克的對面。

林克舉手示意萊德莉別說話，繼續講電話。「等一下，我室友剛走進學生餐廳。」萊德莉揚起眉頭。

是林克的媽。

他乞求地注視著萊德莉。她接收到訊息了。

拜託別害我露餡。

「我得先走了，不然會趕不上『正直青年』早餐。」他點點頭。「我知道。」他又點點頭。「當然。」又點頭。「好的。」再點頭。「是，是，是，也用牙線了。」

萊德莉拿起裝餐具的容器，在林克臉邊搖晃發出吵雜的刮擦聲。林克忍不住笑了起來。

「啊——我聽不到了，好像是樂團在練習，下禮拜再打給妳——我聽不——」他掛斷電話，呼出一口氣。

萊德莉粲然一笑。「我最愛的老媽狀況如何？」

林克隨意地將手機拋到桌上。「誰管她，只要她不開車殺去喬治亞救贖大學檢查我有沒有換內褲就好了。」

「你有嗎？」

「怎麼樣，想親眼瞧瞧嗎？」他對萊德莉露出她最喜歡的笑容，彷彿在說「三級燒傷的火辣，寶貝，妳就是這麼辣」。至少，經過昨晚的種種，她希望意思沒變成「我有點罪惡感，因為我喜歡上搖滾妹了」。

無論如何，萊德莉也拿出林克最喜歡的笑容回敬他：**我知道，搖滾小子，火柴就在我手裡。**

來玩火吧。

玩我的火。

她伸手想握住林克的瞬間，林克將咖啡從面前推開。「我剛剛在想……」

不妙。

萊德莉縮回手。林克接著說：「我想了想之後發現妳是對的，萊，妳說的從頭到尾都沒有錯。我昨夜在練習間邊寫新歌邊想這件事。」

「我聽見了。聽起來你跟樂團的女生混得很熟了……至少，跟半數女生打好了關係。」萊德莉擠出微笑。

「這不重要。」林克說。他不會落入陷阱的。

萊德莉暗自下定決心將挑染粉紅的那綹頭髮染成別的顏色。**隨便什麼顏色都行，別讓我聯想到平克佛洛伊德**（註1）**就好**。

林克的腳在餐桌下抖動。「我昨天為什麼要生妳的氣？我來紐約就是為了我的音樂，而妳給了我這個機會——現在，在這個樂團。這就是我的機會。」

「我有嗎？嗯，沒錯。」萊德莉盡力隱藏語氣中的訝異。**沒錯吧？妳確實給了他機會。妳看，妳也沒那麼壞嘛**。

「妳只是用了很糟的方法而已。」

「很糟？」她試圖表露疑惑。

林克不理她。「以前還可以，但是現在我們需要訂定一些規則。」

註1　原文為Pink Floyd，意即粉紅色的佛洛伊德。

呃，什麼？「你也曉得，我就是跟規則過不去。」

「我明白，所以才要現在把話都講清楚。」林克的神情異常嚴肅。「從現在開始，這就是我們之間的約定。這是我唯一能接受的準則，如果我們不能用正確的方式走出自己的路，那我就不想玩音樂了。那將不再是我想走的道路。」

不再是他想走的道路？他最好給我走下去，我已經沒有退路了。

他們分手又復合了那麼多次，萊德莉從沒見過林克如此理性的一面，其實有些嚇人。

這不是他們平時談話的模式。他們一般都用各種東西砸向對方，包括辱罵、玩笑，甚至是電視遙控器。他們會發動戰爭，再言歸於好，再舊情復燃，再激情纏綿。他們不會做出訂立規則這種事，他們不會談心、談感情，他們更不會「把話講清楚」。

萊德莉低頭瞅著鑲嵌亮片的紅餐桌。「你這樣說話好像那些大人。」

林克臉上浮現一抹哀傷。「也許是時候長大了，萊。」

「可是要訂規則？」

「沒錯。」林克敲敲桌面。「首先，禁止魔法，禁止女妖行為。」

萊德莉感覺自己被賞了一個耳光。「你在說什麼？」從來沒有人敢對她說出這種話。**禁止女妖行為？怎麼不直接說「禁止萊德莉行為」？**

兩者沒有差別。

萊德莉的氣深深填滿肺部。

「等等。」林克說，搶在她出擊前抓住她的手。「我只是不希望妳用魅術或用棒棒糖施法讓大家愛我，那不是愛我，也不是愛我的音樂，那是愛妳。」

「我看不出差異。」萊德莉冰冷地撒謊。這是一道雞生蛋蛋生雞、「假如一棵樹在森林裡倒下」的哲學問題——女妖的哲學：「如果女妖蠱惑凡人射殺別人，那真正的凶手是誰？」萊德莉沒興趣坐在咖啡店裡，跟一個唇下留了小鬍子、頸上掛了道德量錶的巫師辯論魅惑之術的倫理議題，但這不代表她不懂其中的爭議。

林克還沒說完。「第二點，禁止說謊。直接對我說實話就好了，如果妳希望我加入一個樂團，就告訴我，如果妳想跟我一起來紐約也一樣。我們之間沒有什麼不能說的，萊，什麼都沒有。」

萊德莉揚起單邊眉毛。

她做為女妖活了這麼久，深知那是所有人際關係中最可笑的妄想，沒有之一。永遠，永遠存在不能告訴對方的祕密。

看看林克，先前若能將三個字憋在心裡，他們就能省去一次分手的折騰。他難道都沒學到教訓嗎？

在感情之中，真相無法使人自由。真相，只會讓一切付之一炬。

如果你不信，你不是自欺欺人就是真的很蠢。萊德莉兩者皆不是，儘管她真心希望自己能相信林克的話，還是只能默默點頭，因為她知道林克對這個妄想深信不疑。

就連點頭的動作也是謊言。

「同意休戰嗎？」林克微笑著伸出手。「不再用女妖法力，也不再說謊、保密？妳、我，可能再加上露西貝兒，在這座大城市裡像正常人一樣打拚？」

正常人？我們？我是不是聽錯了？

萊德莉同樣面帶微笑地凝視著他。「嗯，正常人。我們最正常了。」

他究竟在妄想什麼？他以為我會加入美國革命女兒會，學做比斯吉？那他呢？難道要在加油站打工？

他什麼都不懂。

「萊？妳是認真的嗎？老實告訴我。」林克顯然不太相信。

萊德莉在塑膠椅墊上不安地扭動。「真心不騙。」

即使同樣的問題已經思索了千百次，萊德莉仍然不解他們為何交往。但她不能忽視林克的願望，林克希望他們的感情能往「更多」邁進——而不知何時，「更多」變成了「誠實與正常」。

他的理想情人似乎不是萊德莉，而是蕾娜那樣的女孩——一個誠實善良，而非虛偽自私的人。一個在房間牆上書寫詩句的女孩，而非孤單坐在路邊的女妖。

我恨我的人生。萊德莉心想。**我恨自己。我真希望自己能恨他**。

這麼一來，所有問題都不會是問題了。

萊德莉抓起桌上的菜單，攝取甜食的慾望忽然排山倒海襲來。「該吃點甜的了，甜心。我說的可不是『瑪麗蓮特大基督山三明治』喔。」

「這才是我的女孩。」林克笑容滿面。

萊德莉開始點餐後，不禁好奇林克有沒有發現，她從頭到尾都沒有握手成交。

正常人？他要我們當正常人？

早餐來了又去了，這股念頭依舊在萊德莉腦海中盤旋不去。她又退到餐館前的路邊。

我又回到這裡了。

林克在樓上練唱，她需要一點獨自想事情的空間。

我該放棄了。

當衛斯理・林肯這種人開始提出感情建言時，你就知道事態有多慘了，因為這種事情發生的機率和林肯太太建議萊德莉穿得露一點差不多。以女妖的標準來看，萊德莉已經身在谷底了。

正常人。

正常人不是女妖。

正常人沒有魔法。

她必須認清現實，這段感情完蛋了。

萊德莉從來沒想過，原來聽林克說出那些話語能令她如此難受。怎麼可能想過？從林克嘴裡冒出來的話語，有營養的通常沒幾句。

萊德莉觸摸人行道邊緣的裂痕，想起通往她家門的石步道——就是轉化後那個早晨，媽媽在她面前重重摔上的家門。

她還記得當時跌跌撞撞地爬上石階，用力捶打油漆龜裂的老舊木門。她還能感覺自己被衣服纏緊，恐懼與冷汗浸溼了她的身軀，她呼吸急促地站在門廊。

萊德莉，妳必須離開。妳不能再回來了。

她闔上雙眼，回憶起當時的尖叫與哭喊，那個聲音彷彿不屬於自己，而是屬於某個很幼小、很脆弱、很孤單的人。

一個無論月亮做了什麼判決，還是需要母親與家庭的人。

妳已經轉化了，孩子。現在，黑暗就是妳的家庭。

萊德莉用閃亮的鮮紅指甲掐住柔軟手心，讓痛覺將自己拉回現實。

醒醒。那不是妳，那不是現在。

妳不是那個女孩。不再僅是那個女孩。

萊德莉望著眼前的街道。老爺車的雨刷與擋風玻璃之間夾了一疊違停罰單，輪胎上裝了金屬車輪鎖。

這裡不是蓋林鎮，在這裡，情況是會改變的。

情況是有可能改變的。

萊德莉無法保證自己會戒掉魔法，畢竟她不能創造奇蹟，突然停用上癮的藥物誰也受不了。

餘下的要求，她至少能嘗試看看。

為了林克。

這是蕾娜那樣的女孩會為伊森那樣的男孩做的事，如果林克要的是蕾娜那樣的女孩，萊德莉也不是不能試試。

就像個正常的女朋友。

但有許多事情她都不清楚，比如正常人整天都做些什麼？**工作**？這個答案顯而易見。所以，林克期待她去找工作？賺凡人的薪水？**學會凡人的規矩？排隊？每天都像其他人一樣排隊等待？裝乖？**

最後那絲念頭太過恐怖，她不願再去想像。

今日一整天，她無法思考其他念頭。

萊德莉入睡時，她的夢境與「正常」天差地遠，充滿了災厄、火焰、爆炸，金瞳巫師在暗處注視著她，裹著黑暗與恐懼的闇影群魔亂舞。

放眼所見皆是鮮血。魔法，與鮮血。

她的，還有林克的。

萊德莉輾轉反側，竭力不讓自己再墜入夢魘。在這瞬間，正常生活顯得沒那麼可怕了。

最後，她放棄了。她抱膝坐在條紋彈簧床上，死死盯著牆上的裂痕。**也許是種徵兆吧**。

隔天，萊德莉・杜凱做出了抉擇。她準備去面對正常的世界……至少，她認為自己準備好了。

她準備去嘗試。

「我需要一份工作。」萊德莉試著將這句話說出口。若非她現在躺在海灘上，聽起來或許有幾分真實性。

客廳地板是海灘，又不是我的錯。她煩躁地心想。**而且只是幻術而已**。

妮骷髏捧腹大笑，在她身旁的沙地坐下，手中的咖啡灑出一些，差點潑到萊德莉亮晶晶的豔紅連褲裝——拉鍊滿布的紅皮革讓她看起來像八〇年代的忍者機器人殺手，是萊德莉的「認真辦事」打扮。她真的打算認真辦事……雖然遠方海景是如此地宜人。

妮骷髏笑著放下紙咖啡杯。

「有那麼好笑嗎？」萊德莉不必假裝，輕鬆就做出受辱的表情。「凡人都有工作，他們早上起床搭那些小火車，去那些有電話、植物跟——」

「電梯？」妮骷髏一臉無辜地問。她拿出一顆蘋果，翻開彈簧刀，邊熟練地切蘋果邊自顧自地微笑。

萊德莉有些不知所措。她前天認識的妮骷髏長得一副龐克街友，穿了像是舊地毯補釘的外套與黑色馬汀短靴，以傳達不明人士——或冥界厲鬼——的留言為樂。萊德莉可不認識眼前這位開懷笑著的妮骷髏，她立刻感到很可疑。至少當別的女生與她針鋒相對時，她很清楚該如何應對。

「電梯，好啊，隨便。憑什麼認為我不行？」萊德莉一聳肩。「我完全可以。」

「搭電梯？」妮骷髏把玩著自己的銀色鼻環，忍住笑意。「妳實在很有才。」

「那是一種工作嗎？」萊德莉不甚確定。她踢踢沙地，沙粒在客廳裡的暖風中飛散。

「不太算。可是——兄弟，妳是女妖耶，妳不是工作的料。」

「我也不是『兄弟』。」萊德莉蹙眉。「女妖也可以工作啊，有的還特別在行呢。」

妮骷髏對她挑眉。

萊德莉眉頭皺得更深了。「不是那種工作。」

「俱樂部應該有空缺吧，妳可以問問諾斯。」

「不要。」萊德莉很快地說。「不要俱樂部。」她才不想天天見到那個人沾沾自喜的臉。

「嘿，工作就是工作，是妳自己說要找事做的。」妮骷髏說。她一刀切入蘋果核。

「我沒那麼拚命。」萊德莉搖搖頭。「況且我要的不是巫師工作，我要凡人的工作。」

妮骷髏彷彿聽到了笑話，笑得前仰後合。萊德莉努力思考笑點在哪裡，卻毫無頭緒。

「又來了，到底哪裡好笑？」

妮骷髏奮力裝出嚴肅的樣子。「妳在凡界又能做什麼？而且妳怎麼會想做凡人的工作？凡人都——」

「我知道。」至少在這點她們有共識。萊德莉嘆息一聲。「誰曉得呢？如果哪天出了什麼狀況，說不定會派上用場。」

「狀況是指賭債之類的？」妮骷髏切開蘋果。

萊德莉無視她的暗諷。「而且我想證明給林克看，我就算不用蠱惑法術也能活得好好的，因為他算是部分的凡人，因為他覺得我除了魅術之外什麼都不會。我可不只是女妖，我還是——」

妮骷髏感興趣地靠過來。「是？」

很遺憾，萊德莉無法接下去了，如果她知道自己除了女妖之外還有什麼價值，那現在就不必和妮骷髏討論這些了。她不是正常人，她和「正常」壓根沾不上邊。除去了女妖的身分，她還真不知自己剩下什麼。

萊德莉就此作罷。「審問完了沒啊。」

妮骷髏折起彈簧刀。「不出意料。」

萊德莉捏緊拳頭。她一定會證明給妮骷髏看，她可以在凡界自力更生，她可以當個正常人，她比這幾個笨蛋想的能幹多了。

雖然她自己也在「這幾個笨蛋」之列。

第十二章 鞋跟上的地獄

「嗨，搖滾小子。」

萊德莉這次的談話對象並非林克，林克此刻正在公寓裡勤練幻想出來的鼓手獨奏。

她在和「宅宅戰士尼克」說話。

至少，他的名牌是這樣寫的。

萊德莉花了兩個小時才找到布魯克林最近的「宅世界」，是妮骷髏建議她來這裡使用快速又免錢的工作搜尋。眼前這位宅宅戰士——顯然宅世界的居民都是如此稱呼——比起戰士更偏向宅宅。

「妳在跟我講話嗎？」宅宅戰士尼克嚥了口口水，瞠目結舌地盯著萊德莉的鮮紅皮革連褲裝，明顯是被震懾到了。萊德莉滿意地咧嘴一笑。忍者機器人殺手，得分！

蓋林鎮那群美國革命女兒會的「端莊淑女」要是哪天死了，地下有知必定會從灑滿塑膠花的墳裡爬出來。

萊德莉一只鮮紅長指甲直指宅宅戰士尼克胸口。「我要你教我怎麼用這東西。」

「什麼東西？」他又吞了口口水，然後才回神發現自己站在宅世界最先進的電子產品展示桌前。「妳是說，平板？」

萊德莉點點頭。「對，那個正方形小東西。」

「其實它應該是長方形。」尼克推了推眼鏡。

「你在開什麼玩笑？」她朝尼克眨眼。「親愛的，如果我說它是圓的它就不是方的，搞清楚沒？」

「請——請問妳需要什麼？七吋？九吋？擴增記憶體？還是妳想——」

萊德莉嘆息一聲。「我想我可能需要一份工作。」

「工作？列印工作嗎？」他不解地問。「這些平板都能無線連接到任何——」

「尼克。」萊德莉搖頭說。她直接靠在長桌上，直到整個人坐在桌面上，雙腳一晃一蕩。「我說的是『工作』的工作。」

「在這裡？」尼克再次吞口水。

「不，不是這裡。好吧，也可能在這裡，你們這邊都做什麼工作？」

「修理電腦、平板、智慧型手機，還有——」

「還有其他正方形小東西？」

「長方形。」被萊德莉瞪一眼後，尼克羞愧地垂頭。「對。」

「不要，這工作太爛了。」

「其實——」

「對我而言。」萊德莉說。

尼克看似鬆了一口氣。「的確不是每個人都適合。」

萊德莉思索片刻。「我需要一個有點魅力、有點時髦的職業，一份優異的工作，一份只有我能做的工作，足以令所有認識我的人——」

「驕傲？」

萊德莉看瘋子似地瞅著尼克。「恨我。羨慕嫉妒恨。」

尼克呆呆盯著她。「妳還在跟我講話嗎？」

她笑吟吟地玩弄尼克參差不齊的短髮。**剪得這麼難看還敢收錢**。實在是沒什麼好玩弄，但萊德莉見過更慘的。「你何不開啟你那正方——長方形小東西，幫我找找呢，小天才？」

萊德莉連一根棒棒糖也沒用上，尼克已經開始搜尋「徵才，優異，時髦，魅力，紐約市」。

魅力是一回事，「魅惑之術」又是另一回事了。萊德莉有時候更喜歡用前者證實自己不用魔法也能將人耍得團團轉，這樣成就感反而更高。

她需要的，只有豔紅皮革。

又回到主導賽局的位置了。

真好。

宅宅戰士尼克最後還是展現出了不凡的戰力，現在輪到萊德莉好好利用他

Google 搜尋的戰果了。

「Google」聽起來就是亂掰出來的字。

「妳不必勉強自己。」妮骷髏說。她完全無法想像自己涉足眼前的店面。

「不，我必須去。」萊德莉深深吸一口氣。「我可以的。」

妮骷髏竟然好心陪萊德莉走到工作地點，她的說法是「我不親眼見識實在對不起自己」。現在她們一起抬頭望著店門口的招牌。昨天，萊德莉還確信這是正確的選擇——但那已經是三次電話面試、一個不眠之夜、一塊草莓大黃派、一塊三色莓果派，以及十套衣服以前的事了。

今天，萊德莉開始動搖了。

人想應徵工作，顯然必須有工作經歷。萊德莉明明最擅長說別人愛聽的話，卻打了幾通電話才明白這些人想聽什麼。對她而言這不太算說謊，比較像角色扮演，你得假裝自己是容易應徵到工作的人，才有辦法應徵到工作。要怎麼表現得像愛工作的搭電梯上班族女生呢？

這些面試技巧都是萊德莉從失敗中記取的教訓，例如對方請你用一個詞語形容自己時，不可以說「完美」，也不可以說「火辣」。失敗了兩次後萊德莉只好說「有說服力」，雖然對方沒有成功被說服，但至少不會讓對話戛然而止。

這招我學起來了。

萊德莉也學會應徵女妖閉著眼睛都能做的工作。她差點應徵到一個「資深美容師」的職位，後來才發現那是在布隆克斯區一間小葬儀社替屍體化妝的工作……她跟冥界的恩怨糾葛已經夠複雜了好嗎？

萊德莉先前看到「時裝設計與零售」的空缺十分興奮……直到她發現那是康尼貓咪時裝店的工作。也許露西貝兒很適合，但萊德莉無法接受自己成為貓咪時裝設計師。店主建議萊德莉到店裡，給貓咪康尼「聞一聞、舔一舔，讓她愛上妳，妳也愛上她」。萊德莉回答說她寧可自己舔康尼也不願意。店主強烈建議她把那滿嘴貓毛放到某個地方……然後這場電話面試就突兀地結束了。

待萊德莉掌握面試技巧後，基本上只剩一個職缺了。她現在就站在這間店旁的人行道。

布魯克林魔髮盛宴

這是一間美髮店，不過他們的說法可有趣了。根據宣傳單，這份工作就像開趴玩樂，是一場「魔髮體驗」。

萊德莉的職位不是造型師，而是「洗頭妹」。就她的理解，洗頭妹就等於拿著吹風機的性感正妹。

「妳沒問題，對吧？」妮骷髏隔著印花玻璃窗望向店內，一排濃妝豔抹、花枝招展的洗頭妹像準備上戰場般，人人手持吹風機、各式燙髮夾、捲髮器等武器。「又能難到哪裡去？」

萊德莉更希望能拿真刀真槍上戰場去。

妮骷髏緊張地摸摸她的藍色偽雞冠頭。「我得趕快閃人了，免得她們把我拖進去改造成歌手泰勒絲。」她開始倒退離開。

「妮骷髏。」萊德莉衝口而出。

「嗯？」妮骷髏沒有回頭。

「妳不是討厭我嗎？為什麼對我這麼好？」

妮骷髏轉身說：「我是討厭妳，如果妳敢把這件事說出去我一定會扁妳，我陪妳來只是為了蹺掉試音檢查，因為比起討厭妳我更痛恨試音檢查。」然後她不由自主地笑了。

「好吧。」萊德莉還以微笑，轉身面對美髮店的玻璃門。

「別對我心軟啊，女妖。」妮骷髏走到離美髮店一段安全的距離，回頭喊道。

「怎麼可能。」萊德莉踏進店裡。

「妳的意思是，我要把手放到『那個』裡面？」洗髮間裡，萊德莉站在六個水槽前，一副看到蛇從排水口爬出來的驚駭模樣，指向三公尺外一位仰頭躺在六號水槽邊的女人，以及她染白金色的粗糙捲髮與黑色髮根。

「什麼『那個』？妳說她的頭髮？」魔髮盛宴的店長狄麗亞一臉好笑。「是啊。」

萊德莉哀嘆一聲。目前為止的「正常人體驗」令人不甚滿意，搭凡人地鐵來上班時，萊德莉一路上都無法擺脫受人監視的不安。

又來了。

說不定凡人就是這樣，整天盯著彼此不放。

然而萊德莉確實在百老匯路口車站看見了一名直立不動的男子，隔著逐漸關閉的車門對她獰笑。

女妖一般不容易受到驚嚇，但紐約大眾運輸成功擊潰了萊德莉的冷靜。她搖頭甩開令人不悅的記憶，繼續瞪視等待她的客人。

「抱歉啊，妳的意思是我必須觸摸它？」萊德莉看起來快吐了。「皮膚的部分也要？」

「妳說她的頭皮？」狄麗亞忍俊不禁。笑聲並沒有讓她顯得更友善，她的無袖背心無法掩蓋遍布全身肌膚的刺青，整體散發的壓迫感遠超店長應有的威嚴。

「直接用我的手去碰她？」萊德莉後退一步。

「妳真的有在美髮廳工作過嗎，萊莉？」狄麗亞開始失去耐性。

「萊德莉。」萊德莉糾正她。

「有嗎？」狄麗亞似乎不在意萊德莉叫什麼名字。

凡人真沒禮貌。萊德莉暗想。**都是一群粗鄙的傢伙**。

「有。」她信口胡謅。「做了很久呢。我只是從來沒碰過別人的頭而已。」

「不碰頭？」

「沒錯，我都是負責——」萊德莉努力思考凡人身上有哪些不長毛髮的地方，毛髮實在太噁心了，她怎麼會想來應徵這份工作？她自己只需手腕一抖，頭髮便自動梳成時尚的髮型，她從以前到現在都不必為髮型困擾，這就是身為女妖的優點之一。「腳。我都負責腳，還有膝蓋，還有手肘，偶爾也會碰碰小腿，但一定要除毛除得很乾淨的。」

「這是不是那種惡搞電視節目，等下會有明星跳出來說這都是開玩笑？」狄麗亞疲憊地環視店內。

「這種事常發生嗎？」萊德莉今天下午首次被挑起了興趣。

「妳說呢。」狄麗亞說。

她站在原地動也不動，直到萊德莉走回水槽邊，將一隻——兩隻！——手放在陌生人油膩膩、毛茸茸的頭皮上，開始刷洗。雖然很可怕，但至少狄麗亞沒再找她麻煩。

躺椅上的女人向後仰時，萊德莉還能看見她鼻孔裡的樣子。她更大力拉扯客人的頭髮。**拜託快點結束**。

「喂！輕一點！」

「美麗往往伴隨痛苦。」萊德莉說。

「妳洗頭的技術才叫痛苦。」女人坐起身。

「妳也沒有美麗到哪去。」

「叫你們店長過來。」女人說。

「愛哭鬼。」萊德莉扔一條毛巾給她。「自己擦乾。」

那個蠢得跟牛一樣的女人呆呆盯著她。

「幹麼？」萊德莉不悅地說。「要我跪著求妳嗎？妳把地板都弄溼了。」

女人搖著頭碎碎念，開始擦乾溼答答的頭髮。

「回椅子上。」萊德莉說。她試圖回想自己帶客人回去吹頭髮該說的臺詞，隨後斷然放棄。「小姐，毛茸茸體驗時間到了。」

女人經過座椅、走出店門。為了這次的「體驗」，萊德莉還得償還店家損失的四十美元，再這樣下去她只會越工作越窮。

「美麗往往伴隨痛苦。」萊德莉打掃工作區時，狄麗亞說。

「我被開除了嗎？」萊德莉滿懷期待地問。

「我還沒決定好。」狄麗亞又恢復愉悅的表情。

這人也太捉摸不定了。萊德莉心想。

「剛剛那個女的實在很討厭，她剪了這麼多年頭髮沒有一次大方給過小費。」狄麗亞說。「而且她的頭皮確實很噁心。」她忍不住笑了起來。「『毛茸茸體驗』。」她邊說邊捧腹大笑，連唾沫都差點噴出來了。至少萊德莉不用看她的鼻孔。

凡人實在很噁心。

萊德莉不知該哭還是該笑，但沒關係，因為沒多久後她又哭又笑地搭凡人的L線地鐵回家了。

第十三章 我的鮮血

「萊，我都不曉得妳這麼厲害。」林克聽起來很佩服，甚至很驚訝。儘管如此，萊德莉不確定用一天的苦力換來這點回饋划不划算。

因為當正常人太可悲了。

隔天吃早餐時，她雙腿痠痛、手臂發疼，還有兩根指甲斷掉了。**我真不敢相信今天還得回去上班，像個「正常人」一樣**。

我是勞工，我必須工作。一天整整六個小時。

就連這個想法本身都使她疲倦不堪，萊德莉好不容易才找到吃完早餐的力氣。早餐是一塊令人失望的「瑪麗蓮夢幻椰子派」，還有一塊更令人失望的「瑪麗蓮蘋果情人派」，但還是達到了過甜的標準，對女妖而言等同於早晨第一杯咖啡。

萊德莉推開餐盤。「『蓋屎鎮』唯一的優點就是派很好吃。」

「這我就不曉得了，核桃炸雞也不賴。」

想到美食，萊德莉眼神變得迷濛。「還有艾瑪的岩漿巧克力蛋糕，她只做給伊森吃的……熱騰騰的蛋糕……」

「那去桑莫市電影院邊吃烤玉米邊看殭屍電影呢？」林克咧嘴一笑。

「你是說在後排親親熱熱吧？」萊德莉竊笑著說。

「還有帶著一籃比斯吉去湖邊親熱。」他們視線相接。

她靠近林克。「你就那麼愛吃比斯吉嗎？」

林克靠近她。「以前艾瑪做比斯吉的時候，我都會躲在伊森家的廚房窗外。」

林克的嘴唇鎖住她的唇，一隻手繞到她後頸。萊德莉沉浸在熱吻與回憶之中，過去的時光與草莓果醬的甜膩在舌尖擴散，直到肋骨被某人的手肘頂了一下。

她睜開眼，看見妮骷髏坐進雅座。

「你們好可愛。」妮骷髏笑著說。「或許我該說，傻得可愛？」

「妳很會挑時機耶。」林克嘀咕。

萊德莉用紙巾輕拭嘴唇。撇開時機問題不談，她看見妮骷髏的時候感到些許寬慰——雖然這位偽雞冠頭女孩今天的配色亂七八糟，紅色皮革（夾克）搭配黑色人造皮（長褲），再加上鮮藍色（頭髮）。她們昨天的相處幾乎能以「愉快」形容，萊德莉看到說得上友善的人心裡有點開心。

「來點派嗎？」萊德莉將盤子推向妮骷髏。「還是歌德龐克族不吃這種甜點？」

妮骷髏翻開彈簧刀，直直切入不住顫動的蘋果派，以行動回答她的問題。「我們得趕快走了。」

「品味不錯。」萊德莉說。

「看來答案是『不要』了？」林克邊嘆氣邊撫過自己的刺蝟頭。

暗黑之子山普森陡然坐到萊德莉身旁。每次看到山普森，他似乎都比當初在苦痛俱樂部更帥氣了。如果你喜歡異常高大、一身皮革衣、手掌跟餐盤一樣大的搖滾天神，他鐵定是你的菜。幾次遇到他之後，林克暗中說山普森一看就自信滿滿，此外還「充滿別的東西」。「況且這間公寓只容得下一個搖滾天神。」萊德莉聽了不禁直翻白眼。

「你們準備好了嗎？」山普森問道。林克看起來不太高興，但萊德莉也沒認識哪個人遇到暗黑之子會很高興的。

她趁機在雅座的塑膠皮椅上偷偷挪動身體，遠離山普森。山普森那雙令人不安的灰眸與身上的T恤同色，皮革緊身褲、刺了青的手臂、脖子掛著的腳踏車鍊……瞄一眼就知道不好惹。就萊德莉在苦痛俱樂部賭牌的慘痛經驗來看，他確實不簡單。

如果他對我的法力免疫……萊德莉心想。**那他還對什麼免疫呢？**

謊言交易賭輸後餘下的夏日時光，萊德莉一直在麥坎舅舅的資料庫與魯納古書閣尋找任何關於暗黑之子的資料，但這些超自然生物近來才隨新萬靈法則誕生，所以古籍中並無任何記載。

那場牌局敗給山普森後，萊德莉查到的資料少得可憐，只知道這個新世代超自然族群是在蕾娜破壞宇宙的萬靈法則後突然出現，自此不再消失。他們誕生於魔法的本源黑暗之火，宛如超越生物科技技術的創造物，他們生於魔法，卻不受其束縛。

巫師的法術對暗黑之子無效，人們只知道這點……還有他們的力量極其強大，相較之下夢魔顯得像一隻隻小貓咪。

這些萊德莉都親身見識過了，在苦痛俱樂部那晚，山普森給她帶來不少麻煩。現在他對萊德莉笑笑，萊德莉竭力忍住直接抓爆他眼睛的衝動。**來看看誰對我的指**

甲免疫。

「你需要補一下眼線嗎，媚比琳小姐？」林克瞅著山普森說。「如果你需要的話，我們可以等你，那個——」他示意自己的臉。「——梳洗補妝。」只要把夢魔和暗黑之子放在同一個房間，不到五分鐘他們就會吵起來了。這是大家這週學到的教訓。

「羨慕嗎？」山普森向上伸展他超長的可怕手臂。「這種風格不是每個人都能駕馭的。」

「也許是沒有人能駕馭。」林克說。「也說不定。」

「我要是你就不會說這種話。」妮骷髏對林克搖搖頭。「你擁有夢魔的巨力是吧？」她示意山普森。「你傷不了他的，他對巨力免疫。」

林克吞了口口水。「怎麼可能對巨力免疫？」

山普森露齒微笑。「只要力量更大就可以了。」

林克舉起一根湯匙。「用你的意念把這根叉子折彎。」

「這是湯匙。」

「腦筋急轉彎。」

山普森奪過湯匙，在手心捏爛。

林克又嚥了口口水。「所以你用拳頭思考嗎？真有趣。」

「快走吧，我們要遲到了。」佛珞依德出現在山普森身後。她緊張地用鼓棒敲打餐桌，鼓棒又變回手指。今天佛珞依德穿得像某個速度金屬樂團失散多年的團員，實在看不出哪一件衣飾比較復古——破爛的黑色猶太祭司樂團T恤，還是更破爛的黑長褲。萊德莉懷疑佛珞依德都去退休搖滾歌手的衣服專賣店購衣。

「什麼遲到？你們要去哪裡？」如果可以延遲去上班的時間，萊德莉非常樂意加入。

「超級試聽會。」佛珞依德偷捏萊德莉的派餅。「不是妳的，是他的。妳不來也沒關係。」

「等等，試聽？」林克轉頭瞪著萊德莉。「這什麼意思？」

「怎麼沒人告訴我他要參加試聽？」萊德莉插嘴。「講清楚點啊。」她看著他們。「不然你們要怎樣，難道你們沒有鼓手也行嗎？他再怎麼爛，有也總比沒有好吧？」

「喂！」林克不確定自己是不是被看扁了。

「拜託，妳以為我們會直接帶著妳男朋友出現在臺上，像沒事一樣開始搖滾搖翻天？諾斯不是那樣的人。」妮骷髏搖頭說。「反正這不是正式的試聽會，只是在他俱樂部的常客群面前演出而已。我們還沒在那邊表演過，所以某方面來說我們也是去給大家試聽的，只要客人喜歡、他喜歡，就沒問題了。」

「那如果他不喜歡我們呢？」林克皺起眉頭。

「這樣說好了，上一個被雷諾斯．蓋茲討厭的人已經不在了。」佛珞依德看向妮骷髏。

「他去哪了？」林克身體前傾。

「有人說是火災，有人說是索命咒。」妮骷髏陰惻惻地說。「無論如何，在那之後就再也沒人見過他了。」

「雷諾斯．蓋茲聽起來真棒。」林克搖頭說。「我今天過得好順利，好棒。」

「媚妖俱樂部很酷，我之前去探勘過了。至少比苦痛俱樂部高一個檔次。」佛珞依德說。

「媚妖？這是俱樂部的名字？」萊德莉瞠目結舌。

「怎麼，妳聽過？」妮骷髏聳聳肩。「它剛開幕。」她從口袋拉出一張傳單。乍看下，那只是一張黑紙。

然後，閃爍不定的赭紅文字開始緩緩浮現，彷彿自幽遠的深淵浮出水面。

媚妖

沒有別的資訊——就只有這兩個字。

然而這兩個字卻令人不禁回味再三，尤其對女妖而言。

是巧合嗎？還是雷諾斯·蓋茲針對我的陰謀？他為什麼突然開一間以女妖命名的俱樂部，還要我幫他找鼓手？

此時此刻在萊德莉眼中，正常人生的困擾忽然變得不值一提，她絕不可能讓林克在沒有她的情況下接近雷諾斯的俱樂部。工作只能晚點再說了。

「說也說夠了，上路吧。」山普森離座，大家也跟著起身。

無論他是不是你的團員，只有笨蛋才會忤逆暗黑之子。

到了餐館外的人行道上，萊德莉追上落後其他人幾步的林克。「我之前真的不知道你還要參加試聽。」

林克看她一眼。「喔，沒關係啦，反正是工作。」他提高音量問走在前頭的佛珞依德。「喂，佛珞依德，我一直很好奇，你們上一個鼓手為什麼離開了？」

「我聽說他打得太爛了。」萊德莉小心翼翼地說。

其餘三名超自然生物猛然停下腳步。「等一下，他不知道嗎？」妮骷髏一臉好笑，佛珞依德一臉驚奇，而山普森只表現出少許興趣。

「知道什麼？」林克看向萊德莉，萊德莉瞪著三人。她在苦痛俱樂部失去一切的那晚他們三個都在場，他們親眼目睹了萊德莉的窘境——更糟的是，他們很清楚她是如何將自己搞到那步田地的。在萊德莉矯正過錯——還有搞清楚第二筆賭債究竟是怎麼回事之前，不能讓他們告訴林克血淋淋的實情。她不能讓林克知道，因為這件事太丟臉、她太害怕、而林克可能會太生氣，不知他會比較氣萊德莉還是雷諾斯，但總而言之她沒興趣做這個實驗。

但是，有可能瞞過去嗎？

佛珞依德一拍林克後背。「你曉得自己被騙了嗎？兄弟，你被你家女妖唬得一愣一愣的呢。」

「妳是什麼意思？」林克比平時更困惑了。

「沒什麼意思。」萊德莉怒斥一聲。她意有所指地瞪視林克的團員。**你們想都別想**。

妮骷髏搖搖頭。「不能就這樣混過去，妳必須告訴他——」

佛珞依德插嘴說：「你女朋友毀了我們的鼓手，還跟一個不好惹的傢伙打牌，然後她——」

「贏了。我打敗了那個人。」萊德莉抬頭凝視著林克。「相信我，搖滾小子，我當時跟你現在一樣驚訝。」

「最好是。」佛珞依德說。「然後獨角獸就從妳屁屁飛出來了。」她舉兩根手指到額前，模仿獨角獸的模樣。

「妳怎麼知道？那可是我的獨門密技。」萊德莉怒瞪佛珞依德，拚命祈禱她別再說了，而後她轉向林克。**相信我**。她默默乞求。**你必須相信我**。

妮骷髏開口說：「萊德莉，少來了，妳也很清楚那並非事實。」

林克開始動搖。「那晚到底發生了什麼事？妳怎麼都不告訴我？我只曉得妳跑到歐洲，再聽到妳的消息時妳已經在紐約某個俱樂部，突然一副很抱歉的樣子回到蓋林鎮，又莫名其妙地幫我介紹樂團的鼓手工作。妳哪時候開始跟樂團打交道的，我怎麼沒聽說過？」

萊德莉瀕臨崩潰。**快想辦法**。「發生什麼事有差嗎？我去了俱樂部，認識了這個樂團，他們的鼓手太爛所以離開了，他們需要找新的鼓手，所以我跟他們約好幫忙找人。就這樣，故事說完了。」

「那妳為什麼不直接告訴我？妳是不是隱瞞了什麼？妳當時跟別的男人在一起

嗎？是這樣嗎？」林克看似隨時可能在大街上發飆。

「那時候我們分手了！」看見林克眼中的傷痛，她趕緊轉換路線。「你為什麼要往那個方面想？」萊德莉乾脆放棄解釋。她也不願對林克施展魅術，但眼下情況實在不容許她手軟。林克只能自嘆倒楣，萊德莉身上剛好帶了棒棒糖，她慌亂的手指在口袋裡翻找不停。

禁用魔法。妳答應過他的。禁止使用女妖法力。

她遲疑了短短一秒。

開什麼玩笑？

萊德莉朝林克嫣然一笑。「當然不是。我知道你信任我，這才是最重要的。」說話的同時，她用指尖撕開糖果包裝紙。**你知道我說得沒錯，頂克小子。**

「我當然信任妳，可是——」

「你很擔心，因為你很在乎我，也希望我能快快樂樂的。」她握住棒棒糖。**你希望我快樂，搖滾小子。**

「那是我唯一的願望，親愛的。」

「我知道你內心深處是相信我的。」**你對我說的話完完全全深信不疑，衛斯理．林肯。**

萊德莉屏住呼吸。她已經很久很久沒對林克使用蠱惑法力了，林克不喜歡被魅惑是情有可原，說實話就連她自己也不喜歡這樣應付林克。

林克對她露出笑容。「那還用說？我當然相信妳，寶貝。」

萊德莉也還以一笑。「我知道。」**我們去搖滾吧，林克。**

林克牽起她的手。「好了，我們去搖滾吧，甜心寶貝。」

萊德莉邊走邊努力不去想自己剛才做了什麼。

反正奏效了嘛。

可是……如果是善意的謊言，為什麼我感覺如此羞愧？

她縮著頭，不管看向何處就是不讓自己去想——如果萊德莉讓自己去回憶，記憶的碎片將如秋季落葉般不斷墜落。那些被她魅惑的人們、被她摧毀的男人、崇信她的男孩、憎惡她的女人，數以百計，數以千計。

我真的想讓衛斯理・林肯加入這堆熊熊燃燒的枯葉嗎？

我是不是越過某條界線了？

萊德莉真希望蕾娜也在，蕾娜肯定能回答她的問題，也可能會出言指責她。蕾娜向來是萊德莉的良心天秤。

蕾娜若是知道這件事，會怎麼說呢？

萊德莉鬆開林克的手。林克開始和山普森討論演出的樂組，走到她前頭。萊德莉稍微落後，竭力克制自己的思慮，她要處理的問題可多了，沒時間為自己又魅惑了一個混種夢魘感到難過。

「喂，女妖。」

妮骷髏抓住萊德莉手臂，等兩位男生走出聽力範圍。「等這件事結束，」她說。「我們女生來好好談一談，瞭解一下彼此黑暗的內心。」兩人之間的默契已消失殆盡。

佛珞依德對萊德莉怒目相向。「那她還得有顆心臟才行。」

「我要那種東西做什麼？」萊德莉似笑非笑。

佛珞依德靠近她。「我想一個無藥可救到只能魅惑自己男友的人，想必無法理解吧？」

「林克糖果。」妮骷髏聳聳肩。「聽說他的魔法很美味——他很天真，但還是很美味。」

先前竟然把這個無趣的偽雞冠頭死靈探測器當朋友，萊德莉不敢相信自己如此愚蠢。

我是女妖。他們要我怎樣？女妖和她的水手一心同體，任何人都不許干涉我們，他們早該明白了。

或許，該提醒他們了。

「漢堡排。」萊德莉說著用又尖又長的紅指甲抓住佛珞依德。「還有杜安。」她同樣凶猛地扯住妮骷髏。「我們女孩子先把話說清楚好了，要是妳們再挑撥我男朋友，就不會是『談一談』可以解決的問題——到時候只能火力全開了。」萊德莉貼近身。「等著吃貓爪吧。」

「喵。」妮骷髏的視線堅定不移。佛珞依德沉默不語。「誰都不准找我們團員的麻煩。萊，妳不在樂團裡所以不懂，這是絕對不可以越過的界線。」

孤身一人，坐在路邊。她懂了。

但此時此刻，萊德莉・杜凱沒興趣聽別人的意見。

她毫不猶疑。「我承認我無法控制山普森。」她說。「不過，我完全可以讓妳們兩個愛上這裡到紐澤西所有的流浪狗。別以為我不敢，這是女妖的專利。」

「那看到路上每隻流浪狗都長得跟妳可愛男友一模一樣，妳也別太訝異。」佛珞依德拉開手臂。「幻術師的專利。」她不屑地笑了一聲，跟著山普森走遠。

可愛男友？

妳等著瞧。

妮骷髏搖頭說：「妳麻煩大了。永遠別得罪幻術師，聽說妳會連自己怎麼死的都不曉得。真的。」

「咬我啊。」萊德莉輕聲說。「我才不怕妳們。」

「相信我——」妮骷髏悄聲回覆道。「——妳不懂。」死靈巫師踏近一步，幾乎貼在萊德莉耳邊。「從我的夢境看來，妳該怕的人不是我。」

她的最後一句話撕裂了兩人之間的空氣。

「**夙仇咒**。」

第十四章 毀滅慾望

雷諾斯・蓋茲又叫又踢，一串無意義的字句衝口而出，大聲且急促。大聲到將自己吵醒了。

他睡眼迷濛地在沙發上坐起來，隨即倒了回去。

雷諾斯清晨從俱樂部回家，到現在還沒換衣服。他又作噩夢了，想必是拜另一個世界那位朋友所賜。

地怒。

那些來自冥界的仇恨化身——陰冷的暗影處處肆虐，吞噬了他的朋友與家人，將萬物轉變為濃霧、恐懼與猜忌。

他們闖入他的俱樂部、他的公寓，甚至是他在島上的屋子。他無處可逃、無處可躲，永遠無法擺脫他們，直到被拖回孕育他們的那個世界。

雷諾斯・蓋茲明白噩夢傳達的訊息。時間正在流逝，這種威脅無需言明。

他看著手錶低聲咒罵。遲到了——不僅是今日第一個約，還有某人交代的其他事項……不能寫在行事曆的事項。

黑暗的工作。我的長處。為什麼會變成這樣？

他時間不多了，同謀者已經開始失去耐性。至少，剛才只是場噩夢。

暫時還是。

雷諾斯感覺手臂汗毛直豎，房間溫度驟降，冷到每一口氣都像刀片刮過喉嚨。

「你要做什麼？」他的聲音迴蕩在空無一人的房裡。

寂靜。

「我知道你在這裡，快出來吧。」

房間裡的影子開始蠕動，彷彿牆壁也在急促呼吸。

空氣在身體周圍擾動。

現在。**來了**。

一個黑色人影緩緩浮出地面，被強行拉入凡界似地掙扎著自地毯升起。雷諾斯知道事實正好相反，這隻怨靈正以意念將自己拉入這個世界，這是難如登天的任務。

地怒——貨真價實的地怒。在這裡，在我的公寓裡首次現身。

另一縷念頭在雷諾斯腦中萌生，比周遭的空氣還要陰寒。

他越來越近了。

這幢公寓是雷諾斯所知守備最完善的地方之一，其結界的力量只亞於他的媚妖俱樂部，戒備之森嚴堪比紐約市中心的聯合國大樓。這裡不歡迎來歷不明的超自然生物，當然也不歡迎來自冥界的訪客，若非他周旋對象是五百年來死得最不瞑目的瘋子，雷諾斯肯定不會相信此時發生在眼前的事。

無論我去哪裡，都逃不出如來佛的掌心。

我永遠不可能擺脫他。

雷諾斯提高音量。「這就是你想說的，對吧？我明白了，老頭。你要我辦的事我一定辦到，否則就下去陪你，是吧？」他起身在房裡踱步。「你那位混種夢魔朋友今天就會來俱樂部，你的女妖也必定會露臉，我已經給了他們十足的動機，你要對我有信心。」

他知道這請求是不可能的，對方此刻多半在另一個世界嘲笑他——邊笑邊在身旁準備專屬雷諾斯．蓋茲的位子。

「我不笨，也不想死。這場表演真的沒有必要。」雷諾斯說。

但這的確是你的作風。他暗想。**不然你就不會是亞伯．雷，我也不會受你所制了**。

第十五章
搖滾時代

林克和山普森並肩走在布魯克林的街道上，想不起剛才為何煩惱。他剛剛確實很煩惱，但那件事已經默默地溜走了。這就是萊德莉對他的影響——只消幾句話，任何不快幾乎都會煙消雲散，若非萊德莉答應過不會使用蠱惑法力，林克還會認為自己被魅惑了。

剛剛那是什麼樣的魔法呢？

林克放棄了。

其實聽到「試聽會」三個字之後，其他人的話語都成了耳邊風，彷彿一群雞為了撒在地上的飼料爭執不休。**雞，還有啦啦隊。或是石牆中學家長會，面紅耳赤地爭辯該將哪本書列入禁書清單。或是我媽在教會練完合唱，回家路上不停講八卦。**林克沒什麼話想說，至少，他沒興趣加入雞群的討論。他心中只剩下試聽會了。

這是一個超棒的詞彙，就像「加班」，或「前排」，或「全州期末考」。像「起司餅皮」，或「雙倍內餡」，或「特大號」。在這些酷炫詞語之中，「試聽會」無疑是舉世無雙的霸主——至少，林克十分確信。

他從未參加過試聽會。

林克才不需要試聽，過去他所在的樂團全都由他自己創立，團員名單自然有他的名字，這就是他成功的祕密。但這些「成功」的經驗現在對他毫無助益，林克已經嚇得半死。試聽會很酷炫，酷炫到嚇人；試聽會很重要，令人緊張到動彈不得。腎上腺素在林克體內形成激流，他胃部難受地翻攪，如同之前從凡人轉化為夢魔過程中吃下媽媽做的紅眼肉汁……

那種即將嘔吐的感覺。

希望我不會在臺上吐出來。瑪麗蓮．曼森就有在舞臺上吐過。等等，瑪麗蓮．曼森做過的事，就是很酷囉？

林克陷入沉思，直到他和山普森在通往地鐵站的階梯前與女生們碰頭，他才回過神。

不要去想試聽會。可惡，你想了，你這個笨蛋。

「哈囉，林克？」佛珞依德看著他。「你生病了嗎？」

林克沒有開口。**在她面前不可以，在女孩子面前不可以。**他試圖集中精神盯著樓梯口的黃色封鎖線。

「想吐的話就現在吐。」佛珞依德說。「我想說的就這句。別忘了瑪麗蓮．曼森。」她微微一笑。「吐得可精采了。」

儘管喉頭哽著苦澀膽汁，林克還是笑了。佛珞依德這樣的女孩不常見，就連萊德莉也明白這點，也因此來到紐約後脾氣一直很毛躁。林克不得不承認，如此受女生注目挺不錯的。

這就是雞舍裡的生活。他心想。**尤其當公雞跟本大爺一樣有本事的時候**。

佛珞依德左顧右盼，隨即閃身鑽進樓梯井，身體在經過黃色膠帶的同時消失無蹤，只留下空氣中一波波漣漪。

這就不是一般雞舍裡看得到的景象了。

「她瞬移了嗎？我怎麼都沒聽到聲音？」林克看向妮骷髏。

妮骷髏搖頭說：「不是，這是時空門。你要找時空門就要找停用的地鐵站，這些車站並沒有故障，而是我們專用的車站。」

「普通的紐約市地鐵？妳說這也是巫師地鐵？」

「車站是。我們輪流使用凡人的地鐵站，每次都用不同的車站，整個地下鐵系統在紐約市五個區都有我們專用的站點。上回大風災的時候有人看到紐約市各處的故障封鎖線，想到了這個方法，我們只要使用封起來的車站就不會被人看見，也不會有人來找我們麻煩。」

林克不解地看著她。「這麼多故障的車站，難道都沒人懷疑嗎？」

妮骷髏微笑。「誰？總有東西故障的，這裡可是紐約。好了，走吧。」說罷，她逕自消失，彷彿已經解釋得很透徹了。

林克搔搔頭。他無法想像一個地方隨時有東西故障，因為在蓋林鎮即使陽臺燈泡壞掉也算一樁大事，至少會在他媽媽的八卦網傳開。

「別跟丟了。」山普森看著萊德莉與林克的眼神像是把他們當幼稚園小孩，話音一落就跟隨妮骷髏消失。

「真是個好玩的傢伙。」林克說。

「才怪。」萊德莉說。

林克聳肩。「暗黑之子大概都這麼無趣吧。」

「大概而已嗎？」萊德莉聽起來有些擔憂。

「妳也知道，『能力越強，擁有越少』（註2）。」他哈哈大笑，但萊德莉今天沒有跟著笑。

她今天看起來比默特爾比奇海灘還火辣，卻跟海灘上的螃蟹一樣暴躁。林克暗想。

「走吧，妳要不要——」林克示意黃色封鎖線。「還是我先？」

「他們走了。我們可以趁機開溜。」萊德莉說。考慮到加入惡魔的劊子手是她的主意，她此刻的不安十分異常。

「最好是。」林克失笑，她卻無動於衷。**萊是認真的**。**太奇怪了**。「妳在說什麼啊？我們走了這麼遠的路，最後關頭怎麼能像小貓一樣躲起來？」

萊德莉嘆息一聲。「我不是在擔心，我只是說我們可以，那個，偷溜走。」

「妳剛才就說過了。」**所以，妳很擔心？**林克心想。「萊，為什麼？妳不是說在苦痛俱樂部發生的事情沒什麼大不了嗎？」

萊德莉聳聳肩。「這場試聽會。雷諾斯．蓋茲。媚妖俱樂部。我不曉得，這整件事給我一種不好的預感，也許我之前錯了，也許我不該把我們——」

「停停，倒回去。這是我的道路。」林克掏出平時插在後口袋的鼓棒。「這是我的

註2　原為「能力越強，責任越大」，出自電影《蜘蛛人》。

音樂，我可以的。我沒問題的，而且就算有問題也是我的，妳不能一直拽著我替我做決定，萊。妳怎麼可以剛叫我加入巫師樂團，等我加入後才喊著要退出？」

她看起來沒被說服，但至少沒有掉頭走人。林克知道不能再試探她的底線了。

他拉著萊德莉的手，在她有機會發表意見前直接穿過黃色封鎖線。「去冒險吧，甜心寶貝！」

地鐵的時空門顯然經過強力幻術的加持，萊德莉與林克穿過黃色封條的剎那便出現在了迥然不同的地方，看起來是條隧道。林克感覺到電流般的能量與魔法，流竄在他血管與這個世界之下的世界。

方才的不適全然消失，他們此刻所在的並非普通隧道，而是巫界隧道。這是存在於凡界之下的地底隧道網路，如看不見的迷宮串聯著整個世界。即使林克有所預期依然感到驚訝，沒有任何地方能帶給他這種感覺。

就連當初百分之百凡人的我，也不曾有這種感覺。

林克深呼吸，睜大雙眼，又一次握緊萊德莉的手。「妳還好嗎，寶貝？」

她點點頭。「我還好。我是說，感覺比較好了。」

她當然感覺比較好了，他們又回到了熟悉的地底隧道。

很難想像林克曾經被巫界隧道嚇得半死，而且不僅是他，還有伊森——就連小莉下來時也失控了一陣子。那時約翰．布利還只是個騎著重機的壞男孩，而地怒與孤魂如老鼠與蛇在隧道裡橫行。

但現在巫界隧道對林克與萊德莉而言，已成為最接近「家」的所在。在這裡，他們不必受蓋林鎮凡人的視線與意見影響，可以安心躲避那些凡人多管閒事的耳目。

麥坎則幾乎全天候住在隧道裡，因為全鎮都以為他去世了。由此可見，人有習慣任何事情的潛能。

「快點啦。」佛珞依德不耐地催促，她、妮骷髏與山普森在前方等候。林克與萊德莉跟隨他們穿行火光黯淡的石刻洞窟，彷彿回到了過去。明暗閃爍的火把照亮前路，林克能看見前方筆直隧道最底的未知黑暗。

直到某個矮小物體離開陰影朝他們悠然走來，「喵」了一聲。

林克望向前頭的黑暗。「露西，妳在這下面做什麼？妳不是要去看自由女神嗎？還是去百老匯看音樂劇？可惜《貓》已經停演了。」他嘻皮笑臉地轉頭對萊德莉眨眼。

她發出受不了的哀鳴。

「這下面沒有凡人景點，露西，只有一堆無聊的石頭跟巫師而已。」

但露西毫不在乎，她坐在一圈火光下優雅舔拭腳掌。林克想抱起她時，她發出不滿的嘶嗚。

「好嘛，不抱就不抱，妳被搶劫的話我才不幫妳跟三姊妹解釋。到時妳自己看著辦。」

「他在跟貓說話。」妮骷髏揚起眉毛。

「我知道。」萊德莉嘆息著說。「露西貝兒有點像林克好朋友的表親。」林克不理她們，發出無意義的聲音逗露西。他還沒見過萊德莉和其他團員如此和平相處，不希望太快讓這瞬間結束。

「妳在開玩笑吧。」妮骷髏的視線在林克與萊德莉之間飄移。「她在開玩笑，對不對？」

林克繼續前行，露西跟在他身後三公尺的地方。即使來到北方，他也不敢對三姊妹的貓太放肆，他早該知道那隻貓不管到哪都毋須掛心。

她比他們所有人都強悍。

現在，林克遠遠望見前方隧道的光線，逐漸寬闊的甬道形成交岔路口，隧道相交處的牆面，花磚拼出了「巫界隧道」的字樣，花磚之下掛著一幅裝裱在華麗雕框的手繪地圖。

「女妖丘。」佛珞依德指向地圖上一點。「這是我們的目的地。」她又指向離眾人最遠的一條隧道。「走那邊。」

林克隔著佛珞依德看過去。「我們走隧道過去？不走凡界嗎？」

佛珞依德聳肩。「有後門、側門、地板門，不過再怎麼樣，主要入口還是在隧道裡。」

「別跟丟了。」妮骷髏說著朝最遠的隧道走去。

眾人跟隨她行走在黑暗中，她走到一排通往生鏽金屬門的石階前，待其他人跟上時她已經推開時空門——地下隧道不斷迴響的沉靜，被最純粹的渾沌取而代之。

狂歡節。林克心想。**夏夜的比爾街**（註3）。自從和伊森去過那位詭異巫毒祭司的店鋪，林克便不止一次利用地底隧道回溯到「煩憂所忘卻的城市」紐奧良。**這裡的味道也沒好聞到哪裡去**。

踏進微暗洞穴的瞬間，喧囂自四面八方襲來。時空門外的人潮擁擠到根本看不見三公尺之外，即使是人高馬大、比其他人高出一顆頭的四分之一夢魔也不例外。

「你看得到門嗎？」佛珞依德抬頭喊道。她已經比妮骷髏高許多了，卻仍然什麼也看不見。

「我覺得是那邊。等一下。」林克鑽入人群，其他人緊隨在後。「那邊。」他朝某個方向點頭，一手拉著佛珞依德的手臂，一手攬著萊德莉前進。妮骷髏抓緊了佛珞依德，山普森壓隊。

萊德莉怒目瞪視林克，直到他放開佛珞依德的手臂。

「你們看。」佛珞依德指著前方。「是媚妖。」

萊德莉嘲笑道：「媚妖？才沒有這種東西。」

「現在有了。諾斯就是利用她們誘惑人，把人引到俱樂部裡。」

她們並非真正的女妖，但也相距不遠。這些女人妖豔到足以登在林克愛看的汽車雜誌封面，她們穿梭在車站的人群，兜售一管管飲品，有些人買了鮮紅色液體，有些則買了透明無色的泡沫。佛珞依德說對了——觀察得夠久，就會發現她們引導著人群走向俱樂部入口。

註3 Beale Street，位於田納西州孟菲斯市，有「藍調故鄉」之美稱。

林克彷彿被明星迷得神魂顛倒。

「同學，眼觀鼻鼻觀心。」萊德莉說。林克只能木訥地點頭。媚妖們穿得不多，身上披著某種發光的奇妙布匹，簡直像燈籠或人體螢光棒。

說到巫師的夜店、俱樂部，林克一般不是很懂。這次他不介意，但依然不是很懂。**如果我老媽現在看到我的話，鐵定會大發雷霆**。他搖搖頭。「我們剛剛不是才吃完早餐嗎？」他大聲發問。「現在又不是夜晚，怎麼夜生活這麼『生機蓬勃』？」這是他見過最奇怪的現象，而綜觀過去幾年，這已經是很了不起的成就了。

「因為，」佛洛伊德高喊回答。「對他們來說大概還是昨天晚上。」

「或是明天晚上。」妮骷髏說。「加減個幾天。這附近的地底隧道是個不眠之地，特別當雷諾斯‧蓋茲新俱樂部開張的時候。」

「以新開張的俱樂部而言，人也太多了吧。」萊德莉說。

「火辣的星火也會燎原。」妮骷髏喊道。

「妳又曉得什麼叫火辣了？」萊德莉喊著回話。妮骷髏扮了個鬼臉後消失在人潮中，佛珞依德也跟著鑽進人叢。

「走吧，萊，我們快點跟上。」現在到了俱樂部門口，林克又開始緊張了。

「她們好像從那裡進去了。」萊德莉點頭說。「那個方向。」

人群上方，塗鴉風格的「媚妖」兩個大字用噴漆寫在隧道逐漸崩裂的牆上。

人海稍微分離，林克只見露西貝兒大搖大擺地鑽過黑色天鵝絨繩索。

據林克所見，媚妖俱樂部絕非凡人該涉足的場所。當然，往往會有凡人誤闖隧道中的巫師俱樂部——不久前還是凡人的林克與伊森便曾經歷過——但一般來說，巫師與夢魔喜歡物以類聚，黑暗與黑暗、光明與光明，尤其當他們宣洩壓力、啜飲鮮血、展示力量之時。

巫師的俱樂部不歡迎凡人，凡人即使來了也撐不了多久。這裡是屬於巫師的地底隧道，這裡的規則和凡界不同，沒有人在乎節制，也沒有人尊重凡人的性命。萊德莉曾經對林克說過，在巫師俱樂部裡，當某個超自然生物突然決定變得比Hershey's特濃黑巧克力還黑暗、拿著蒼蠅拍到處狩獵時，你絕不會想當牆壁上一隻蒼蠅。

不過很少凡人有機會冒這個險就是了。

一個凡人價值觀沒有立足之地的世界，一個黑暗與光明對等——甚至歸屬黑暗的所在，對多數凡人而言非常恐怖。在他被咬之前，林克對於好壞的判斷——也就是林肯太太眼中的壞與更壞——完全基於日常生活的經驗：偷偷溜出主日學校（壞），還有偷偷溜進女生更衣室（更壞）。現在變成：和黑暗巫師打交道（壞），喝人血（更壞），還有用園藝剪刀刺穿朋友老祖宗的胸膛（十惡不赦）。

今夜，林克相信媚妖俱樂部不會是例外。

「嗨。」萊德莉向站在入口黑色繩索後的門衛點頭。門衛體型和三個桑莫市美式足球員加總起來差不多——就是那種除了塊頭大之外沒有任何天賦的球員。「放我們進去吧，我們是跟樂團一起的，他們剛剛從這裡進去了，然後——」

她還沒說完就被門衛抬手低哼打斷，門衛站起身拉開天鵝絨繩索，頃刻間一群夢魔瞬移到裡頭，幾乎直接出現在門衛身旁。他恭敬地朝他們點點頭。「男士們，平常的座位已經準備好了。」

林克嚥了口口水，不由自主地退到陰影裡。

嗜血夢魔。一大群。就在這裡。聞起來像是剛飽餐過一頓。這地方跟另外一間巫師俱樂部——出路俱樂部——一樣可怕，可能還更糟。

門衛又回頭瞅著萊德莉。

「我說了，我們是跟樂團一起的。」萊德莉說。

「還有那隻貓。」林克補充道。

「他們在等我們。」萊德莉舉起寫著「媚妖」的傳單。

「他們很期待你們到場嗎，金髮妞兒？」門衛色瞇瞇地看著她。「我也能期待些什麼嗎？」他光禿禿的頭上布滿刺青，幾乎看不見金色蛇瞳，他微笑時如靈蛇吐信，分岔的舌頭兩側嵌了舌環。

真時髦。林克心想。

分岔的舌尖越來越接近萊德莉臉頰，不斷蜷曲扭動。林克赫然發現那不是舌頭，而是住在門衛口中的怪蛇。

林克抓住兩條怪蛇猛地全力拉扯。「是啊，他們期待你好好尊重女士。快讓開，蛇眼男。」

兩條一公尺長的蛇嘶鳴著被扯出溫暖的窩，摔落在門衛面前的地上。過沒幾秒，一百八十公分的林克也跟著一屁股摔在地上。**混種夢魔。對了，他也有巨力。早該知道的，畢竟他是門衛嘛**。

「這位強壯的兄弟啊。」門衛彎腰俯視林克。「以為自己今天要發光發熱了嗎？你跟你的貓？別作夢了。」

林克感覺自己面紅耳赤，而且一根插在口袋裡的鼓棒似乎斷了。「以為自己很酷嗎，豆芽菜。」

光頭門衛刺了青的臉脹得通紅。「好啊，那這樣如何？我今天就讓你發光發熱，我會讓你的腦袋熱到整顆炸爛。」

「你在說我這一頭秀髮嗎，長髮公主？我說對了嗎？」林克剛坐起來又被推倒在地。「你是不是有點嫉妒啊？」

只要讓我站起來，我就能跟他一較高下。

門衛身上如野馬般健碩的肌肉鼓了起來。

大概。

「孩子們。」萊德莉甩開挑染粉紅的金髮。「不覺得有點無聊嗎？」

林克飛撲門衛，兩人互毆著撞入人群。

萊德莉翻了個白眼。一秒後，櫻桃棒棒糖碰到舌尖，絨布繩索碰到地面。她的本事絲毫沒有退步。

林克抹掉瘀腫嘴角的血痕，同時好奇他們交往後，萊德莉是否也做過相同的事——如果有，他又怎麼會知道呢？

「您的座位準備好了。」門衛扶著林克起身說，彷彿忘了剛才的鬥毆似地讓萊德莉搭著他的手臂。萊德莉讓門衛引領他們走上階梯，來到門口。

「很好。」萊德莉只對門衛丟下一句：「明天，我要你直接放行。」

「沒問題。」門衛說。「蓋茲先生說過，從今天起你們會常常在這裡露臉。」

「是這樣嗎？」萊德莉愣了一下。「那當然。」

林克似是沒聽見門衛說話，他將頭髮抓回慣常的刺蝟頭，擠到門衛面前。「喂，禿頭佬，我下次會跟我的貓一起痛扁你，你有什麼想說的嗎？」

門衛不理他。林克嘆一口氣。

讓女友幫你處理障礙很丟臉。林克邊拍掉地板的灰塵邊苦惱，不知該從何啟齒。加入這個樂團雖然是萊德莉的主意，但這還是他自己的試聽會。也許林克永遠無法像萊德莉一樣在巫界如魚得水，可是這不代表他很遜，也不代表他沒能力照顧自己。

……是吧？

在夢魔的俱樂部裡，還有誰比他更融入環境？他都用一把園藝剪刀解決了亞伯·雷，現在還有什麼好顧忌的呢？

衛斯理·林肯，該拿出男子氣概了。

今晚將是這一切的開端，他的超自然搖滾人生即將展開，他已經等夠久了。

看來我也需要幾根櫻桃棒棒糖。

林克跟隨萊德莉與門衛走上臺階。

露西在階梯頂等待他們，像是在等兩個迷路的笨蛋。

林克哼著鼻子說：「那樣看我做什麼？剛才怎麼不見妳幫忙？」

露西彷彿無聲吹了一口氣，轉身昂首闊步地離去。

「女人啊。」林克對萊德莉搖搖頭。

「少來。」她握住林克的手。倉庫巨大的門扉在眼前敞開，他們踏進俱樂部。

至少，他們踏進了通往俱樂部的陰暗長廊。人流推著他們前行，林克一手抓緊萊德莉，另一手檢查口袋裡斷掉的鼓棒。

唯一的光源從牆上長鏡邊緣滲出，但即使暗到連前路都看不清楚，林克卻可以發誓他在陰影中看見了某種東西。感覺有人虎視眈眈地盯著自己，然而他什麼人也沒看見。

怪了。他暗忖。**不過在這種地方也不算最奇怪的事吧**。

直到他們走至長廊盡頭約三、四層樓高的巨大空間，不斷閃爍的刺眼光線照亮周遭，林克才看得見。

勉強。

他看見了令他震驚不已的東西。

不是東西，而是……一個人。

第十六章
致即將搖滾的你

她在這裡做什麼？萊德莉詫異地心想。那是她第一個想法，第二個則是「我要宰了她」。第三個是「老媽會宰了我」。

「林克！萊德莉！」

林克的震驚與萊德莉不相上下。「我的老天爺——」

萊兒．杜凱在媚妖俱樂部。

萊德莉動彈不得，這是動物的本能——戰鬥、逃跑或呆住。她的妹妹就在這裡，在俱樂部裡。萊兒才十三歲，大家都期盼她轉化成比太陽還要明亮的光明巫師，怎麼會出現在黑暗巫師的地下俱樂部？

確實，她化了妝，還穿了一套萊德莉無法理解的奇裝異服——彩格短褲、菱形紋背心、及膝獵鴨靴，還有鴨舌帽。萊兒顯然想穿搭出自己的風格。

她抱著貓咪站在人群中，周圍盡是黑暗巫師，在這間工業用倉庫裡比凡人女童軍還突兀。萊德莉的妹妹不可能自己找到這地方，鐵定有人介入了。

一個強大的人。

一個想用強大懾服我的人。
逃跑不是選項，她不能在這種場所丟下萊兒一個人。
戰鬥也不是選項，萊德莉雖然不知道敵方確切的情況，但心裡多少有個底。
這一招包藏大量的訊息。她一看就知道對方是個狩獵者，而且比此更重要的是，她知道自己輸了一局。
將軍．雷諾斯．蓋茲。
萊德莉此刻身在紐約，在他的地盤。她已經將男朋友一路騙過來，賭上自己與他的未來……而現在，她年幼的妹妹正站在眼前。
這是萊德莉首次發覺，脫離賭債的困境比她先前想的困難多了，是她輕視了對手。經過莎拉芬恩與亞伯的洗禮，她還以為自己已經學到教訓了。
萊兒還來不及說第二句話，萊德莉已抓住她手腕。「快離開這裡。」
「為什麼？」萊兒訝異非常。「妳不是邀請我來嗎？來聽林克演唱？」
「我們沒有邀請妳。」萊德莉已經拽著萊兒艱難地擠向門口，差點撞倒一名端著水罐的夢魔，在對方憤怒的目光中擠過去。她強烈懷疑水罐裡裝的不是櫻桃汽水。
「妳是怎麼來到這裡的，萊兒？」姊妹拷問開始了。
「隧道。」
「妳對媽說了什麼？」
「媽媽以為我在賈姬．伊頓家過夜。」萊兒的視線離開萊德莉。「嗨，林克。」
「妳也嗨，萊兒。穿得很好看喔。」林克上前給萊德莉妹妹一個慣常的擁抱，尷尬地盡力避免碰到她。

「妳為什麼來了，萊兒？」

「你寄給我的信啊。」

「我沒寄信給妳啊。」

「當然有了，就在我背包裡。」萊兒放下絨面背包，拉開拉鍊，將一個紅蠟密封的光滑黑信封交給萊德莉。

封蠟的章戳是一條扭曲的蛇——S字形。「『萊德莉・杜凱與衛斯理・林肯誠摯邀請您參加女妖之歌基金會主辦的私人演唱會，敬邀您共慶媚妖俱樂部開幕。敬請回覆並手持傳送。』」萊德莉抬起頭。「什麼鬼？是誰在惡作劇嗎？」

「手持傳送？」林克一臉不解。

「拿著就能傳送到指定地點。這是封瞬移邀請函，萊兒只需拿著這玩意走進隧道裡，就會瞬移到這裡來。」

萊兒雙眼放光。「就像坐法拉利一樣喔！」

萊德莉搖搖頭。「這咒術不簡單，是表現身分地位的方式，就像凡人舉辦巨型派對並提供接送服務一樣。你看看。」她將邀請函遞向林克。

林克舉起雙手。「不要，我才不摸那東西，我光是自己瞬移就夠慘了。」林克看起來和她同樣憂心忡忡。

萊德莉知道他們不該來的。**但是，如果我們沒來，現在又會是誰在照看萊兒呢？**

萊兒的臉蒙上一層陰影。「萊，如果邀請我的不是你們，那是誰？」

「是我。」話聲似乎從天上傳來，在她後上方。萊德莉知道來者並非從天而降。

不是天上——是樓座。儘管那件事之後已經過了數週，萊德莉卻立刻認出對方的嗓音，身體不改當初的顫慄。

外表如烈焰令人渾身發熱，舉止卻凜冽如寒冰的那個人。

擁有不是一筆，而是兩筆賭債的那個人。

有能力破壞她的感情，有能力摧毀她人生的那個人。

他，就是他們今晚來到此處的原因，也是她來到紐約市的理由。

萊德莉終於棋逢敵手，這個人名為雷諾斯・蓋茲。萊兒就是他的一步棋，是直接挑釁對手的高招。這是女妖與不知何種黑暗巫師的對決。

謊言交易已成過去式，真正的賭局現在方始開盤。

今夜雖是林克的試聽會，卻是萊德莉的博弈。

拳頭緊握，誓約戒指亮起綠光。

放馬過來。

轉身面對他的瞬間，整間俱樂部靜了下來。

不只是靜——是完完全全的死寂，因為俱樂部裡已經沒有人了。所有人驀然消失無蹤，只剩他們兩人。萊德莉聽見自己震耳欲聾的心跳。

雷諾斯・蓋茲。他憑欄矗立挑高的工業用平臺，雙眼的金斑、眼神的魄力與萊德莉記憶中的模樣毫無出入。那雙瞳眸喚起了她對黑暗之火的回憶。

純粹的力量。

萊德莉無法看穿他的皮外套，但顯然在衣服下的身軀精實而健壯。金褐色頭髮落在臉畔，頸邊的頭髮微微捲起。**他的長相寫著野心**。萊德莉心想。**他的長相寫著危險**。

萊德莉視線不離對方的臉，拒絕表現出被這些小把戲震懾到的表情，拒絕給他成功威嚇她的滿足。

誰都可以——可以怎樣？把整個房間裡法力高強、受重重魔法保護的超自然生物直接變不見？若無其事地扭曲時空？怎麼可能。

除非是蕾娜，否則誰也辦不到。但即使是蕾娜也不可能輕而易舉地操弄這種高強法術。

萊德莉不想承認也不行。心臟狂亂鼓動，思忖對方是否能聽見的同時，跳得更快了。

萊，冷靜。

她率先打破寂靜。**這不是屈服**。她心想。**妳的遊戲還沒結束，集中精神摧毀這個敵人**。「露了剛剛那一手，你一定非常驕傲吧。」

對方沉穩凝視她的臉。「我幾乎從來不感到驕傲。人說驕矜必敗，而我並沒有失敗的打算。」

「真有趣，我也沒有在乎的打算。冒昧問一句，你對俱樂部裡的人做了什麼呢，蓋茲先生？」

他不屑一顧地揮手。「他們還在這裡狂歡作樂……至少，他們是這麼想的。」

目空一切的混蛋。「你說的『他們』包括我妹妹和男友。」萊德莉說。「讓他們回來，否則待會就讓你後悔遇見我。」

「妳怎麼知道我還沒後悔呢？」對方笑了。

「在我看來差別不大。」萊德莉還以不善的微笑。「我們之間不管有什麼過節，我保證會惡化一千倍。你去打聽打聽吧，我的名聲可不小。」

「我很期待。」他打了個響指，俱樂部的喧囂、混亂與瘋狂瞬間歸位。他在吵雜聲中提高音量。「誰說我們之間有過節呢？自從在苦痛俱樂部打過照面，我就一直很想念妳呢。」

他再度打了個響指，人群又一次消失。

「妳瞧，大家都玩得不亦樂乎。」對方朝萊德莉揮手示意。「不過現在是我的時間——妳跟我的時間。妳看看自己手裡拿著什麼？」

萊德莉低頭看見萊兒拿給自己的黑色信封。只消一剎那，周遭萬物陷入了更深邃的黑暗。

第十七章 與魔共舞

萊德莉只覺得頭暈目眩。光明吞噬了黑暗，卻毫無助益，太過明亮的光線同樣奪走了她的視力。周遭的事物開始緩緩就定位時，她才發現自己眼前的光芒來自一根蠟燭。

「要來點甜食嗎？妳好像氣色不佳。」雷諾斯的聲音彷彿劃破了燭光。

萊德莉抬眼。她與雷諾斯·蓋茲面對面坐在雙人桌邊。**手持傳送**。她都忘了自己還拿著那張可惡的邀請函。

她的臉忍不住微微一皺。雷諾斯已經兩度占據先機——這不是面子的問題了。萊德莉惱羞成怒。「你是怎麼在俱樂部內使用瞬移邀請函的？我剛剛才看見一群嗜血夢魔瞬移到門外，跟其他人一樣乖乖走進來。」

「結界連結了我和這間俱樂部，我可以自由出入。」他得意地說，令萊德莉更加惱火。

「只有你？」

「就只有我，還有收到那封邀請函的人。」雷諾斯微微一笑。「神酒？」他舉起玻璃酒瓶，又細又高的酒瓶的形狀簡直像隻死鵝，金黃色氣泡升至濃稠漿液表面。萊德莉嗅到甘蔗甜香，那是最純粹的甜之精華。

對女妖就如貓薄荷之於貓咪般誘人。厲害。

「下地獄吧，雷諾斯・蓋茲。」她只說得出這句。

對方友善地點點頭。「別客氣，叫我諾斯就行了。相信我總有一天會到那裡去的，這是個家族傳統……但在此之前，何不為我們的共同事業乾一杯？」

萊德莉像碰到燒紅的木炭般扔下信封。「不要。還有，能拜託你別再玩幼稚小把戲了嗎？」

她將四周景象收入眼底。這個空間與俱樂部其餘地方迥然不同，瀰漫著沉靜的黑暗——復古風格黑色絨布幔、低矮圓拱牆邊如貝殼彎曲的黑皮革雅座，以及占據房間另一側的巨大黑石壁爐。

「那妳會餓嗎？就算是女妖也需要進食的。」光滑的金屬桌面接連著出現黑色三角皮墊。萊德莉面前，一只銀製高腳杯靜靜立在水晶盤上，杯中空無一物。

「要不要來點大巴扎的特產呢？妳喜歡伊斯坦堡風味嗎？」

萊德莉定睛一看，酒杯盛滿了淋上金色糖漿的甜膩蜂巢，飄著野金銀花香，甚至有隻肥嘟嘟的蜜蜂懶洋洋地飛在杯緣。一同出現在水晶盤上的，還有新鮮開心果仁蜜糖千層酥與土耳其軟糖，堆疊在高腳杯旁。

所以他也會顯現術？好極了。原來他還有變形師血統。

顯現術、**扭曲時空**、**瞬移**，他的能力顯然橫跨整個超自然界。考慮到自己欠雷諾斯・蓋茲的賭債，萊德莉意識到自己處境堪憂。

她努力壓下慌亂，試圖以意念使心跳減速。

沒什麼好怕的。

不過是個小惡霸。

妳不是見過更凶惡的嗎？妳不是打敗過更厲害的嗎？

萊德莉整理好紊亂思緒，抬眼凝視雷諾斯・蓋茲。她搖頭。「不用，謝謝。我不餓，這些都不需要。」

這件事也不需要。你也不需要。全部全部都不需要。

「比較喜歡巴黎風味嗎？那安潔莉娜咖啡館的小點心呢？我親愛的小女妖看得上眼嗎？」

現在，水晶盤滿是松露黑巧克力，與一只盛滿濃郁熱巧克力的精緻茶杯。

愛現鬼。

萊德莉站起身。「你的意思表達得夠清楚了。你把我妹妹綁過來，你強迫我交出男友，很顯然是想毀了我的未來。」

「然後？」雷諾斯打趣地看著她，彷彿樂在其中。萊德莉更痛恨他了。

「既然有了這個共識，你還期待我跟你調情？」

「跟我調情？妳以為這是我的目的？」雷諾斯今晚首次仰天大笑，如此歡笑的他顯得更像活生生的人，令萊德莉感到莫名地詭異。

「別往自己臉上貼金了，小女妖。」他將不斷冒泡的飲品倒入自己杯裡。「坐下。」

萊德莉不甘不願地回座——最令人煩躁的是，她無法判別自己是否受到蠱惑法術影響。**不可能**。她告訴自己。這裡除了自己以外沒有半個女妖，如果俱樂部裡有同類的話她不可能不曉得。

萊德莉從未遇過這樣被強行扭轉的局面，她根本不知道受人蠱惑是什麼感覺，但越想越覺得正是自己此時的感覺。

不可能……吧？

「敬女妖之歌樂團。」雷諾斯舉杯。「願他們的搖滾樂天長地久。」

萊德莉沒有拿起杯子。「什麼女妖？你是指惡魔的劊子手嗎？」

「為了配合新俱樂部，我替樂團改名了。妳說是不是琅琅上口啊？」

「並沒有。」

雷諾斯用自己的酒杯輕碰萊德莉沒動過的杯子，不以為意地乾杯。「好，那我直接把話講開了。我的目標是做生意，妳之前玩謊言交易打敗了我的鼓手，他賠上了自己的音樂才能。我怎麼知道妳找來代替他的鼓手是妳男友？我只能同情妳尷尬的處境。」

「我怎麼覺得你從一開始就知道我男友是鼓手了？」萊德莉環顧四周。「而且我們都很清楚，我欠你的不只有一位鼓手。」她終於直視雷諾斯眼眸。

「啊，沒錯，妳確實欠我兩筆賭債呢。妳的鼓手男友只抵銷了第一筆債務，不過別擔心，當我需要妳還債時一定通知妳。」雷諾斯撥開遮覆雙眼的金髮。「欠莊家的賭債，由我回收。」

萊德莉全身一顫。不需要雷諾斯提醒她，每夜躺在床上時這絲念頭一直在腦中揮之不去。**我輸掉的，不只是一場遊戲**。

「我不趕時間，等我想討債的時候，妳就會知道我要什麼了。相信我，我會的。」

他定定注視著萊德莉。「我會討債的。」

她沒有回應。

「我記憶力超群。」雷諾斯露出笑容。「尤其關係到欠我的賭債時。」

萊德莉啞口無言，她此生首次無言以對。沒有巧妙的反駁，沒有犀利的攻擊——沒有任何言語能改變她喪失最珍視之物的事實。

力量。

力量就是她的自由。

我的，還有林克的。

雷諾斯揚起眉毛，又舉起凹紋酒杯啜了一口。「說到這個，妳拿那位混種男友的未來換取自己的未來，他作何感想？」

「不是那樣的。」萊德莉的臉皺了一下。

「不然是怎樣呢，**甜心寶貝**？」

林克給她的暱稱迴響在耳畔，她受不了了。「別把林克牽扯進來。」

「衛斯理・林肯？喬治亞救贖學院所有虛構的大一新生中，成績最差的那位？妳也曉得我辦不到。」雷諾斯輕聲嘆息。「但必須說，我很享受認識他的過程。」

「你沒有。」一股惡寒蜷縮在萊德莉腹中。「你才不認識他。」**也不認識我。如果你瞭解我，就不敢這麼做了**。

「我自然會關注投資對象，妳可悲的混種凡人會在我的樂團演出，替我的俱樂部工作，在我下令時完成我交代的任何工作，與其他員工無異。」

「等我變成屍體再說。」

「說話前請三思，小姐。妳不曉得有多少人排隊等待這個機會呢。」他舉起酒杯。「不過我知道。恭喜妳，真不知妳是如何在這麼短的時間內，讓這麼多人恨妳恨得牙癢癢——不僅是恨，他們迫不及待，一刻都等不了。」雷諾斯搖搖頭。「妳很有才華。」

萊德莉不再緘默，她抄起酒杯直接將飲料潑在雷諾斯臉上。

「搞什——」他被噴了滿臉飲料，語無倫次。

「你去死，雷諾斯・蓋茲。你的巨無霸自尊心、你裝模作樣的女妖俱樂部、你亂七八糟的樂團，全部都可以去死。我不明白現在的狀況，但我很清楚這和當初的賭局沒有任何關係。」

「妳知道自己在說什麼嗎？小女妖。」

「我說你用奇怪手法操控遊戲，還有收集詭異的賭債。我說你暗中監視我的家人和男朋友。」

「監視妳？」雷諾斯放下酒杯，深邃眼眸炯炯有神。「小女妖，妳知道當我看著妳的時候，我看到些什麼嗎？火焰。烈火與黑煙，這就是妳的未來。其中深奧的道理我不懂，但我能幫妳解讀一部分意涵。」

「您請說。」**拍拍手，原來他還是預言師？**

「妳的未來將被火焰焚毀——這樣解讀，妳怎麼看？」他臉上毫無笑意。

「惹我就等於惹火上身。」萊德莉目光如刃。

「妳這句話也有不少解讀方式呢。」雷諾斯俏皮地眨眼。

「你可以這樣解讀：如果你動我的朋友，我一定會討回這筆債。」她起身。「如果你敢再接觸我妹妹──我的姊妹──那你最好換一個更壯的守衛。給我好好記著，雷諾斯。」

雷諾斯舉雙手以示投降，一手拿著黑色信封。

「我很樂意遠離妳的未來。」

「相信我，我可不打算讓你出現在我的未來。」

「我充分理解了。把這個還給妳妹妹，她碰觸的瞬間就會回到家。」

萊德莉從他手中搶過信封，頭也不回地大步離去……雖然她對這個地方與自己的目的地一概不知。

「樓梯在左手邊，走過去就看到了。」她聽見後方一聲輕笑，雷諾斯顯然樂在其中，令她更加火大。

快走到門邊時，她聽到樓下俱樂部熟悉的樂聲：低沉的貝斯、尖銳的吉他，還有鼓聲。天啊，那個鼓聲。

萊德莉聽過這段旋律，昨夜他以為萊德莉熟睡時，就是在練習這首歌。

《甜蜜肉丸》。**是《甜蜜肉丸》**。

林克正在跟樂團一起表演。

雷諾斯．蓋茲剛剛說這樂團叫什麼？女妖之歌？

她忽然感覺到了，雷諾斯站在她身後，嗓音沉靜且──硬是要形容的話──危險。「妳男朋友最難纏的敵人不是我，小女妖，但這不需要我提醒妳吧？同為黑暗巫師，妳想必早就知道了。」

萊德莉許久不答，最後開口時並沒有轉身面對雷諾斯。「知道什麼？」

雷諾斯從口袋掏出火柴紙盒，漫不經心地把玩。「知道『他們』來找他了。知道他現在等同於行屍走肉了。知道這個故事的結局不是『從此他們過著幸福快樂的日子』……因為身為主角的你們殺死了亞伯・雷。」他貼近一步。「我說過了，巫師很會記仇，而夢魔就更擅長了。不過這也不需要我來提醒妳，對吧？」

萊德莉感覺到他溫熱氣息吹在自己後頸。

雷諾斯接著說：「睜大眼睛看看吧，『他們』之中半數的人都來了。這是間黑暗巫師的俱樂部，我自己也是個黑暗的生意人，妳認為我的顧客都是些什麼樣的貨色？」

「閉嘴。」萊德莉不能轉頭去看他。「你才是，不曉得自己在胡說什麼。」

「是嗎？妳想，我們為什麼要他來這裡——在這間俱樂部——打鼓？」雷諾斯聳肩。「何不呢？我專門為顧客送上他們想要的東西，這就是我的生意，若有人希望我送上某個混種夢魔……那我為什麼要問『為什麼』呢？」萊德莉心跳如鼓，然而雷諾斯絲毫不給她喘息的機會。「如果他們也想得到他的朋友呢？該怎麼辦？」

該怎麼辦？

萊德莉不願再想。此次與雷諾斯談話對她與林克風險太大，不僅風險大，更有可能致命。雷諾斯・蓋茲有能力奪走她的法術，或者濫用她的力量。他能夠毀了萊德莉的人生，或直接終結她的一生。

但雷諾斯不許——絕對不許——碰她的頂克小子。

夠了。

萊德莉緩慢旋身，怒火在金瞳中焚燒。「兩筆賭債。這是我們之間的恩怨，不准把林克捲進來。」

「多們高尚的情操啊。」

「我會償還我的債務，你把自己的嘴管好就行了。」

雷諾斯又一聳肩。「不管妳告不告訴他，『他們』一樣會來找你們。」他將火柴紙盒拋給萊德莉。「這就是他們一貫的作風。」

第十八章
重金屬之神

她鮮美多汁，是口齒留香的好吃。
她軟嫩溫柔，愛她就像愛我的車頭。
即使她沐浴醬汁，她依舊是我上司。
當她裹上現烤麵包，我將不再心癢難搔。

《甜蜜肉丸》是林克身為搖滾音樂作家的傳世巨著，是一首獻給再也不能吃的肉丸潛艇堡的悲劇謠曲。萊德莉猜對林克而言，這和歌頌碎裂的心差不多……還有漢堡排。

愛就是愛。

然而愛並非一切。萊德莉今晚沒心情談情說愛，她走回俱樂部大廳時彷彿能瞥見藏身暗影中的夢魘朝自己步步逼近，還有黑暗巫師鬼燈般的金眸注視著自己。

萊德莉和林克——還有萊兒，天啊，萊兒——必須盡速離開媚妖俱樂部。

但女妖之歌樂團仍在演唱，臺下觀眾仍在聆聽。觀眾的反應不錯——比萊德莉預期的好很多，演唱時間也因此延長，唱到副歌時（**「我在麵包屑裡打滾，只想給妳一吻」**）觀眾甚至跟著唱了起來。

這可就奇怪了。

萊德莉望見人叢中萊兒的身影時，女孩正在臺下興奮地蹦跳，吶喊著：「麵包屑！打滾！」她立即大步朝妹妹走去。

但好不容易走到萊兒身邊，萊德莉卻發現妹妹緊盯林克的眼神有異，彷彿從來沒見過這個人，彷彿他是青少年雜誌封面的超模，而不是死都不肯扔掉舊汽車雜誌的怪男孩。

怎麼連妳也這樣？

她快看不下去了。

林克站在舞臺中央，低頭歌唱的動作似是與麥克風架慢舞。這是他的試聽會，其他人任他隨心表演，所有人都注視著他。

竟然讓林克擔任主唱？故意要他出糗嗎？

無論如何，林克似乎毫不在乎，他盡情享受著此生最棒的夜晚。

「**妳懂我對妳的愛，甜蜜肉丸女孩。**」他對想像中的肉丸深情歌唱。麥克風發出激動的雜音，觀眾為之瘋狂，大聲尖叫。

如果麥克風是他的女朋友，不知比我好多少。萊德莉歉疚地想。

她嘆了口氣。

站在前臺的妮骷髏賣力彈奏巨型電子琴，鮮藍色偽雞冠頭像是有自己的意志般四處飛揚。山普森站在林克身旁拿著麥克風唱歌——刺青的手臂、令人痴迷的存在感，讓萊德莉回憶起當初在苦痛俱樂部看他表演的光景。他雙手飛速滑過電吉他的弦，超現代風格的電吉他彎曲成豎琴的U形。佛珞依德則在山普森身後彈奏與自己一樣高的貝斯，萊德莉分不出樂器和她的身體。

紅色格紋的時髦鼓組在舞臺中央等著林克，林克在觀眾的尖叫聲中丟下麥克風，撿起鼓棒，回到自己的位置。林克能安全演奏的樂器就只有鼓了，打得好就是很吵的敲擊聲，打得不好還是很吵的敲擊聲，這點令人莫名地安心。

聽眾尖叫的分貝越來越高。「**麵包屑！打滾！**」

整間俱樂部隨女妖之歌搖滾沸騰。

萊德莉受夠了。

「萊兒——」

看見萊德莉時，妹妹雙眼一亮。「原來妳在這裡啊，甜蜜肉丸女孩。」

「妳再說一次試試看。」**不要女妖之歌，不要香腸樂團，不要再聽到這些歌詞**。

「妳錯過了好幾首歌，林克超級——」

「好好好。幫我跟媽媽打聲招呼。愛妳喔。」萊德莉將邀請函塞進萊兒手裡，萊兒瞬間消失，瞬移的聲響被吵雜樂聲吞噬。

萊德莉終於鬆了一口氣。妹妹安全了……至少目前脫離險境了。

輪到你了，蓋茲。

她闔上雙眼，站在瘋狂的人群中聆聽音樂。不對勁。空氣中飄著奇怪的感覺，舌尖嘗到說不出的味道。

如蟲蟻在皮膚疾行。

出來。現身吧。

我能感覺到你的存在。我知道你在做什麼。

萊德莉睜眼。她不知道自己剛才抱有什麼期待，但事實就是什麼也沒發生。

她忍不住檢查自己的包包，最後一根櫻桃棒棒糖靜靜躺在裡頭，包裝依舊完整。

然而，周遭空氣瀰漫著魅惑的法力。雖然不是她的法力，但萊德莉確信有人在使用魅術。

所以，問題只有一個……

是誰？

鷹架縱橫交錯，燈架、擴音器與延長線四散的後臺，女妖之歌的團員正歡欣慶功。瓶蓋彈開，香檳——不對，聞起來像被劇烈搖晃的便宜汽水——如泉湧，四處噴濺。

真是的，搞得像是女妖之歌從來沒在瘋狂尖叫的粉絲面前演唱熱門曲目一樣。

因為實情就是如此。

「兄弟，我們紅了，像火燒過一樣紅了。」佛珞依德與林克撞拳。「像羅傑・沃特斯一樣。」

「像培根一樣。」林克也撞了她一拳。

「像雪茄一樣。」妮骷髏說。她的臉蒙上一層陰影，但她和林克被佛珞依德噴了一身汽水後（山普森快速閃開了），又面色如常地和大家笑鬧起來。當佛珞依德的手真的開始冒煙時，萊德莉受不了地搖頭拉走林克。

幻術師……真是夠了。

林克一條手臂掛上萊德莉肩膀。「妳幫我找了這輩子見過最棒的樂團，寶貝。」他大聲親了萊德莉一口，笑容不減。「妳有沒有看到觀眾激烈的反應？他們愛死我們了！」

「是，沒錯，現在我們得走了。」

林克比著萊德莉。「麵包屑！打滾！」

「好啦我知道了。」萊德莉說。「很棒的食譜，我剛剛聽過了。走吧。」

林克看她的表情一眼，就直接放棄。顯然今晚的瘋狂慶功計畫得取消了。「唉唷，怎麼了，現在又是怎樣？妳為什麼臭著一張臉？」

「林克，走了。」萊德莉越來越焦躁。為什麼他就是聽不懂？「你難道沒想過，那些觀眾為什麼跟著唱副歌嗎？」

他聳了聳肩。「因為肉丸很棒，女妖之歌也很棒，還有我超棒。」他止不住笑意。

「或是？」萊德莉凝視他，胸口因焦慮而揪緊。

「或是什麼？妳到底想說什麼？他們愛我們是因為我們超讚，因為佛珞依德超強，妮骷髏超猛，山普超酷！跟我們今天的表現比起來，以前的香腸樂團根本是肉乾。」林克越來越不滿，彷彿受到了侮辱。

小心。萊德莉告誡自己。但是萊德莉從不遵從任何人的指令——即使下指令的人是她自己。她今晚和雷諾斯・蓋茲交談過後，很清楚自己與林克的窘境。

沒時間小心翼翼了。

「你是認真的嗎，林克？」萊德莉抱胸說。「你現在真的想討論這個？」

「對，我就是想。」林克說。他同樣雙手抱胸。

「我不想破壞你的美夢，但實際上剛才的聽眾都被魅惑了。」好，她說出口了。

「什麼？」

「女妖之歌，愉悅之音，蠱惑法術，怎麼稱呼它都一樣。聽眾中了魅術，整間俱樂部都受了魅術影響。不是你唱得好，是他們的想法受控制了。」萊德莉挑戰林克般甩開長髮。

「那不是妳想說的吧。」林克全身僵硬。「妳的意思是，不是我唱得好，是妳法力高強。」萊德莉從未見過如此氣憤的林克，但儘管心裡千百個不願意，她仍不得不說下去。

她搖頭說：「你聽我說，我今晚只有對首衛使用魅術，我不是答應你不會用法力影響你的演出嗎？我真的沒有。可是如果是別人暗中搞鬼，我們就必須快點離開這地方。」

林克不可置信地瞪著她。「妳有聽到自己的話嗎？妳知道那聽起來多奇怪嗎？為什麼我難得表現好了一點，妳就緊張得半死？」

萊德莉揪住他汗溼的衣袖。「在媚妖俱樂部，不要期待別人白白給你好處。絕對不能相信雷諾斯·蓋茲，這整件事都是他設下的陷阱，你到底有多蠢，為什麼就是聽不懂？」

「誰知道呢，萊，說不定是我腦袋裡的大洞害的。」

「林克──」

「妳放心好了，這還不是最大的洞。最大的洞就橫亙在我們之間。」萊德莉還來不及反應，林克便轉身走了。

她呆若木雞。

萊德莉閉上眼，平舉雙手用法力探尋這間俱樂部隱藏在沉重樂音、吵雜人聲、酒杯碰撞聲、電燈嗡鳴與擴音系統之下的真相。

這裡究竟藏了什麼祕密？

她嗅到馥郁的甜香、血液的金屬腥味，火焰、廚房，食物烹調的味道與其他餐廳無異，還有一、兩根雪茄的菸味。

還有，自己法力的甜美味道。

基本上，這裡和她在苦痛俱樂部、出路俱樂部或任何一間地下巫師俱樂部聞到的味道相同。

萊德莉感覺到了法力，但和她自己的法力如出一轍，像蠱惑之術一樣濃濃飄在周遭空氣中。她不知道施術者是誰，就萊德莉所知，她是媚妖俱樂部裡唯一的女妖，但她並沒有使用法術。

我瘋了嗎？還是法力失控了？

無論如何，她的男朋友正消失在前方人群中，沒有時間等待答案了。

第十九章 值得信仰的事物

「林克！」萊德莉擠入人群，努力跟隨林克。她跟著林克上樓，沿著走廊走到寫著「布魯克林」的門前……不久，她發現自己站在空無一人的街上，滂沱大雨淋溼了慘淡的夜晚。太遲了。

林克不見了。萊德莉不是混種夢魔，她跟不上林克的腳步，穿著這雙鞋連正常走路都很勉強了。她身上連一件外套也沒有。

她此時的處境就連貓咪也感到同情。露西貝兒坐在隔壁酒莊的雨棚下，尾巴輕輕拍打垃圾桶蓋。

露西憐憫地尖嗚一聲。

亂七八糟。

這裡不是早上走過的路，萊德莉確信他們走錯路了。通往這條街的門扉表面上是華人洗衣店的大門，玻璃窗貼了用繁體中文寫的優惠廣告，類似每洗一次衣服就送洗衣粉之類的。俱樂部存在的唯一線索，是寫著漢字的霓虹燈廣告牌。

萊德莉的中文能力不算好，不過她看得懂這個字，全世界的女妖都對這個字很熟悉，它也是很受歡迎的刺青圖樣——除了有魔法功效的黑暗巫師刺青之外。而且，這個字的繁體中文、日文漢字與韓文漢字相同，其最基本的書法型態就是方形的身體與長長尾巴。

「鳥」。

這個字有一些變化，有時候是長了羽翼的人類，有時候是浴火重生的鳳凰，有時候是象徵長壽與靈性的仙鶴。

但永遠都是鳥。

這就是女妖的標誌，即使是媚妖這種非主流、標新立異的俱樂部也不例外。說到底，這就是女妖的真面目——棲居夢魘之巢的亮麗鳴鳥。她們太常阻撓自己，以致擁有羽翼卻永遠無法自由飛翔。她們的指甲是鳥類的尖爪，鋒銳到一爪見血，迅捷無比的攻擊速度讓人還沒意識到就已經受傷。

即使，有一半的情況，是她們自己流下鮮血。

女妖是莫名其妙的黑暗生物，這點誰都無法否認。

萊德莉倒退遠離俱樂部的門扉，四下觀察周遭的街道。至少她知道自己此刻身在布魯克林區。

真正的布魯克林。凡人的布魯克林。

一間女妖俱樂部所在之處。

那就是一間女妖俱樂部，毋需懷疑。女妖的標誌、俱樂部的名稱、店門口的「媚妖」——那個人壓根沒打算隱瞞事實，這是他自己的笑點。

有人在雷諾斯．蓋茲的俱樂部施展蠱惑法術。他聘用女妖替他施術。萊德莉微微顫抖。她不是沒聽過這種事，亞伯・雷就曾經將她鎖在鳥籠裡，直到萊德莉肯為他效勞。豢養女妖的做法不多見，萊德莉也不想思索這種事。**偷走可憐女妖的力量，還把卑鄙的勾當都推給別人做。**

她全身一抖。

不管雷諾斯如何，這之中肯定有女妖的手筆——媚妖俱樂部也是，女妖之歌樂團同樣。萊德莉確信不疑。

為什麼？

這些事情和我有什麼關係？

雷諾斯・蓋茲到底要我怎樣？要我們怎樣？

我男朋友到底跑哪裡去了？

我得找到他。

走了十條街的路，雨勢也比適才大了十倍。萊德莉終於找到林克了。更正確地說，是露西找到了他，萊德莉只是望見那隻貓在路中央發出抱怨聲。當然，露西完全沒有淋溼，她想必有九百條命，而且每一條都過得比女妖快活。也比凡人夢魔的混種快活……尤其是這位。

林克坐在一張一半在人行道、一半在馬路上的沙發，溼答答的噁心綠坐墊比魚缸裡的海綿還要溼，若是平常林克大概會這麼說。但是現在，他似乎不介意坐在讓自己更涇的沙發上。

萊德莉懂他的心情。他已經什麼都不在乎了。

連憤怒也不在乎了。

萊德莉越過了某條界線，但在她心中，自己很久以前便越過了這條線，久到連什麼時候、為什麼、怎麼越過的都遺忘了。

界線太多，她無法兼顧。

萊德莉在林克身旁坐下。

他沒有看萊德莉。豆大的雨滴打在他臉上，他盯著路口對面可憐兮兮的小公園，盯著公園裡龜裂的路面。「妳從來不相信好事能降臨在我身上。」

「不是這樣的。」

「妳覺得我很傻。」他語氣頹廢。

「別傻——」……**了**。萊德莉連忙改口。「我沒有，而且我也不在乎別人怎麼看你。」

林克搖搖頭。「妳看，又來了。妳為什麼總是認為別人對我的看法是負面的？」

「因為你表現得像白痴一樣。」啊。她說出口了。忍不住了。

「謝啦，別太壓抑啊。」林克轉向她。「回答我一個問題，萊。剛剛在媚妖俱樂部，妳有在任何一刻使用魔法嗎？」

「沒有。我跟你說過了，不是我，可是我可能知道——」

林克打斷她，他沒心情聽萊德莉解釋。「妳沒有吃妳那些白痴棒棒糖，沒有用魔法？一秒鐘也沒有？」

「沒有，進到俱樂部之後就沒有了。」**我甚至檢查過了**。她彆扭地想。**但我認為有別人動了手腳**。

林克像是鬆了口氣。「那妳為什麼要大驚小怪的？今天明明是我此生最棒的演唱會，說不定還是最棒的一夜，妳為什麼不能讓我好好享受？為什麼我都來不及品嘗成功的滋味，就被妳潑了一桶冷水？」

萊德莉不知道。

她不知道為什麼所有被自己玩過的東西都會壞掉，在乎的所有人都會受傷，拿在手裡的東西都會弄丟，想得到的東西都被自己推開。

「我不想要任何——更多——不好的事情發生在你身上。」萊德莉小心翼翼地說。「今晚要不是有我幫忙，你——」

林克抬手打斷她。「萊，承認吧。妳嫉妒我。」

「嫉妒？你擁有什麼是我該嫉妒的？也就只有我。」她拒絕提起搖滾妹佛珞依德，因為在內心深處她明白，這跟佛珞依德沒有關係。這是更大的問題。

「妳嫉妒我的夢想。」林克說。

「胡說八道。」萊德莉輕蔑地說。「我是在幫你。」

「錯了，妳沒有。妳嫉妒我，因為妳沒有自己的夢想。」林克彷彿害怕說出口，做足了心理準備。像是不管萊德莉用什麼東西砸過來，他就是準備馬上閃開。

萊德莉想砸的是沙發，但她只動口不動手——而且還不是超自然咒語。**蕾娜知道了一定會很驕傲**。

「你說得太過分了。」

「但這是實話。」林克哀傷地搖頭。「我只是實話實說而已，萊。」

「林克。」她深吸一口氣。

「每當好事降臨在我身上，妳都當成是巧合，或是魔法，或是某種玩笑。妳就是不相信我的努力能得到回報。」

「林克——」她再度嘗試出聲。

林克抬起手。「我想闖出自己的名聲，活出人生的意義，這卻讓妳感到害怕。我不懂，為什麼？」他說話時直盯著溼冷的街道。**就是不看我**。萊德莉心想。她從林克的模樣看出，他是認真的。

她震驚不已。「你在說什麼？」

「我在說，自己去找妳自己的夢想。」

語句落在她耳裡，猶如雨點落在眼前的世界，灰暗、溼悶、陰冷。

「我明明就有夢想，你等著瞧，我會讓你覺得自己是超級大笨蛋，因為你就是超級大笨蛋。」萊德莉在雨中站起身。「剛剛在俱樂部裡，我感覺到了。有人在使用蠱惑之術，而且一直有人看著我們。」

「嗯，那就叫觀眾。」

萊德莉怒髮衝冠。「你以為萊兒為什麼會出現在媚妖俱樂部？」

林克聳肩。「小朋友本來就會溜出門聽演唱會。」

她竭力克制自己，盡可能保持冷靜。她必須讓林克聽進去、聽懂，就算她恨不得將巫界所有詛咒與法術全都砸在他身上。

恨不得。

「林克。我們在這裡不安全，這跟我嫉不嫉妒、瘋不瘋狂、喜不喜歡萬眾矚目沒有關係。我知道蠱惑之術是什麼感覺，因為我也會。」萊德莉凝視著他，無聲地挑戰林克阻止她說下去。

他沒有出聲阻止。

「有些事情，比起你一個剛轉化的混種夢魔，我還是比較懂的。不管你願不願意相信，這就是其中之一。如果這表示你們的樂團其實很爛，那很遺憾；如果這表示你永遠不可能成為史汀那樣的歌手，那很遺憾；如果這表示其實沒有人想找你打鼓，我也很遺憾。但是，我不會因為對你說實話而道歉。」

說完了。

必須說清楚的話，她終於說出口了。如果誠實的代價不是心痛就好了。字句脫口變成的聲音，幾乎和林克臉上的表情一樣令人難受。

「現在，憑什麼要我相信妳？」他問。

萊德莉很想甩他一巴掌。

「你永遠不要相信我好了。」她抹掉臉上的雨水。「聽著，我已經盡全力了。我不是完人，但是我已經很努力在幫你了。」

「幫得好。」林克依然聽不進去。萊德莉已經不曉得該對他說什麼了。

「有人設計陷害你，準備毀了你——可能連我也逃不掉。這就是真正的遊戲規則，相信我，這個遊戲是我發明的。」

告訴他，把雷諾斯·蓋茲說的全部告訴他。告訴他亞伯·雷對他虎視眈眈，他永遠別想安心過日子。

告訴他，他之所以落到這步田地，全都是妳害的。

她說不出口。萊德莉不希望林克活在黑暗的世界裡，這不是正常人該看到的世界。她必須自己解決。

她得扛起兩人份的責任。

林克默不吭聲。

萊德莉感覺自己內心不斷搖擺，微小的碎片墜落到街上，最後像林克坐的舊沙發一樣，乏人問津。

「我再也無法相信妳說的任何話了，這就是真相。」林克說。「妳能告訴我的真相就只有這個，對吧，萊？」

她知道自己泫然欲泣，但她絕對不能哭出來。她可是萊德莉．杜凱，沒有人能讓她這麼難受。沒有人……除了一個來自鄉下小鎮的白痴四分之一夢魔。

然而，在她內心深處，她明白。

他說得對。

萊德莉深呼吸。

「我還沒有把全部的真相告訴你。在苦痛俱樂部那晚發生了一些事……我並沒有在謊言交易遊戲中勝過黑暗巫師，而是被山普森打敗了，因為我不曉得他是暗黑之子，不曉得和他打牌時我沒辦法——」她一聳肩。

「出老千？」

「差不多。」

「所以妳輸了要把上衣脫掉，送給山普森那小子嗎？」儘管怒火中燒，林克還是微微一笑。「我猜他還是面無表情。」

「我們賭的不是衣服。我是輸了，但不是輸給他——他是莊家的牌手。」

「什麼莊家？」林克緩緩發問。

「那間俱樂部。苦痛。」

「妳是說雷諾斯・蓋茲？」林克看也不看她一眼。

萊德莉點頭承認。

「萊，妳輸了多少？」他的語調越來越陰沉。

她嚥了口唾沫。「兩筆賭債。」她打從心底不願說出後續，不過她明白自己別無選擇，這已經不是她一個人能解決的問題了。

「其中一筆是替他們找鼓手，因為惡魔的劊子手原本那位鼓手在遊戲中失去了音樂才能……我作弊害他輸了。」萊德莉沒有看林克。

「鼓手？」

萊德莉點點頭，雙眼盈滿淚水。

「所以妳為了還債就要把我交出去？妳玩黑暗巫師的變態遊戲，把我當籌碼去賭，結果輸了就要把我送給別人？」

「不是那樣的。」

「那是怎樣，萊？妳把我給賣了，然後一直把我蒙在鼓裡？」

「我也很難受啊，頂克小子，你必須相信我。而且我以為這對你沒有壞處，這麼一來你就有機會加入真正的樂團了——雖然是黑暗巫師的樂團。」

「還有呢，萊德莉？」

她閉口不語。

「妳剛才說欠了兩筆賭債吧？另外一筆呢？妳還欠他什麼？」林克連「他」的名字也說不出口，似乎如萊德莉害怕這個問題般，害怕聽到她的回答。

「那是欠莊家的賭債。」她說。

「那又是什麼意思？」

「當你賭的是『才能、人情、法力』時，就代表莊家說的算。」萊德莉聳肩。「無論他們要我做什麼，我都得乖乖照辦。」她吸入一口氣。「是非做不可。」

「無論是什麼。」這不是問句，她也沒有回答。林克直直盯著夜雨滂沱的街道。「多久？」

「一年。」

「如果妳不做的話？」

「我別無選擇，我被誓約咒束縛了。那就是遊戲規則，不是我能改變的。相信我，要是能改變的話，我早就這麼做了。」

「要是我不想當他的鼓手呢？」林克問。**他的**。**諾斯的**。整個對話過程中，一直懸在兩人心頭的名字。「要是我拒絕呢？」

「我也不知道我會受到什麼樣的懲罰，但是他絕不可能白白放我離開的。」萊德莉微微顫抖。

他們沉默地坐在夜雨中。

「林克，這就是真相，所有的真相。我們之間沒有任何謊言了。」

她伸手觸摸林克的手臂，被他甩開。

落雨不止。

這就是誠實？就這麼一次，對這麼一個人，說出這麼一個事實，原來是這樣的感覺？

妳看看妳，看看妳以誠待人的後果。

當林克終於轉頭看她時，萊德莉已經明白他想表達什麼了。「萊，我不行了，不行再這樣下去了。」

這次，不是吵架。是全然不同的東西。更糟糕的東西。

「我明白。」萊德莉仰望陰雨的夜空。「不怪你。」

她獨自走下布魯克林的街道，至於自己要去哪裡、做什麼，她發現自己全然不知。

她只知道一件事，那就是自己該走了。

因為以誠待人一點好處也沒有。真相的代價太過昂貴，根本不值得。

因為此時此刻，真相與謊言同樣淒涼、同樣沉重。這點道理，不曉得正常人有沒有辦法理解。

第二十章
悲劇的神聖羽翼

即使隔著雙層玻璃、漆成黑色的磚牆與裸露的鋼梁，雷諾斯在套房裡仍然聽得見媚妖俱樂部時而低沉、時而高亢的音樂。

DJ瘋狂地混了巫師與凡人的名曲，聽了他的混音你還會以為瑪丹娜是個女妖。

她不是，但也相差不遠了。

雷諾斯站在私人辦公室裡，盯著落地窗下方空蕩蕩的舞臺。這裡是他思索戰略的房間，他的司令室，是全世界最能讓他感到自在的地方。俱樂部的大廳太過危險，冤家相逢只是時間問題。

需要防備的雷家人太多了，這裡聚集了太多夢魔……我還沒把暗黑之子算進去呢。

自從地怒現身，雷諾斯幾乎不敢回到自己的公寓。

他鬆了鬆頸間纖細的復古領帶。

在雷諾斯觀看的同時，器材設備組將鼓組推至後臺。完成了。齒輪已環環相扣，他感覺自己不是企業家，而是名工程師。今晚對他而言應該是一場勝仗，是難得的喜悅，他已經許久未感覺到喜悅了，自苦痛俱樂部那場宿命的賭局，第一個齒輪開始轉動起……

這些人永遠學不乖，跟莊家作對是不可能有好下場的。

雷諾斯的思緒飄到某位金髮挑染粉紅的少女，某位與危險特別有緣的少女。

她比想像中還要有趣，不知她是否仍記得曾經的邂逅？雷諾斯不確定自己希望她記得與否，那已經是很久、很久以前的事了。

別心軟，你已經快成功了。只要將混種夢魔與女妖送到亞伯·雷手上，就沒你的事了。

想到此處，他只覺渾身不適。只能想些別的事情。

什麼事情都好。

俱樂部。人群。樂團。

麻煩就是纏著他不放。

困擾的死靈巫師。藏著祕密的幻術師。死神看中的夢魔。隱於都市的暗黑之子。擁有黑暗過去的女妖。

硬要押注的話，他會把錢押在女妖身上。

她頂著強硬的氣勢向眾人宣戰，即使再來一次她也絕不會退縮。沒有人能控制她——除了她妹妹，妹妹是唯一能打破規則的人。

就像雷諾斯的妹妹，曾經是他唯一的例外。

說來有趣，「家人」這個概念在巫師的世界雖然模稜兩可，然而一旦深入內心，就比全宇宙所有的誓約咒都恆久。

她們兩姊妹就是這種關係。雷諾斯心想。女妖與靈療師——如果他感知得沒錯的話。他看著看著幾乎可憐起這對姊妹了，他非常清楚，他握有的訊息若落入某些合作夥伴手裡——如果這些「夥伴」掌握了她們的把柄——兩姊妹的下場必定慘不忍睹。

尤其當這些「合作夥伴」是雷家人的時候。

在雷諾斯的合作夥伴與顧客之中，雷家人無疑是最糟糕的一群，他們冷若冰霜，對凡人與巫師的痛苦無動於衷。有些家族就是如此，否則也不會做為超自然界最強大的家族稱霸四百年。

太可惜了，他越來越喜歡那個小女妖了呢。眼睜睜看著她遭遇不測，實在太可惜了。

我又有什麼選擇？

她的夢魔男友則是另一回事。雷諾斯討厭任何與凡人扯上關係的事物，而那個混種夢魔全身都是凡人臭。當然，這不是他的錯，是從小到大的教育所致。

儘管如此，雷諾斯仍然好奇這整件事將如何展開。他自己動彈不得，因為他也只是亞伯・雷的其中一枚棋子。

雷諾斯的視線短暫掠過書桌上的雪茄盒。

不行，我必須置身事外。

沒理由捲入與自己無關的戰局。

雷諾斯將自己推離落地窗，回到書桌邊的座位。他在座椅上後仰，視線避開了照亮這間地下辦公室的火爐。

爐邊的軟椅無人問津，一如往常。雷諾斯從不坐在離火焰太近的地方，他不喜歡火焰，不喜歡望進烈火深處時看見的景象：可怕的事物、奇妙的事物，在夢中折磨他心神的事物。

就像童話故事常寫的那樣，這是他的天賦，也是他的詛咒。他能夠看見世界，看見周遭所有事物與所有人——最後的終結，何時終結，為何終結。

除非牽涉到他自己。

雷諾斯・蓋茲擁有預知的天賦，卻被自己的盲目詛咒——不過換個觀點來說，也許恰好相反。

盲目也許是天賦，而預知反倒更像是詛咒。

但是，力量不正是與痛苦相依而存？兒時，母親時常如此告訴他。這一直是雷諾斯熟知的事實。

至今，母親曾經的話語仍找不出一絲破綻。

火焰邀請他上前。

雷諾斯試圖強迫自己離開，但已經太晚了。火焰抓住了他的心，他的目光隨著舞動的焰影移至藍色的根部。

藍炎分出無數光絲，一次又一次地糾纏與分離，直到最後線條化為形狀，火光化為畫面。

雷諾斯險些被撲面襲來的惡臭熏暈，那是骨肉焚燒的氣味。

除此之外，還有慘烈的尖叫聲。是個女孩。

是那個女孩，那個女妖。

尖叫聲幾乎讓雷諾斯無法承受，那是無止無盡的悽慘啜泣聲——純粹無瑕的死亡之音。

他渾身顫慄。

雷諾斯聽到她的聲音，卻看不見她的身影。

他伸手一推，面前的濃煙分開了，像是他的身體走過。

從某個角度看來，他確實走過去了。

她就在那裡，被燃著大火的木梁壓在地上——多半是天花板坍塌後折落的梁柱——周圍盡是火海。

現在，尖叫聲變化為清晰的字句，熟稔的字句。

古老的字句。

依從諸神之意旨

依從諸神之意旨

我窺見已知世界

所發生的一切。

我知道你看見了，諾斯。

我知道你看見了我，此時。

你親口告訴過我的，

還記得嗎？

別袖手旁觀。

有所作為。

幫助我。

拯救我！

濃煙刺痛他的眼睛，雷諾斯努力不讓視線離開她，但他很清楚這個景象轉瞬即逝。建築在少女周遭坍塌。

很快，她就會——

很快，尖叫聲就會停息。

幻影也將消失。

死者不會遺留任何故事。

至少，不是雷諾斯能看見的故事。

火。他想。

她將葬身火海。

一連串畫面迅速晃過眼前：木造階梯，延伸向天的大火，天空。

身旁的木材依序崩毀，啜泣聲趨於寂靜。雷諾斯赫然發現，他知道少女將死在什麼地方。

雷諾斯回神發覺自己站在火爐旁，一手搭著壁爐臺。**奇怪**。通常看見預知幻影時他不會走動，平時光是讓妮骷髏進入這種狀態就令他於心不忍了，他無法想像經常失去對身體的控制是何等可怕。

離開自己的肉體，簡直就像邀請別人來穿上身體出門兜風。

就算是短短一分鐘，雷諾斯也不能接受。

目光抽離火爐，跟著壁爐臺的雕刻游移至石造火爐正上方的盾形紋章。

他用指尖滑過家徽的圖樣：筆直飛往彼此的鳥與蛇。這是預知幻影的最後一幕，是燃燒的木頭上所刻圖紋。

就是雷諾斯此時觸摸的木板。媚妖俱樂部每個房間都找得到這個紋樣，雕刻在牆壁鑲嵌的木板上。

那個女妖很可能死在這間俱樂部裡。他內心一震。

為什麼內心震顫？是因為愧疚？後悔？好奇？

她將死。**死於火海**。

最後一絲念頭使雷諾斯心生恐懼：**是我害的**。

這就是最可能發生的未來。

雷諾斯無法確定，因為他看不見自己的未來。但是她如果死在這個房間裡，想必是死在雷諾斯手下。

這就是命運之輪的轉向，他無力改變宿命……

雷諾斯‧蓋茲此生首次產生這個念頭：也許他錯了，也許命運可以改變。

或者，那只是他一廂情願。

第二十一章 消耗青春

隔天，雷諾斯再次隔著地鐵軌道注視妮骷髏。又需要她了。隧道裡又溼又冷，然而少女穿著白色破T恤與撕破的牛仔褲坐在長椅上，帶刺鐵絲的刺青纏繞她裸露的雙臂，一雙纏著鐵鍊的軍靴帶出了死靈巫師的個性。

很好，我就是要她剛強堅毅。

雷諾斯從不輕視來自冥界的威脅，而這正是眼下等著他來處理的麻煩。夢魔即使死去了也有各種龍蛇混雜的朋友，所以雷諾斯最近加強了防護措施，先是確保無人跟蹤妮骷髏，再封鎖整個地鐵站，連其他巫師也進不來，再拖一張壞掉的長椅給妮骷髏坐。

最後，他令死靈巫師走出溫暖的被窩，引導她前來此處。

雷諾斯並沒有因此安心，但他別無選擇。他又算哪根蔥，怎能與復仇、命運這種東西背道而馳？

宿命。即使是現在，依然存在某種萬靈法則。

當死者呼喚你的時候，你就得聆聽。來自另一個世界的訊息往往快速變為預感，而後化作幻覺，等到夢魘纏身時緊隨其後的絕不會是好東西。昨晚過後，雷諾斯明白該與亞伯談談了。冥界與這個世界之間存在數不清的強大連結，雷諾斯不能拒絕回應，而妮骷髏非接起電話不可也不是他的錯。他雇用的死靈巫師就只有妮骷髏一位，而且不知為何她特別擅長讓雷家亡靈附身，最重要的是，只要意識清醒時不必想起雷家的事情，她願意接下這份工作。

雷諾斯需要她，原因就連他自己也不懂。

蠟燭冒出輕煙，它們已經燒到只剩兩、三公分的白蠟。妮骷髏頭顱後仰，露出纖白頸項。

死靈巫師最具價值的時候，就是他們最無防備的時候。與冥界最清晰的聯繫，建立在睡眠之時。

快沒時間了。這樣的談話總有一天會無法從妮骷髏記憶裡消除，而且媚妖俱樂部的辦公桌上那盒皇家巴貝多雪茄已經快空了。

過去，他母親為了亞伯來訪總是準備好滿滿一盒雪茄，這也多半是現在用雪茄能聯繫到亞伯的原因。雷諾斯還記得從前在他小島上的家，亞伯坐在陽臺上吱呀作響的長椅——他帶來的威脅如沉重烏雲般懸掛在雷諾斯雙親心上，從小在雷諾斯心中留下片片烏雲。

亞伯是最常拜訪他們家的「朋友」，但每次來訪表現出的樣子與「友善」天差地遠。這也無可厚非，畢竟亞伯·雷忙著表現出各種姿態。

例如勒索者，或是竊賊，或是獄卒，甚至有時是劊子手。

然後從頭到尾都叼著那噁心的雪茄。

雷諾斯盯著雪茄金色的包裝紙，觸摸印在側面的皇冠圖樣，迷失在另一個時空。

如果母親肯傾聽，如果父親肯相信我，如果亞伯沒有將整個黑暗巫界玩弄於股掌之間。

即使在冥界，他依然能掌控傀儡的線繩。

無論如何，但願這件事能速速解決。雷諾斯必須放下過去，再這樣沉浸回憶之中他終會失去理智。

尤其當回憶等同劇毒。

不能再拖延了。雷諾斯點燃雪茄，別開視線。

趕緊把客套話都說完吧。

妮骷髏幾乎立刻睜開雙眼。「小子。」她無力的嘴裡冒出低吼。

「我在這。」雷諾斯隔著鐵軌點頭致意。「你昨晚派一群地怒去我家鬧事的時候我就說了，我會來見你。你的旨意很完美地傳達到我這了，老頭。」

「你每次都說得天花亂墜，卻一直沒拿出成績。」妮骷髏說話的同時，金色眼瞳向上一翻，她的眼白不禁讓他聯想到牡蠣的內殼。

「你怎麼還在唱同一首歌呢，雷先生。」雷諾斯彈掉雪茄灰，菸味直衝鼻腔。「一首死人的歌。」

「我唱夠了，等你替我復仇也等夠久了。」

「很好，我也做得倦了。我不像某人一樣，還有青春歲月等著我呢。」

「我說我等夠久了，不是說你沒事了。」

「我以為——」

「你腦袋裡除了自己跟你那些愚蠢的俱樂部以外，究竟還裝了什麼？你是巫師一族的汙點，雷諾斯・蓋茲，這麼說來，你從小就毫無價值。」妮骷髏怒極反笑。

雷諾斯理智斷線。「如果是這樣的話，那你找我做什麼？你自己親愛的子孫呢？我很樂意把你的骯髒事丟給他們處理。」

妮骷髏搖搖頭，藍色偽雞冠頭瘋狂甩動。「不關你的事。你已經失去利用價值了。」

雷諾斯撇開視線，將雪茄拿得遠遠的輕吹菸灰。「你說，還有誰會去你墳上掃祭？一個都沒有嗎，亞伯？」雷諾斯等待半晌，微微一笑。「我就知道。」

一個極其突兀、令人不可置信的名字朝他飛來，如同破窗砸來的磚頭。

「西拉。」

妮骷髏露出白燦燦的牙齒，微笑著說。

聽到這個名字，一股寒意滲入雷諾斯體內。他張口欲言——可能是想道出內心的苦澀——但在最後一秒制止了自己。

小心，西拉・雷的玩笑不是你開得起的。看著點。

雷諾斯清了清喉嚨，再次開口。「西拉・雷是個大忙人呢。我聽說他比他兒子麥坎黑暗得多，看樣子更像他祖父，你說是不是？」心臟怦怦亂跳。他必須盡早結束這次對話。

「西拉一直都是我的驕傲。」

「那位罪犯嗎？我聽說他忙於建立地下巫界最龐大的嗜血夢魔犯罪集團，怎麼會有時間掃墓？如果他還念著你，你這些苦差事怎麼不是他做，而是我做？」

對方不疾不徐地沉聲回答：「並不是每個人手下都有死靈巫師，小子，我從這邊聯絡你方便多了。你向來站得離界線太近，似乎明白自己是將死之人。」老頭的笑聲迴蕩在隧道中。「你不必替西拉操心，他在我的計畫裡有他該扮演的角色，而和你不同的是，等輪到他出場時他定會準備萬全。對了，他會代我去媚妖俱樂部問候你喔。」

雷諾斯聽了只覺胃部糾結。他努力保持平時說話的語調，但突然不確定自己平時是什麼語調。「我非常期待。」

「小子，我可能沒說清楚，剛剛那是恐嚇。」

「我明白了。」

「你知道自己該做什麼。你給我好好做，否則就由西拉替你完成。」

「又是恐嚇？」雷諾斯問道。

「自己的棺材自己選。」

「你說了算，死老頭，畢竟我沒有自己的棺材。」

妮骷髏猙獰低吼。「你很快也會有的，除非你乖乖把害死我的人交出來，尤其是那個女妖跟混種夢魔。」

「你早說過了。」雷諾斯得繼續拖延，為自己爭取時間琢磨翻轉殘局的殺著。可以的，他都已經撐這麼久了。再怎麼說，假裝和亞伯．雷合作是一回事，為他賣命又是另一回事了。

妮骷髏低哼一聲。「這不是請求。」

雷諾斯吸一口氣。「別這麼戲劇化，我哪次沒照你的意思辦事了？」即使他不願承認，雷諾斯此次確實遵從了亞伯的命令。雖然不容易，但他對某些人提出了「小建議」，也將女妖與夢魘雙手奉上了——至少，將他們騙到俱樂部了。他這種蠱惑之術不如棒棒糖亮眼，但與之相比，棒棒糖把戲根本不足掛齒，就連千年來最強大的自然師也沒料到雷諾斯這位挑戰者會現身奪冠。

「如果你完全照我的意思辦事，那你早就在挖墳了。」妮骷髏亞伯一臉輕蔑。

「已經開始了，計畫都啟動了。再給我一點時間，我就會把他們兩個交給你。」

雷諾斯雖然未下定決心，但這不代表他做不到。他是他母親的兒子，他相信做事永遠得留條活路。

「那為什麼他們還活著？」

這是個好問題，雷諾斯從剛才就沒想出好答案。拖延戰術只能賺到一點時間，當所有人的時間都用盡時，就有人等著人頭落地了。

他的，還有他們的。

他凝視鐵軌對面。「雷先生，你真是個貪心的老人。不僅貪心，還很浮躁。」

「我是個死人，雷諾斯。你知道死人為什麼難纏嗎？因為我們已經沒有能失去的東西了。」

「有時候，」雷諾斯說。「活人亦是如此。」

妮骷髏從口袋掏出彈簧刀，在體內的怪物——亞伯·雷——操縱下舉至頸邊。

她將刀鋒按在肌膚上，力道大得幾乎要皮開肉綻。

「是這樣嗎，雷諾斯？」亞伯的嘶啞嗓音來自少女之口。

雷諾斯僵在原地。

刀刺得更用力了。

「我和西拉取得聯繫了。死靈巫師不只她一個，我不需要這個了……不過你似乎很看重她呢。」

不准反應。不准讓他看到你退縮。

少女的肌膚開始在刀刃下分離，一道細細的血流滑下纖白頸項。

如果他認為你在乎她，她就死定了。你不能害死她。

雷諾斯嘆息。「如果能少跟你說幾句的話，要我親自割開她的喉嚨都行，這不是顯而易見嗎？」

「顯而易見。」妮骷髏移開彈簧刀，帶著詭譎的笑容朝雷諾斯的方向舉刀。「請便。」她沉聲說。

雷諾斯在原地佇立良久，而後將雪茄扔到鐵軌上。

待得越久，他的死靈巫師就越危險。他無能為力，只能自行離開。

雷諾斯・蓋茲厭惡這種感覺。

踏步離去的同時，只聞身後隧道不斷迴響苦澀的暢笑聲。

第二十二章 損壞的靈魂

「過得如何啊，萊？」蕾娜的聲音夾帶雜訊，從新手機的擴音器傳出。宅宅戰士尼克不愧是好人，這支新手機就是最佳證明。

說得出口的好事僅此而已。今天又是勞碌的工作日，萊德莉距離找到夢想仍然遙遠，但她至少刪去了所有跟凡人頭髮有關的選項。

萊德莉唉聲嘆氣。「很好。超棒。簡直是美夢成真啊，表妹。」**星期一、星期二、星期三、星期四、星期五。這麼多天，除了工作以外什麼事都不能做。為什麼要連續這麼多天？**

她腿腳痠痛，手上長了疹子——搞不好是某種噁心的頭皮黴菌，搭地鐵時其中一隻魯布托踝靴的鞋跟還斷掉了。跟表妹講電話只會讓她心情更差。

「紐約炫嗎？」蕾娜問她。

「炫到不能再炫。」萊德莉拿開手機再舉回耳邊，盡量不讓蕾娜聽到吸鼻子的聲音。

她瞅見露西貝兒坐在廚房門口默默評判她。萊德莉對貓咪扮了個鬼臉，然而露西動也不動。

「妳已經看過各大名勝了嗎？」蕾娜聽起來很興奮，卻讓萊德莉感到更慚愧……她是不是該早點回覆表妹傳的五十條訊息？

「看啦。妳知道那些地方為什麼叫名勝嗎？因為它們很有名，蕾娜。」她並沒有列舉自己看過的著名景點……**像是骯髒的地下鐵、老餐館、油膩的頭皮還有路邊臭氣熏天的垃圾桶**。

「那俱樂部呢？還有用魅術混進高檔餐廳跟時裝精品店？」

「妳最懂我，我的棒棒糖都快吃光了。」

「我好羨慕！我整天只能讀書，讀書，讀書。」蕾娜抱怨道。「不過我修了一門寫作課，其實是詩詞專題討論課，教授超棒的。我都沒想到……」

如此這般，如此這般。

對話淡化成萊德莉無法——說實話也不想——理解的一連串奇怪畫面。

未成年飲酒、大學T、深夜披薩、宿舍廁所，美式足球賽，學生餐廳，《創造亞當》、《格爾尼卡》、霍普的《夜遊者》與佛陀的一生。

她剛剛說公用浴廁？要穿鞋子進去的那種淋浴間？

後來蕾娜要去一個叫「讀書會」的東西討論一種叫「學習單」的東西——之類的——話題就自然結束了。

萊德莉有什麼可說？

她不可能解釋現在的僵局或自己複雜的心情。

光明如蕾娜，怎能理解打牌出千、欠下賭債——兩筆賭債——這種事呢？蕾娜怎能明白，有人在暗中控制林克和他蠢到家的樂團，利用他們完成自己的神祕目標？最慘的是，萊德莉光明的表妹怎麼可能聽懂、解決或甚至是理解最嚴重、最困難的問題呢？

他和他那間白痴俱樂部。他的威脅和他的謊言。

萊德莉自己也不願去想那個人的名字。

手機發出雜音。「妳有在聽嗎，萊？」

「喔，嗯，當然有。我只是有點累。」

「我有點擔心妳，最近每次想到妳，戒指就會變成血紅色，有時候手指還會燙傷。」

血紅？萊德莉的戒指只會變鮮綠色。

「一定沒什麼大不了的。」萊德莉向下瞄。露西貝兒不知何時坐到她腳邊，睜著圓滾滾的貓眼看她，彷彿在說：**血紅？真的嗎？**

露西貝兒不高興了。

「我問過伊森，他說林克都沒空聊天。」蕾娜說。

「呃，妳也曉得，搖滾明星嘛。」

露西用尾巴拍地板。**告訴她**。

「如果發生了什麼事妳一定會告訴我，對吧？」

露西又拍了拍地板。**告訴妳表妹**。

萊德莉選擇無視貓咪。「那當然。」

「就算只是有點奇怪的小事？」蕾娜追問道。

「我很好，全部都很好。老實說我從來沒比現在快樂過，或是比現在更普通。」露西怒嚎一聲，大步走出廚房。

等到萊德莉掛斷電話時，她已經說了無數個謊，幾乎連自己的姓名都不記得了。她知道自己在紐約的生活與「正常」天差地遠，而且更重要的是，與「成功」完全沾不上邊。她對電話另一頭的表妹說了謊，一直以來更是自欺欺人——她不是這塊料，這不該是她的人生。

林克說對了，她不屬於這裡。也許他們兩人的緣分就到此為止。

也許這週的分手，是他們最後一次分手了。

但是萊德莉沒機會問他，因為林克一直躲著她，整天和佛珞依德在練習間唱歌。

萊德莉躺上床時已經眼眶含淚。等到她睡著時，淚水如斷線的珍珠般落下，落在她的夢境裡。

「我就叫妳不要穿那件舊衣服，妳看起來就像貓咪吐出來的毛球。」

萊德莉拉扯表妹的衣袖，扭歪針織毛衣的形狀。她知道自己很過分，甚至自己都感覺自己很過分，但她不在乎。

表妹這種行徑，簡直像在額頭畫靶心一樣愚蠢。

「閉嘴啦，萊。」蕾娜看似想縮進鐵櫃裡不出來。

「這件毛衣根本就寫了『來踹我』三個字。」萊德莉扯得更用力了。

蕾娜站在鐵櫃邊，因為蕾娜總是站在鐵櫃邊。如果非要涉入國中的汪洋，她只願前進這一小步。

萊德莉就不同了，要她涉入哪裡都沒問題——問題在於她如影隨形的麻煩。

「妳是不是沒寫地理作業？」蕾娜嘆息著問。

「妳那麼在意我的作業幹麼？」萊德莉單手扠腰，回以一嘆。今天她穿著自己最喜歡的衣服：一件用外婆的剪刀修短的蘇格蘭褶裙、領口撕破的T恤，還有在前前一間學校她在別人鐵櫃裡找到的舊黑靴。

這是她第一雙有跟的鞋子，讓她穿了自信滿滿，彷彿站在更高的位置俯視世界眾生。萊德莉就是喜歡這種感覺。

蕾娜遞出一張用鉛筆寫得滿滿的紙張。「給妳。」

「哇哇，現在妳還幫我寫作業，以防萬一？」

「總得有人乖乖寫作業。」

萊德莉舉起雙手，拒絕接過那張紙。「蕾娜，妳有沒有想過，我們在這間討厭的凡人學校做什麼對未來一點都不重要？」

「別。」蕾娜尷尬不已。

「這些白痴小屁孩——」萊德莉提高音量。

「他們不是屁孩……有些不是。」蕾娜尷尬地四下張望。

「還有他們的笨老師。」

「我喜歡我的老師。」

「還有他們的爛歷史，爛法律，爛科學。」

「萊。」

「都不重要。對我們巫師、我們的未來、我們的人生，完全不重要。」

「對我來說很重要。」

萊德莉用力摔上表妹的鐵櫃門。有時候她實在受不了蕾娜。蕾娜明明是凡人的沙包，還苦苦央求去凡人的學校上學——她總是竭盡全力討好他們，但她就是不懂得討凡人歡心的方法。

別去嘗試比較好。

別期望他們邀請你參加生日派對，或約你一起去逛街。

別期望老師點你回答問題。

別去在乎比較好。

然而萊德莉摔完鐵櫃後立刻就後悔了——不只因表妹臉上的表情，還因為好奇圍觀的人。

她忘了凡人學校的第一守則：低調。

萊德莉這個痛恨規則的女孩，最無法接受的就是這條不成文規定。當你有能力高調地一飛沖天，有誰願意低調過日子？

只有蕾娜。

蕾娜此時被一群女生圍住，她們都擁有纖細雙腿、直順長髮與醜惡內心，這群女孩能使她們各自的母親顯得異常親切。

「好可愛的毛衣啊，蕾娜，在哪買的？」站最近的女孩——凱特琳．威特力——甜膩膩地說。她捏起蕾娜的灰綠色袖子，蕾娜就乖乖站在原地讓她為所欲為。她向來不會反抗，這也是大家欺負她的原因。

「不知道。」蕾娜含糊地說。

「說不定是妳媽媽在牢裡替妳織的？」這次發話的不是凱特琳，是珊卓．馬許。她永遠無法抵抗欺壓弱小的誘惑，前提是自己位在欺壓的那方。

蕾娜沉默不語。

萊德莉嘆了口氣。

「也可能是妳家老太婆在安養院織的，妳不是跟她一起住在安養院嗎？」凱特琳逼近蕾娜。走廊上的學生止步看戲，這齣戲他們再熟悉不過，快要進入劇情高潮了。

蕾娜試圖離開。那一小群女生緊追不放。

凱特琳提高音量。「妳知道妳看起來像貓的嘔吐物嗎？就像我家貓咪昨天吐在地毯上的毛球。」

夠了。

萊德莉也重重摔上自己鐵櫃的門，凱特琳愕然停下。「這裡只有我有資格說什麼東西像貓的嘔吐物，而且那個東西就是妳的臉。」

走廊上的觀眾笑了起來。

「別這樣。」蕾娜看著表姊說。

萊德莉聳聳肩。她從包包拿出泡泡糖，打開包裝。

「妳知道我為什麼這樣說嗎？」萊德莉毫不退讓。「凱特琳，那是因為我當時在場，我親眼看見妳的貓吐在地上，也親眼看見妳把毛球吃了。」

哄堂大笑。

萊德莉將粉紅色的方形口香糖丟進嘴裡。

「閉嘴。」凱特琳說。「大騙子！」

「對啊。」珊卓說。「妳亂講，噁心死了！」

「是嗎？」萊德莉問。她凝視凱特琳，又將視線轉向珊卓。「凱特琳，把真相告訴珊卓。」她開始咀嚼。

「妳在說什麼，死怪胎。」凱特琳瞪著她。

「告訴珊卓妳昨天在家——在我面前——做了什麼。」萊德莉邊鼓勵她邊賣力咀嚼。

「萊。」蕾娜哀求道。她每次都發出相同的警告，而萊德莉每一次都無視。

「告訴大家吧。」萊德莉綻開笑容，吹了個渾圓的粉紅色泡泡。

現在凱特琳臉上浮現奇怪的表情，她抬眼看著珊卓，彷彿自己也快吐了。她望向愛因斯坦中學走廊上的人海。

「我吃了貓的嘔吐物。」字句哽在凱特琳喉頭。珊卓一臉噁心地看著她。

「她只是在開玩笑。」蕾娜說。沒人理她。

「然後呢？」萊德莉期待地接著說。

「我吃了貓的嘔吐物……然後覺得很好吃。」凱特琳含糊地說，臉上寫滿了驚詫。

「還有呢？」萊德莉問道。

「我明天還要再吃一次。」淚水滾落凱特琳面頰。

四周的笑聲已經大到幾乎聽不見凱特琳的聲音了。

蕾娜拔腿就跑，她衝出行政大樓的大門，直接跑出校門。

直奔三條街後萊德莉才追上她。

當萊德莉抓住蕾娜手臂強迫她停下來時，蕾娜已經不哭了。她滿臉通紅，雙眸閃爍。

「妳為什麼要那樣做？」

「因為，」萊德莉撒謊道。「我可以。」這並非唯一的理由，但這是蕾娜心目中唯一的理由。

現在，萊德莉抓住表妹雙臂。

「我可以，而他們不行，永遠都會是如此。妳永遠不可能成為他們的一分子，我也永遠不可能。他們永遠不可能好到配得上妳，或是壞到配得上我。」

「為什麼一定要這樣？」蕾娜的神情與凱特琳・威特力同樣痛苦，原因卻完全不同。

「這很重要嗎？妳無法改變事實的。離凡人遠一點，他們只會激發出我們內心的黑暗。」

至少，萊德莉暗想。激發出我的黑暗面。

我壞到骨髓裡了。

還沒轉化，我就已經壞到骨髓裡了。

她們再也沒回到那間學校，但是萊德莉不在乎。該學的她老早就學會了。

一覺醒來，萊德莉多年來首次想到凱特琳．威特力。她後來怎麼了？說不定能叫宅宅戰士尼克幫她查。近來，她面對的問題比凱特琳．威特力嚴重許多，她心中的黑暗被更惱人的凡人激發得淋漓盡致。

雖然萊德莉此刻念著的那位不完全是凡人，而且在不久前，他還會欣然為萊德莉宣布自己吃了貓的嘔吐物。

就如過去萊德莉為了蕾娜，逼凱特琳．威特力——以及之後無數人——說的話一樣。

萊德莉躺回床上。

是她下的手，一直以來都是她扮演壞人。

我必須當壞人。

因為我的黑暗，蕾娜才得以走在光明之下。

這就是她們——但更重要的是，這就是這個世界對她們的期望。隨著時間逝去，這也成了她們對自己的期望。

一**直都是如此嗎？非這樣不可嗎？**

萊德莉推開腦中的思緒。不重要了，她無法改變現實。她早該記好居住凡界的基本規則：**低調或保持距離**。

否則，就是引火焚身。

第二十三章
舒適的麻木

女妖之歌將再次轟動全場。

萊德莉不願回到媚妖俱樂部。林克現在像躲著愛蜜莉・艾雪似地避開萊德莉，但是她拒絕讓林克毫無防備地獨自回到雷諾斯・蓋茲的俱樂部。

於是，她成為女妖之歌樂團的頭號粉絲。頭號，也是眾人最討厭的粉絲。

這和我想像中的「正常」生活不一樣。萊德莉想。

「我感覺不太好。」妮骷髏說。她向後靠著地底隧道的粗糙石壁，臉色蒼白地闔上雙眼。她比萊德莉印象中虛弱許多。

佛珞依德斜眼瞅著妮骷髏。「妳想回去嗎？」

「我可以陪她。」萊德莉迅速接口。她穿著六〇年代風格的銀色直筒洋裝，坐立不安。最近她和妮骷髏鮮少對話，雖然萊德莉不打算承認，但這讓她感到很鬱悶。況且山普森與林克已經在媚妖俱樂部了，佛珞依德現在還能去加入他們。

妮骷髏搖了搖頭。「我自己的樂團演出，怎麼可能缺席？」

「那是什麼？」萊德莉朝妮骷髏皮外套的領子伸手，妮骷髏在被碰到前扯開她的手。

「別亂摸別人，女妖。」妮骷髏對她怒目相向。

「等等，妳流血了。」萊德莉拉下妮骷髏的衣領。黑皮外套下的白色小背心沾了點點血跡，不知為何先前都沒人發現。

妮骷髏輕觸頸項，指尖沾染暗沉的深紅——至少萊德莉認為是深紅，血液的顏色比起深紅更加暗沉。「這沒什麼。」

「才不是沒什麼，妳受傷了。發生了什麼事？」佛珞依德憂心忡忡地問。

「沒發生什麼。」妮骷髏直視前方，彷彿希望用念力讓朋友消失。

不過她們沒有消失的打算，尤其是佛珞依德。「妮。」

「我不曉得，可以嗎？我睡了一覺，醒來就發現脖子流血了。」妮骷髏從口袋抽出一條印滿白骷髏頭的黑色圍巾，將髒髒的圍巾綁在脖子上。

「哪裡？」佛珞依德十分嚴肅。

「當然是脖子啊，天才。」妮骷髏的脾氣隨著身體狀況惡化。

「少來了，妮。妳在哪裡醒來的？」佛珞依德語氣越來越焦慮。

萊德莉插嘴說：「呃，不就在床上醒來嗎？妳這算什麼鬼問題？」

佛珞依德揚起眉毛。「妮骷髏會夢遊。」

「什麼？」

妮骷髏聳聳肩。「我有時候會在奇怪的地方醒來，我猜因為我是——妳懂的。因為我是我。」

沒有死靈巫師願意說出那個詞彙，好像怕死亡會傳染給自己。就連妮骷髏平時也不會完整說出這個名詞。

她接著說：「我會作一些很可怕的噩夢，醒來的時候感覺像個廢人，然後再找路回家。有時候我身上還有菸味，不過之前都沒有受過傷。」

萊德莉搖頭說：「這不是好事。」

「就是啊。」佛珞依德說。她不再嘻皮笑臉。

「這沒什麼大不了的。」妮骷髏邊說邊踉蹌地在隧道中前行。「真的。」

這是謊言。萊德莉對謊言駕輕就熟，一聽便能知曉一句話的真實性。究竟發生了什麼事呢？如果妮骷髏和她一樣，就絕對不可能說出口。

萊德莉伸出手臂讓妮骷髏扶著，但妮骷髏不睬她。

她們比萊德莉想得還要相似。

還沒四點，距離演唱開始的時間還有好幾個鐘頭，不過林克與山普森已經迫不及待地在臺上玩起音樂。萊德莉踏進門那一瞬間——這次守衛沒有絲毫異議——樂聲便傳入耳中，隨之而來的是其代表的意涵。

她必須面對的人——或者，她必須說出口的話語。對不起，她只是很擔心，只是太在乎他……他們。

但她不會說出口。

反正沒人會聽。

萊德莉站在俱樂部主廳後方遠望舞臺。每日下午時段俱樂部不對外開放，還有三個小時才會有客人進場。舞臺位於寬闊空間的另一頭，燈光與音響皆已開啟，彷彿隨時準備開演——距離開演還很久，他們仍有時間排練。

不過他們不需排練，過去一週樂團大受歡迎，至少對女妖以外的人而言是如此。俱樂部門庭若市、觀眾好評不斷，而萊德莉依然無法參透其中的原因。準確地說，她知道原因，卻沒有任何證據。

令觀眾瘋狂的絕非音樂，林克的音樂品味從「很差」變成了「奇差無比」，現在整個樂團都被他傳染詭異的樂風。此時萊德莉遠遠看著林克試唱新詞，待她終於聽出歌詞的意思反而後悔了。

我的小雞翅／妳讓我飢腸轆轆
妳讓我的全部／為妳所擺布。
裹上麵糊／害我面紅耳赤
我最愛的就是／妳這瘋狂雞翅。

他繼續唱道「涼拌捲心菜／我的胃最愛」，還有「酥炸酸黃瓜／為妳笑到開花」。再過不久，所有食物都會被他用完，到時林克只能找尋新的靈感泉源了。然而照事態發展推算，萊德莉相當肯定那位靈感來源不會是她。

她嘆了口氣，倚靠門框看著不再是男友的他在臺上搖滾。過幾分鐘妮骷髏與佛珞依德將會加入林克，整個樂團將高唱林克新編出來的食物大雜燴。

然後又過幾個小時，俱樂部裡的顧客將因不明原因徹底愛上這些歌。衛斯理・林肯——前香腸樂團、神聖搖滾、誰殺了林肯團員——以女妖之歌席捲天下，成為巫界地下演藝圈最紅的新創獨立樂團。

衛斯理・林肯，四分之一夢魔，紐約五區不分地上地下最爛的鼓手。**他和他的涼拌捲心菜、他的炸雞和他的甜蜜肉丸**。

萊德莉無奈地搖頭。她應該拍照傳給伊森與蕾娜，他們死都不會相信的，萊德莉透過電話告訴蕾娜時，蕾娜還以為她在開玩笑。還說什麼一定會注意身邊的怪事，女妖之歌樂團大紅大紫就是最明顯的線索。

「妳介意我問一個問題嗎？」突如其來的聲音嚇了她一跳，不過萊德莉還未轉身便已認出聲音的主人。

「我如果說『介意』，你會閉嘴嗎？」萊德莉直視雷諾斯。

他聳肩。**不會吧**。

「妳為什麼要跟他在一起？何苦呢？」雷諾斯站在她身旁，看著臺上的樂團。

「你在說什麼？」萊德莉朝舞臺挪移，盡全力無視雷諾斯。她心想，**我做什麼或不做什麼跟他沒有半點關係**。

「不是肉丸。」雷諾斯戲謔地說。「這點我能保證。」

林克在舞臺上大步亂舞，彈奏空氣吉他——至少，萊德莉猜是空氣吉他。看林克的動作，也可能是空氣手風琴或空氣吸塵器。

萊德莉試圖隱藏煩躁的情緒，但雷諾斯哈哈大笑。

「妳瞧瞧他，根本是一坨無腦的夢魔肌肉，加上凡人的低下智商。」

她怒瞪雷諾斯一眼。「不好意思，你是說我男朋友嗎？」**可能已經算前男友了……可是沒必要讓雷諾斯．蓋茲知道**。

「是嗎？老實說，我不確定呢。」雷諾斯隔著酒杯凝視她，臉上盡是笑意。「他是妳男朋友？真的嗎？」

「你會不會說英語？」

雷諾斯又笑了。「我只說英語，不會說傻瓜語。」他示意舞臺。「說到這個，他的歌詞時常令人費解呢。」

萊德莉挑眉。「那就怪了。你每次開口說話，我聽到的都是傻瓜語。」

「妳跟他？這才不叫戀愛。如果妳覺得你們在談戀愛，那妳的智商比我想的還悽慘，小女妖……還是我該叫妳『小雞翅』？」

「你愛怎麼叫就怎麼叫，這是我的回應。」萊德莉用全力摑了他一巴掌。

雷諾斯痛得皺起臉，輕揉下顎。「好啦，行了，暫時休戰。」

萊德莉不理他。

「妳知道為什麼我讓妳這麼生氣，每次都戳到妳的痛處嗎？因為我們兩個是同類。」他垂下手。萊德莉能感覺到他的視線吸附在自己身上，她別過臉。

「別自我感覺良好。」

「物以類聚，我們是讀同一本黑暗手冊長大的巫師。本是同根生，相煎何太急？」雷諾斯俏皮地眨眼，讓萊德莉想更大力揍他。

「你大錯特錯。」

「是嗎？我還以為我們很有默契呢。」

萊德莉肝火直冒。「默契？哪來的默契？你完全不討人喜歡，而我也不怎麼討人喜歡，說實話我們兩個是我見過所有人之中最討人厭的。」這是她近來對自己的看法，終於說出口時她感覺心頭的負擔輕了些。

因為這是實話。她心想。**而且永遠都會是事實……無論我找到多少份工作、付出多少努力，無論我多麼想要改變。**

多麼想要「正常」。

雷諾斯點頭表示贊同。「最討人厭，說的真好。或許之前的事只是小小的誤會，而我們本該成為好朋友的——關係扭曲的好朋友。就有點像，那個，『林克佛珞依德』？」

萊德莉抬手想再賞他一巴掌，這次卻被攔截。

雷諾斯聳肩說：「我們就是我們，我是勞斯萊斯，他則是——那叫什麼？老爺車？」

「也許是這樣沒錯。」萊德莉邊說邊抽回手臂。「但是蓋茲先生，如果我要的是勞斯萊斯，那我何不魅惑開名車的司機就好？」她垂眼檢查自己的銀色指甲。

雷諾斯無視她的發言。「我是這間俱樂部的老闆，意思就是，我也是妳小男朋友的主人。」

萊德莉熟練地用手指纏繞挑染粉紅的長髮。「蓋茲先生，如果我要的是俱樂部，那我何不魅惑俱樂部老闆就好？」

「誰說妳沒有呢？」他微微一笑。「既然妳都這麼說了，誰曉得是不是他魅惑了妳？」

萊德莉直翻白眼。「作夢。」她的手移至銀色小包包，若無其事地打開釦子，手指若無其事地伸入。

「想當我的夢中情人嗎？」雷諾斯的聲音染上性感的低啞。

她笑出聲。這場遊戲出現新的條件，她確實注意到了。很好，談條件、討價還價是她的專長。「你為什麼如此賣力呢，蓋茲先生？我是有些受寵若驚，但你我都很清楚，這場遊戲的重點不是我。」

「妳是女妖，我以為對女妖來說重點永遠是自己。」

「少來了。我們上次談話之後，情勢發生了什麼改變？你何不直接把你的要求告訴我？」萊德莉湊上前。「壓力太大嗎？你家手下反了？讓我猜猜──『某人』也跟我一樣欠別人一些小小債務？」她湊得更近。「說不定你自己也欠別人幾筆賭債？」

「妳根本不明白自己在說什麼。」雷諾斯煩躁不已。「不懂就別亂說。」

命中紅心。她沾沾自喜。

萊德莉帶著小小的勝利微笑，伸手撫平雷諾斯外套的翻領。「樂意之至，蓋茲先生。在道別前我想送你一句話：不管你要的是什麼，我都不會幫你去做，或是找它，或是得到它。如果這件事跟臺上那坨凡人的低下智商有關，那你想都別想。」

怒火點亮了雷諾斯面龐。「妳這個女妖一點也不迷人。」

「你也算不上誰的甜蜜肉丸。」萊德莉拍拍他的臉頰說。「好可憐。」

雷諾斯按住她的手向前傾，兩人的唇短暫相貼，令萊德莉呼吸一滯。他利用一瞬間的空檔啃咬萊德莉下唇，一股純粹的能量襲向兩人，萊德莉氣息粗重地退開。

然後，她回敬了一吻，彷彿自高處墜落般倚靠著雷諾斯。她身不由己，雷諾斯的吻宛若束縛著她的魔咒，她的唇如火燒般熾熱。

我想打他，但我又想吻他。而且，我想要他吻我。

念頭在腦中浮現的剎那，雷諾斯拉開距離，仔細審視她雙眸。

「嗯。」他說。「就和我想的一樣，妳的甜美夠我們兩人分了。」說罷，他走進人潮消失無蹤。

不。

萊德莉啞口無言地退開，逃到舞臺正前方。她一手按著嘴唇，彷彿希望能撕下剛才那一吻的觸感。

可惜她做不到。

可惜她失控地回吻了他。

可惜就在那電光石火的一剎那，女妖之歌的林克夢魔恰巧抬頭，坐在舞臺中央的他視線離開了鼓組。

看著自己的女朋友——不管有沒有分手——和別的男人接吻，總是能讓男生腦中某種東西完全崩斷，凡人或夢魔都一樣。

萊德莉幾乎能聽見理智斷線的脆響，從林克的神情看得出他心中的疑問全都消失。

林克不會再回頭了。

萊德莉與模糊了視線的淚水搏鬥。即使林克拒絕看她，她仍在林克臉上找到答案。

即使他們沒有對彼此說出隻言片語。

他們什麼都不必說。

林克的手發出血紅光芒，是戒指發的光，蕾娜先前警告過她的。萊德莉未曾見過戒指發出這種顏色的光。

林克沒有唱歌，但他瘋狂敲鼓的動作似乎是想將鼓砸爛。

然後，鼓被打爛了。

「搞什——」佛珞依德在四處亂飛的鼓皮、金屬、鼓棒與黃銅鈸之中倒退。山普森手中的麥克風架摔落地面。

林克搬起大鼓，將它扔下舞臺。樂聲停息。他踹倒電子琴，讓樂器砸在地上。眼前的畫面簡直是加快版的綠巨人浩克。

他受夠了。

舞臺已染上黑暗色彩。

妮骷髏受到的打擊最大，當貝斯摔在地上時她一起倒地，化成一灘軟綿綿的四肢與黑色皮革。

林克低頭看見自己的藍髮團員，他喘著粗氣、語音沙啞地問：「妳還好嗎？」

待萊德莉爬上舞臺，妮骷髏已經不省人事。萊德莉彎腰時瞥見少女的頸項——傷口開始化膿，流出深色液體。

黑血。

第二十四章
希望你在身邊

林克在數秒內脫下汗溼的T恤，包住妮骷髏脖子。佛珞依德幫忙按住傷口，然而血液仍不斷滲出。

「那不是一般傷口。」萊德莉猶豫地站在旁邊說。「一般傷口不會流那麼多血。」

「這我還不曉得嗎？」林克怒斥道。

「誰……」佛珞依德面無血色。「誰來幫幫我們。」

「林克——」萊德莉開口。

林克抬頭瞪著她，雙手沾滿黑血。「別。不是現在。」

「我該怎麼幫忙？」萊德莉問道。

佛珞依德站起身。「離開。」

「我想幫忙。」萊德莉止不住顫抖。

佛珞依德看起來巴不得甩她一個耳光。「沒人在乎妳想幹麼。」

「我的意思——」

佛珞依德提高音量。「就這次，能不能麻煩妳閉嘴？這跟妳沒有關係。」

「妳走。」林克說。「請妳離開，萊。」

而後他小心翼翼地抱起妮骷髏，彷彿懷裡的少女是三姊妹養的小松鼠，而後抱著她下臺。

我真的是全世界最討厭的人。比凡人還討厭。甚至比雷諾斯・蓋茲還要討厭。

萊德莉坐在計程車上，得到這樣的結論。

林克叫她走，於是她離開了，除了穿在身上的衣服與口袋裡的棒棒糖外身無分文。她魅惑了路上遇到的第一位計程車司機，指使司機載她去紐約市最高級的飯店。

這是萊德莉此生首次想幫忙，而且她不願意丟下２Ｄ公寓的住民不顧——這也很新奇。妮骷髏的傷令她心如刀割，但就連她也沒見過那種怪傷。

而妮骷髏是全紐約唯一對萊德莉釋出善意的人。

萊德莉感到糟糕至極。她自責、擔憂，又焦慮。

這些對萊德莉而言都是嶄新的情緒。

但是林克不希望她留在那裡，佛珞依德與山普森只想盡速帶妮骷髏回家，萊德莉唯一能做到的就只有默默離去，讓其他人照顧妮骷髏。

這是她在苦痛俱樂部鑄下的錯誤，自那一晚，事態在她手中變得越來越嚴重。該離開了。這是林克的意思。

於是萊德莉離開媚妖俱樂部、瑪麗蓮小餐館、２Ｄ公寓與布魯克林魔髮盛宴。

她離開了病重的死靈巫師、看上她前男友的幻術師、極度可疑的暗黑之子，以及受傷、心碎的四分之一夢魔。

萊德莉不知該何去何從，只知曉自己離開的事物。一切。

當她放眼窗外，看不見任何熟悉的景象。城市在眼前變化——建築緩緩拔高，玻璃窗越來越潔淨，路燈逐漸明亮。這裡不再是布魯克林。假如你付不起房租，那紐約對你而言是最艱苦的考驗，但假如你不僅付得起自己的房租，還能負擔一千個人的租金，那紐約對你而言就是宇宙中的天堂。那就是萊德莉的目的地，先前她付不起是因為和林克約好不使用魅術，現在林克不要她，已經沒有任何人能阻止她為所欲為了。

因為萊德莉本人完全沒興趣當正常人。

不過話說回來，在這座城市的精華地段，沒有人算得上正常人。

這就是萊德莉踏進大道飯店一樓大廳時心中所想。此處為七十七大道與麥迪遜大道路口，曼哈頓上東城中心，與布魯克林區的布希維克社區之間的距離等同於布希維克與蓋林鎮的距離。

說不定更遠。萊德莉看著鑲嵌黑白大理石的大廳地板，以及超級現代化設計的一張張雙人沙發——現代化到唯有體操選手才能安然坐在沙發上。

一位頭戴紳士帽的男士坐在其中一張沙發上看報紙，當他翻頁時萊德莉瞥見男人手指上的圖章戒指一閃而過。

他抬頭。

萊德莉別過臉，氣息哽在喉嚨。

是什麼？

不知為何男人看上去有些眼熟，但在萊德莉想出原因前他便消失了，只留下摺好放在座椅上的報紙。

奇怪。

當她靠上櫃檯時，萊德莉發現自己疲憊不已，幾乎被倦意淹沒。**我只想倒在床上睡死**。幸好念頭剛成形，一名櫃員便出現在櫃檯後。

「午安，請問您需要什麼服務？」此刻就連櫃員也打扮得比萊德莉體面。萊德莉不禁注意到櫃員保養極佳的頭髮。**滑順髮尾，高級潤髮乳……絕對不是我們用的低檔貨**。

「我訂了房間。萊德莉・杜凱。」她露出「傻孩子妳什麼都不懂難道妳聽不出我的名字多有分量嗎」的笑容，這是她來到紐約之後練成的技能，若是搭配眉毛效果更佳，不過萊德莉已經累到連眉毛也懶得動了。

櫃員回敬一個不甚友善的笑容。「是剛剛才訂的房間嗎？我們電腦系統裡沒有您的名字。」她對萊德莉揚起「妳以為我在乎妳是誰嗎」的眉毛。

「那就怪了。」萊德莉說。**一點也不怪，畢竟我根本沒有訂房**。

她朝電腦揮揮手。「不能對那玩意做些什麼，解決這個問題嗎？」**如果宅宅戰士尼克在的話就好了**。她略為愁悶地偷瞄手機。

「您說『做些什麼』具體是做什麼呢，小姐？」櫃員揚起兩邊眉毛。

沒用。

萊德莉嘆息著拆開一根櫻桃棒棒糖。她也不願意啊。

可是。

她不抱期望地做出最後嘗試。「我知道你們幫我保留了房間，小甜甜。你們寄了一封電子郵件給我，說為了回饋貴客這週末特別招待我。」

「小姐，這裡不是拉斯維加斯，我們一般不會『特別招待』客人。」現在，櫃員上下打量萊德莉的衣著。

不帶有褒獎意味的視線。

萊德莉又嘆了口氣，將棒棒糖含進嘴裡，眸中的燦金隨著這個動作變得更明亮，直到雙眼散發出淡淡微光。她能感覺到力量在體內流竄、擴散至周遭空氣，直到整間大廳籠罩在淡淡的金霧下。

「妳再檢查一次吧？」

櫃員再次用滑鼠掃過電腦螢幕。「不好意思，您的名字聽起來——聽起來很耳熟，但電腦系統就是沒有紀錄。」

萊德莉挑眉。

有趣，她意志真堅定。

「我剛剛說了週末是嗎？」萊德莉開口說。「我現在一想，信裡只說你們幫我準備了房間，我想住多久就住多久，完全免費。好像是跟我的粉絲有關？要讓我的粉絲群看到我選擇你們家飯店之類的。」

這就是蠱惑之術的基本原則：虛張聲勢。永遠不退縮，永遠相信自己的說辭。你的要求越高，對方實現要求的機會越大。

這回除外。

「我的電腦沒有相關紀錄，請問您是演藝圈的嗎？」

「某方面來說。」

「您希望使用信用卡嗎？我可以幫您訂一間基本房，房間面對七十七大道的工程區，雖然有點小——」

「我剛剛說房間嗎？抱歉，我是說套房。」**堆高籌碼，女妖**。

「我們現在沒有空套房——」

「妳聽我說『套房』了嗎？我剛剛說的可是『頂樓套房』。」**相信自己。那是屬於妳的豪華套房，妳不可能沒有那間房**。萊德莉摘下墨鏡，讓女櫃員完全暴露於女妖金瞳的魅力之下。

「潘妮洛普，她是我的客人。」

萊德莉氣得語無倫次，回身時，黑皮外套掛在肩頭的雷諾斯映入眼簾。

怎麼是他？拜託，現在不要。

「非常抱歉，蓋茲先生。」櫃員狼狽不堪。

「請叫我諾斯就好。」他靠著櫃檯，向女櫃員眨眨眼。「看在我們交情這麼好的份上。」

「那當然，蓋茲先生。」

「妳可以安排她住我妹妹的房間，我妹妹目前不在。」雷諾斯看向萊德莉。「我們在這裡包了幾間房，這種投資在關鍵時刻能派上用場。」

萊德莉不予回應。

「是的，先生。」櫃員避開她的目光。

雷諾斯友善地向櫃員笑笑。「我之前有打電話請弗德力克為杜凱小姐做準備，他可能忘記提醒妳了。」

「我深感抱歉，蓋茲先生……呃，諾斯。」

萊德莉眼睜睜看著適才像冰雕似的櫃員慢慢融化。厲害。

無論雷諾斯是何種巫師，他顯然不需要用糖操弄人心，身上不見棒棒糖的蹤影。就萊德莉所見，他沒有絲毫破綻，卻擁有女妖的魅力。**他一直都有嗎？是不是有用在我身上？我因為被控制才吻了他嗎？**太過可怕的想法令萊德莉心神不寧。

不過眼前證據顯示，他確實擁有某種能力。

不管雷諾斯．蓋茲用的是什麼招數，女櫃員全盤接受了。

萊德莉對他的恨意更深重了。

「你是不是在跟蹤我？」她憤怒地低聲發問。雷諾斯舉起一根手指。**現在還不行。**

他示意大廳另一邊的電梯。兩人離開櫃檯時，萊德莉沸騰的血液掩蓋了自己高跟鞋走在黑白大理石地上的脆響。「那個女的是怎麼回事？在她面前我感覺自己像——像——凡人。」她全身一抖。

「歡迎來到紐約。」

「你知道嗎，每次都有人對我這麼說。我開始發現你們這些人的意思恰好相反。」

萊德莉不懂自己為何與他說話，他根本不值得浪費口水。

「我不一樣，我說的每個字都發自內心。」

騙誰啊。萊德莉看向雷諾斯。「蠱惑法術連那個女人一根頭髮都動不了。」

「這樣說吧，妳可以當整間大道飯店都對妳的能力免疫。」

「免疫？你說我在這裡沒有力量？」太令人震驚了。

「每個來到附近的人都這麼說。」雷諾斯自娛自樂地笑笑，隨後放棄故作神祕。

「她是暗黑之子。」

「什麼？」

「這棟建築頂樓三層住的都是強大的巫師，而且都不屬於光明陣營。」他聳肩說。「所以一樓的服務人員都是暗黑之子，他們對所有法力免疫，是巫界保全的新興潮流。」他又聳肩。「效果拔群。」

「可是你就能控制她。」

「那當然，因為我擁有最古老的力量——多到數不盡的財富。我父親能預知未來，當年抵擋不住凡人股市的誘惑。」雷諾斯按下電梯按鈕，遞出一張門禁卡。「房間拿去用吧，我妹妹都不會住這裡。」

萊德莉蹙眉。

「拿去，就當作是和解的禮物。之前在俱樂部發生的事……很抱歉，我不該那麼做的。」

不該吻我。**連他也說不出口**。

「我還以為你說的每個字都發自內心。」

「的確發自內心。」雷諾斯望向電梯的鏡面天花板。「當時我的行為也發自內心，只是原因連我自己也不明白。」聽起來很真誠，但萊德莉已經放棄以外表評判雷諾斯・蓋茲的內心。

他們在電梯內獨處。萊德莉死死盯著按鈕，這是最安全的選擇——直到電梯停下。

電梯門開啟，雷諾斯的目光落在萊德莉臉龐，緊鎖不放。「我開始覺得，不知為何妳總是能引出我最糟糕的一面。」這句話耳熟得令人心痛。他搖搖頭。「或許這也好，最近我已經無法判斷了。」

萊德莉踏出電梯，來到門外的走廊。「這麼說來，你也沒引出我乖女孩那一面。」

她希望雷諾斯能聽出這並非讚美。

「火。」萊德莉經過他身邊時，雷諾斯開口。

「什麼？」她停步。

雷諾斯聽起來很疲憊。「我吻妳的時候，嘗到了火的味道。我不知道這是什麼意思，但我想我該告訴妳。」他惴惴不安。

為什麼不安呢？萊德莉心想。

「抱歉，聽起來瘋瘋癲癲的吧。」他撇開視線。

「完全不會。」萊德莉聳肩說。「吻過我的男生都這麼說。」

說罷，她逕自走下長廊，電梯門在兩人之間閉合。

上了黑漆的房門在走廊尾端等待她。萊德莉在門鎖前揮動門禁卡的時候，合理懷疑門後的公寓與2D公寓將會是截然不同的兩個世界。

她猜得沒錯，雷諾斯・蓋茲與妹妹顯然天天過著迷人王子殿下與可愛公主殿下的生活。

一點也不迷人。她暗想。

至少，他們待在大道飯店時是如此。

一走進大門便是寬闊的門廳，地板是與一樓大廳相同的黑白大理石，一路延伸至能夠眺望城市全景的客廳，連接地板與天花板的落地窗令人頭暈目眩。房裡每一處平面皆宛如鏡面——擦得晶亮的竹製儲物櫃、天花板吊著的巨大球形水晶燈，以及雪白大理石咖啡桌的銀邊。黑色皮製矮沙發圍繞著咖啡桌，桌上還擺著搶眼的白蘭花裝飾，桌面餘下的空間則是一盤又一盤糖漬水果與巧克力。

萊德莉踢掉鞋子，癱坐在沙發上。她從盤裡拿起一隻海馬糖果，這是她小時候最愛吃的。

奇怪。

他怎麼可能知道？他怎麼知道我會來？連我都不曉得我會來到這裡。

她伸手拿起摺好放在糖果盤中央的奶油黃卡片。「R：**如果妳有任何需求，按鈴就可以了。洗澡水應該快放滿了。衣服在衣櫃裡。**」

自以為是的混蛋小巫師。

卡片內容印證了她的猜想：雷諾斯・蓋茲知道她會來這裡，代表他擁有預知未來的能力，而他的能力比預言師來得強大。未卜先知是一種罕見且具多重限制的天賦，萊絲光是能透過他人的臉閱讀人心，就能讓萊德莉煩躁不已。雷諾斯也曾拿萊德莉的未來嘲諷她，但只要是有半顆腦袋的人都能做到那種程度的預測。

如果雷諾斯除了其他能力之外還有預知的力量，那麼萊德莉不得不承認他是自己遇過最強大的黑暗巫師之一。她知道雷諾斯能操控物體、改變物質世界，除開拉金與佛珞依德這種幻術師——他們只能製造控制物質的假象——萊德莉認識的人之中能真正做到這件事的只有蕾娜……或是莎拉芬恩，不過她已經再也不可能影響他們了。

至少，伊森自冥界歸來後堅持此一觀點。

萊德莉低頭盯著手裡的卡片。這張不起眼的小字條奪走了她的選擇，現在她必須接受雷諾斯・蓋茲不只愛賭博與經營夜店，他是高深莫測的存在——蠱惑法術、顯現術、扭曲時空——一個巫師不可能擁有這麼多能力。萊德莉想不通，他究竟透過了何種手段獲得今日的強大？

一定有原因。

某個使他成為潛在威脅，或者賦予他潛在利用價值的原因。

真是個有趣的想法。

萊德莉向後靠著沙發。她為林克的事感到懊惱不已，同時也不禁擔心妮骷髏的狀況。

難怪他們會將她踢出來。

她聽見隔壁房傳來水聲，是洗澡水。她起身，腳下踩著鬆軟的白地毯。或許泡澡能讓她冷靜下來，看得更透徹，幫助她思索下一步棋。

洗個泡泡浴吧，不會有壞處的。

萊德莉悠然走入臥房時，努力不讓視線落在誇張的大床上。她只注意到床上方的天花板有扇圓形天窗，不禁想像自己躺在床上仰望夜空中的星辰。公主殿下窗外的景色也屬最高檔次。

萊德莉找到浴室的門，將自己安安全全地關在浴室裡。帶有玫瑰與薰衣草香的洗澡水沖入浴缸，正如雷諾斯．蓋茲所說。

直到此時，萊德莉才放任自己哭泣。

是肥皂弄進眼睛了，她這麼告訴自己。

用上三條厚厚的白浴巾後，萊德莉感覺煥然一新。她裹著柔軟的浴袍，用毛巾擦乾潮溼的長髮。

她對著鏡子梳開糾結的捲髮，邊在內心訓斥自己。

振作起來，別再消沉了，女妖。這就是妳的人生，別再假裝自己在乎他們了，別再表現得像麥坎舅舅了。

別再否定自己，否定自己內心的黑暗。別再假裝自己還有選擇，假裝自己擁有

一個家。

別再假裝了，自從轉化那一夜，半數的門扉已在妳面前摔上。

讓它去吧。

萊德莉放下梳子霍然起身，不等鏡中的臉露出相反的表情。

公寓在她面前鋪展出奢華的寂靜。她光著腳丫步入走廊，悠閒地探索客廳。這間公寓一進門廳便隔成客廳、浴室、巨大的更衣間及臥房。客廳有一整面落地窗，而氣派的大理石壁爐則占據另一面牆。

當萊德莉站在壁爐前，爐火伴隨劈啪聲自動燃起。

真會享受啊，王子殿下。

她注意到壁爐臺上一張裱框的羊皮紙，紙張陳舊泛黃——是荷馬史詩《奧德賽》的一段，所有女妖皆耳熟能詳：〈女妖的歌謠〉。歌詞萊德莉幾乎爛熟於胸，麥坎舅舅的圖書室也有相似的書頁，這些是稀有而重要的文字紀錄。

如果女妖有聖物的話，那一定就是它了。真奇怪，竟然在此處找到它。

來呀，過來吧，奧德賽，／世人讚揚的，榮耀的希臘人！
將你們的船隻開過來，傾聽我們的歌聲。／沒有一艘船能駛過我們的島嶼。
除非你們聆聽我們喜悅之歌，／帶著快樂與智慧繼續航行。
我們知曉特洛伊原野發生的一切／希臘人與特洛伊人於諸神令下嘗盡痛苦。
我們知曉豐饒大地上發生的一切。

萊德莉盯著紙上的字句，回憶起初次閱讀這段文字時體悟到的意義。一生黑暗對十六歲的她而言難以接受，當她理解這是自己的宿命時內心稍微好受了些。多少世紀的時光流轉，女妖一個又一個與她迎來了相同的宿命，就如水手一個又一個迎來了無情的礁岩。

命運怎麼可能獨獨放過我呢？

萊德莉輕觸抄錄詩句的羊皮紙。世界雖然殘酷，但至少它貫徹永恆不變的運行法則，萊德莉明白自己是誰，也明白自己該扮演什麼角色。

萊德莉明白宿命的意義。

她移步瀏覽牆上的掛畫、相片與其他蓋茲家紀念物品——直到她看見一張照片，是童年的雷諾斯與妹妹，坐在一名女性的腿上。

他們身後站了一位深色眼瞳的男子，看上去十分眼熟。

即使只是張相片，萊德莉依然能感受到那熟悉的力量迴蕩在房間裡。

魅惑法術。

在這裡。

此時此刻。

女妖之歌。媚妖俱樂部。萊德莉在俱樂部裡感知的一切，忽然，全部都串聯起來了。

照片中的女人是女妖，而且很可能是雷諾斯的母親。

雷諾斯・蓋茲體內流淌著女妖之血。

第二十五章
敲響天堂之門

林克沒空接電話。老實說，他也沒空想萊德莉。他沒空，唯一能做的就是崩潰。

大崩潰。

混種夢魔型的大崩潰。

他痛恨女生哭泣，比什麼都討厭。他痛恨女生哭泣，或者生你的氣，或者睜著水汪汪的大眼盯著你，一副可憐兮兮的小狗模樣。

但這更糟。

妮骷髏並沒有做上述的事情，她躺在那裡什麼都不做——動也不動。她甚至連呼吸都極其微弱，林克覺得她看上去和他們死靈巫師的溝通對象——死者——相差不遠。

她的皮膚毫無血色，接近病態的青綠色，臉上也浮現厚重的黑眼圈，脖子的傷口似乎逐漸擴大。

亂七八糟。

他們三人輪流嘗試包紮脖子的傷口，結果都不甚理想……但這並不重要。無論他們用什麼方法包紮，黑血絲毫不受阻礙地持續滲出。

就連露西貝兒也坐在床尾，目不轉睛。

「看起來不妙。」佛珞依德說。「血早該停了。」

「妳說妮骷髏會不會是劃破動脈之類的？」林克問。「脖子有動脈嗎？」

「我不曉得。」佛珞依德看向他。「你覺得她會失血過多嗎？」

「不會。」林克搖頭說。「人要失去體內三分之一的血液才會死掉，不過我們得幫她縫合傷口。」

「什麼？」佛珞依德看著他說。林克說話的樣子與往常不同……但也可能是因為佛珞依德從未見過探索頻道播《鯊魚週》時的林克。

「把傷口縫起來。」林克聳肩說。「我在探索頻道的節目上看過。」

「那你等等，我去拿針線。」佛珞依德早將理智拋到九霄雲外。

「要消毒才有效。」林克告訴她。「你們這邊有沒有『24小時超級門診』？」他努力思索紐約版的超級門診叫什麼。

「你想帶她去巫師急診之類的嗎？我告訴你，沒有這種東西。」佛珞依德的語音透出絕望。

「她大概會死。」山普森站在房間另一頭說。

「兄弟，閉嘴。」林克幾乎用吼的。

「拜託了。」佛珞依德搖頭。

「認清現實吧。」山普森在房裡來回踱步。「我不知道一個死靈巫師能維持這樣的狀態多久，過多少時間才會造成永久傷害。不久吧。她平時與冥界的聯繫已經根深牴固，只要平衡稍微向冥界傾斜，她就會跨過——」

「廢話！」林克怒斥一聲，彎腰俯視癱在床上的妮骷髏。「喂，妮骷髏，該起床了，兄弟。剛剛的表演超級成功，妳趕快起來跟我們一起討論嘛。」他搖晃妮骷髏的手臂，絕望淹沒了所有思緒。

換成是伊森，他在這種情況下會怎麼做？之前全宇宙能發生的慘事都發生在他身上，那時他做了什麼？為什麼我戴著那枚爛戒指的手指燙得要命？

然而無論是誰，無論他們說了什麼、做了什麼，妮骷髏就是毫無反應。她蒼白、瘦小的身軀靜靜躺著，身上蓋著毛毯。佛珞依德坐在她身旁的地板上。

「愛絲佩蘭薩。」佛珞依德忽然說。

「什麼？」林克疑惑地低頭看她。

「她真正的名字不是妮骷髏，是愛絲佩蘭薩。」

林克看向不省人事的龐克少女。「妳確定嗎？」

佛珞依德哀傷地微微一笑。「她恨死那個名字了，有時候你這樣叫她還會挨打。可是有時候，在我看來她還是像個『愛絲佩蘭薩』。」

「妳們兩個已經是多年的朋友了，對吧？」林克突然也為佛珞依德感到難過。

她聳肩說：「對啊，大概。她還不錯，以一個『妮骷髏』來說。」

「愛絲佩蘭薩，是誰傷害了妳？」林克更靠近她的臉龐。「愛絲佩蘭薩？快醒來打我啊。」

沒有用。血液仍然不斷自傷口滲出，將整條繃帶染成青黑色。

林克放棄了。「怎麼會這樣？如果她跟人打架的話我們不可能沒發現啊。」

「如果是晚上夢遊發生的事，那就有可能了。」佛珞依德滿臉挫折。

「妳忘了嗎，我不需要睡覺。」林克說。「她要是出門又回來，我怎麼會沒看見？」

「那個人不想讓你看見，你就不會看見。」山普森靠著門框，抬眼望向他們說。「只要施了正確的咒術，這是可以辦到的。」

他走至三人身邊。「只要施術者是某幾位特定的巫師。」

「搞什——」萊德莉手忙腳亂地按掉床頭櫃上的鬧鐘，差點沒注意到鬧鐘架在一隻銀雕大象的鼻子上。她在雷諾斯妹妹空蕩蕩的床上坐起，一時不知自己身在何處。橘粉色餘暉自上方的天窗穿透進來，時間已近黃昏。

萊德莉這時才回憶起自己來到此處的經過。

她翻身將枕頭蓋在頭上。記憶如潮水般滾回來，她只覺疲憊不堪。先前癱倒在床上時夢見了船隻、女妖與園藝剪刀，奧德賽、亞伯・雷、林克與妮骷髏。萊德莉還穿著浴袍，仍帶溼意的毛巾纏在被單裡。

妮骷髏。

萊德莉拿起手機。沒有來電紀錄。

妮骷髏的狀況現在也許好轉了，也可能惡化了。無論如何，只要致電者是萊德莉，佛珞依德與林克就沒有要接電話的意思。

可是。

她嘆了口氣，按下通話鍵。

撥出的鈴聲一直響，一直響，一直響。

沒接。

隔壁房傳來門鈴聲，萊德莉嚇一跳。

她不知所措，該如何面對雷諾斯．蓋茲、該對他說什麼都還未想清楚——照片、女妖與《奧德賽》，究竟該從何問起？不過她開門時，映入眼簾的並不是雷諾斯。

「喔。」萊德莉說，心裡莫名地失望。「是妳。」

暗黑之子櫃員端著銀盤，盤上完美地擺著一張卡片。萊德莉拿起卡片，隨後在櫃員面前摔上門。

八點晚餐？四個字。卡片上的優美草書只寫了這四個字。

是這樣嗎？他以為隨便打個響指我就會乖乖跳下去？想得美。我不會為任何人跳下去。

萊德莉低頭看著自己身上的浴袍，飢腸轆轆。

我考慮一下。

女生總是得吃飯的，就算是女妖也不例外。

而且我必須找機會和他聊聊。

如果有辦法讓他敞開心扉……

如果能找到照片中那個女妖和媚妖俱樂部以及諾斯的關係——還有她和林克與我的關係……

想越多，她越確信自己必須這麼做。但首先，還有更重要的事情得處理。

譬如，自己此刻只穿了一件類似豪華毛巾的浴袍。

雷諾斯之前有提到衣服吧？萊德莉四處研究公寓內的擺設，找到嵌入臥室牆壁的大型竹製衣櫃。衣櫃的雙門在她推動下摺疊打開，但櫃子裡空空如也。

「好極了。」

巫師法術有什麼用？王子與公主殿下該多離開王座走動走動，去光顧布魯明黛百貨公司。

萊德莉朝孤零零的可憐衣架伸手，將它自橫跨整個衣櫃的銀色橫桿取下。

然而當她將衣架舉得更高時，萊德莉發現衣架上不再空無一物。

現在，掛了一件洋裝。

而且不是普通的洋裝，是黑色皮革製的古馳連身裙，裁剪得如刀刃般犀利——萊德莉去年夏天去米蘭時，曾經駐足某個店面櫥窗欣賞這件洋裝。

這不只是普通的洋裝。

而是萊德莉精選的武器。

女妖的戰鬥服。

她將洋裝丟到床上，又伸手進衣櫃摸索，這次取出一雙超高筒——至少有高到大腿——的小牛皮長靴。普拉達。

她又回去拿包包——金屬灰的軟革信封式小包包。香奈兒。

耳環？蒂芙尼。

手鐲？卡蒂亞。

項鍊？海瑞溫斯頓。

鑽石還真是女妖最好的朋友。

再這樣下去，萊德莉玩一整晚也不成問題，不過她再怎麼樣也只有一具身體，況且八點快到了。

她下定決心吃完晚餐早些回來，用衣櫃吐出來的各種衣飾玩變裝遊戲。這是她首次承認自己將前去赴約。

她將下樓赴雷諾斯・蓋茲的約。

無論如何，萊德莉決意要揭穿牆上那幅照片的祕密。

待她擠進那件足以造成交通事故的洋裝後，她已經完成在晚餐桌廝殺的準備。

她準備迎戰雷諾斯・蓋茲。

他在飯店大廳等待萊德莉，乍看不像是地下夜店老闆，而是更像世界霸主。

全世界。萊德莉心想。**巫界也好，凡界也好**。

他自大廳一張造形特殊的馬毛座椅起身，扣上量身訂製的西裝外套最中間的釦子。他略長的頭髮落至漿挺衣領邊，碰到了同樣裁剪得無話可說的亞麻襯衫。儘管衣著打扮與先前天差地遠，但他怡然自得的模樣與先前在媚妖俱樂部穿皮外套時無異。

地下巫界與上流社會。又一個解開雷諾斯・蓋茲之謎的線索。

「穿得不錯嘛。」萊德莉笑了。「啊等等，我們今晚要和你的管家玩馬球嗎？我的男僕怎麼沒告訴我？」在此時的情況下，她被自己輕快的語氣嚇了一跳。

真奇怪。

莫忘初衷很困難，尤其當面前的雷諾斯如此養眼——今晚尤是。萊德莉沒辦法不注意他的好看，畢竟蓋林鎮沒幾個男生會穿成這樣。**是完全沒有**。她無法想像林克打扮得像雷諾斯一樣。**「離譜的打扮」。他一定會這麼說**。

「馬球，沒錯，那當然。地點在我的鄉村別墅，我們可以乘我的遊艇過去——我停在轉角路邊。」雷諾斯上下打量她。「不過依我看，妳的穿著恐怕不適合坐遊艇這般純潔的活動。」

他說得沒錯，萊德莉今晚的打扮即使以女妖的標準而言也算得上「壞女孩」等級，皮革連身裙緊貼某些部位又掠過某些部位的樣式簡直是犯罪。**不愧是巫師的衣櫃**。她暗想。**正好用來撬開某位黑暗巫師的嘴**。

她眨眨大眼。「太諷刺了，『純潔』可是我的代名詞呢。」

萊德莉讓雷諾斯扶著她坐上他的黑色林肯城市汽車，當車門在身後關上時她帶著一絲愧疚坐上舒適的座椅。即使身穿戰鬥服，她仍然感覺自己是即將參加舞會的小公主。

是即將毀滅邪惡舞會的惡劣公主好嗎！

無論是凡人王族或現代黑暗巫師與女妖，無論你是否隱藏著不可告人的陰謀，迷人的王子殿下依舊迷人。

我的小牛皮細跟長靴，就是別人的玻璃舞鞋。

她不曾為了男生留下鞋子，不過萬事皆有第一次。停。她提醒自己。

這是戰爭。

諾斯．蓋茲是敵人。

而且這雙鞋我才不要送給別人。

兩人單獨共進晚餐——在這座人口數百萬的繁華城市裡，盡可能地「單獨」。在這個屋頂——一棟巨大石建築的頂樓花園——他們得以享有難得的兩人時間。兩人，再加上廚師、提琴手與侍者，但也相去不遠。

他們坐在雪白亞麻布與純白花朵瀑洩而下的小圓桌邊。**梔子花**。萊德莉心想。就如城市灰若塵煙，桌上的花朵香甜可人。在城市裡星辰被燈光取代，山岳被大廈取代。

「試試這款大都會雞尾酒吧。」雷諾斯邊說邊拿起高頸水晶酒瓶，將粉紅色調酒倒入灑糖的酒杯裡。

聞起來就像島上的鮮花。萊德莉暗想。

「這算是本間私房特調。」雷諾斯補充道。

「好大的『私房』。」萊德莉說完啜飲調酒，糖分的攝取引發強烈亢奮，心臟每一次鼓動都能感覺得清清楚楚。她放下酒杯。

今晚，她必須保持神智清晰。

雷諾斯聳聳肩。「大？也可以這麼說。這裡叫大都會博物館。」

「博物館？」即使是盡可能避開博物館的萊德莉（她無法接受旁人盯著她自己以外的事物）也聽過這間。

他點點頭。

萊德莉拿起酒杯，又放回桌面。**緊張？我在緊張？這就是緊張嗎？**

她清了清喉嚨。「其他人呢？」他們剛才直接走側門搭維修電梯上來，來到頂樓前一路上只見到一、兩個警衛。

雷諾斯舉杯啜飲。「這樣說吧，我讓他們今晚休息去了。」

此處的風景美不勝收，即使隔著水泥叢林，逐漸黯淡的暮光中仍可望見一叢叢綠樹。萊德莉現在終於明白為何各個年代的女妖皆被這座城市吸引。

「好漂亮。」她說，此時才意識到自己的渺小。她默默記住這個全新的感觸，最近的新感覺越來越多了。

雷諾斯聳肩。「這是座美麗的城市。地面上的景色明明如此美妙，我還真不曉得自己為何花那麼多時間在地下隧道裡。」

「你愛媚妖俱樂部。」萊德莉對他盈盈一笑，暗暗推動話題。

「沒錯。」

「為什麼？」她努力保持輕鬆的語氣。

雷諾斯小心審視風景，彷彿別開視線的剎那一切將消失無蹤。「我愛我所有的俱樂部。」

「因為是黑暗俱樂部？」她注視著雷諾斯。**就像那張照片裡的女妖？俱樂部是為她命名的吧？**

不過萊德莉沒有發問。時機尚未成熟。

雷諾斯・蓋茲這種人不笨，他不可能輕易向你坦白，更不可能對一個幾乎不認識的女妖道出內心的祕密——尤其是自己與另一位女妖的關係。

他繼續盯著城市風景。「不，因為它們是我不曾有過的家。」

萊德莉幾乎是不由自主地露出笑容。「你以為自己在黑暗巫師中算例外嗎？」

「那對妳而言這裡像家嗎？紐約？」雷諾斯又轉向夜色中的都市。「這麼美的一座城市？」

萊德莉扮了個鬼臉。「我們的公寓才不美，還有我的工作，還有地鐵。這麼說來——我所見過的紐約也就如此。」她笑出聲。

雷諾斯沒有笑。「還有很多地方是妳沒見過的，讓我帶妳去見識吧。」

正中下懷。萊德莉暗喜。「帶我去見識？」

「配得上女妖審美觀的紐約。」

沒錯。「女妖？你又懂我們女妖了？」

他沉默不言。

萊德莉聳聳肩。「這個嘛，我想我最近看紐約有點看膩了。」**不能太快答應，要讓他求而不得**。

「妳還什麼都沒看見呢。」雷諾斯觸摸她的手。

肌膚相碰的觸感令她愕然抽回手。**看著點**。

雷諾斯露出微笑。「一天，一天就好，我保證會乖乖的。然後——如果妳還沒改變心意——我會帶妳回去找妳朋友，要求他們原諒妳。」

「你以為他們在乎你的想法嗎？」一想到2D公寓此時的情況，萊德莉臉上便蒙上一層陰影。**你以為他們是我朋友？**她放下酒杯。

「他們當然在乎我的想法，所有人都在乎。」他笑容滿面。

「少妄自菲薄了。」萊德莉說。「他們其實是怕你吧。」

「我剛才說過。」雷諾斯聳聳肩。「他們在乎我的想法。原因很重要嗎？」

「重要。」萊德莉說出口的瞬間才發現這句話是發自內心。「我也花了很多時間才想通這點，但是真的很重要。」

雷諾斯揚起眉毛。「真的假的。」

萊德莉的目光沒有離開前方天際線。「當別人在乎你的想法、被你的笑話逗笑，當他們注意到你說什麼話或不說話時……真的很棒。」她對雷諾斯哀傷地淡笑。「至少，之前還有人在乎我的時候很棒。」

別分心。她提醒自己。

「就一天？」雷諾斯堅持不懈。「讓我帶妳去見識。」

「一天的時間可不短。」萊德莉遲疑半晌。「女妖眼中的紐約？」

他點點頭。

「就這樣？」一天而已？只需一天時間，就能撥開圍繞雷諾斯・蓋茲的重重迷霧？這不正是她要的嗎？

萊德莉想到之前無人接聽的電話。妮骷髏受傷了，如果他們需要萊德莉怎麼辦？要是她能幫上忙的話呢？

反正他們又不希望我回去，也不會讓我回去，他們連我的電話都不接。而且這麼一來，我就有機會誘導他說出那個女妖的祕密。

「就一天，我保證。」雷諾斯開玩笑地在胸口畫叉。

「你保證不會騙我或是打賭讓我留下來？」萊德莉雙臂抱胸瞅著他。之前和他打賭輸了，這回可不能犯下相同的錯誤。「沒有奇怪規則？不耍小把戲？」

「卑鄙行徑一律禁止。」

戰爭。萊德莉提醒自己。**解答**。**照片中的女妖**。**這些才是妳允諾的原因**。

雷諾斯的微笑令人不禁想信任他。

由自己被笑容迷得神魂顛倒可見，完全不可以信任雷諾斯。

當晚萊德莉爬上巨大的圓床，盯著手機螢幕。還是沒有人打過來，今晚就連蕾娜也沒接電話。

沒有電話……也沒有朋友。

什麼都沒有。

妮骷髏、佛珞依德與山普森完全不想和她扯上關係。

他們不想，林克也不想。

這是遲早會發生的事，唯一的變數是發生的時間點。萊德莉從一開始就知道。

人不可能違抗宿命，尤其當宿命是又一扇在你面前摔上的門，管你應不應得。

尤其當宿命就是你一個人坐在路邊，管你想不想回家。

萊德莉懊惱地拉起棉被。

但這件事的重點不是我，妮骷髏說不定病得很重。黑血，那不是什麼好兆頭。

她必須放手一搏。

即使無人在乎，即使沒有人要她在乎。

這回，萊德莉讓電話一直響一直響，然後再撥一次。又一次。她數著天窗外的星辰，直到鈴響回歸寂靜，手機耗盡電力。

這時她已經沉醉於溫柔的夢鄉——夢裡沒有路邊，地上是通往家門的龜裂石步道。夢裡還有著笑容滿面的母親，與永遠敞開的門扉。

第二十六章
回歸黑暗

「看起來很糟，好像還惡化了。你們覺得有人對她下了詛咒之類的嗎？」林克瞪大眼睛盯著躺在床上的妮骷髏，臉上寫滿恐懼。

繞著他踱步的露西貝兒看起來更加害怕。

佛珞依德連忙起身查看妮骷髏的傷口。她點頭說：「跟昨天比起來惡化了許多。」

「擴大了，而且更黑了。」山普森也點點頭。「我猜是詛咒。」他更仔細檢視傷口。「我猜造成這個傷口的刀刃附有咒術，所以讓她病成這樣的不是傷口本身，而是咒術，隨便劃破皮膚就會被詛咒纏身。」

他聳聳肩。佛珞依德與林克相視一眼。

「他說的有道理。」林克說。「如果只是小劃傷，妮骷髏可能不會注意到。要是傷口一開始就長這樣，她再怎麼遲鈍都會發現自己割了自己的喉嚨吧。」

「無論如何，我們不曉得發生了什麼事就沒辦法幫助她。」佛珞依德說。

「可是如果她中了詛咒，我們要怎麼知道發生了什麼事？」林克偷瞄山普森一眼。他不喜歡這個人，也不瞭解這個人，不過山普森是樂團的一員，所以在林克看來他也是自己人。

一般不是這樣嗎？

「你有什麼好主意嗎，山普小子？」林克問這位暗黑之子。「有就快說出來，我現在腦袋一片空白。」

山普森的視線從妮骷髏瞟向林克。「我不會捲入巫師的紛爭。」

林克目瞪口呆。「可是她是你朋友！」

山普森直視前方。「不算是。」

林克不可置信地搖頭。「兄弟，你到底有什麼毛病？」

山普森聳肩說：「這是暗黑之子的生活方式。我們不是巫師。」

「你們的生活方式爛透了。」林克毫不客氣地吐槽。

「不管你怎麼說，我知道你是我的朋友。」佛珞依德說。「我知道你是妮骷髏的朋友。我們已經一起玩音樂這麼久，經歷了這麼多間俱樂部——」

「兩間。兩間俱樂部而已。」山普森糾正她。他固執地交叉雙臂。

「不重要。換成是你受傷，她鐵定會幫你，我也一樣。」佛珞依德看向林克。「林克也是。」

林克注視著她。「沒錯，你是我的兄弟，今天如果換成你躺在那張床上，我也會盡全力幫忙的。」

山普森緘默不語。

佛珞依德朝林克點點頭。

他再接再厲。「嗯，所以。就這樣了。還有……你懂的……無論這個世界對我如何殘酷，我還有你，幫我學會原諒。」

山普森揚起眉毛。「皇后樂團。你只是在複誦人家的歌詞而已。」

林克拍拍他的背。「太棒了，你懂了。我的兄弟哥們，這就是我們共組樂團的原因。」

沉默。

佛珞依德又點點頭。**然後呢？**

林克聳肩。**我沒招了。**

山普森嘆息著說：「好啦。可是別把我拖下水，你不欠我什麼，我也不欠你什麼。還有，我們不是朋友。」

「好嘛。」林克伸出手。「我們不是朋友，來握手約定。」

山普森無視他，目光回到妮骷髏身上，隨後他直視佛珞依德雙眼。「我不知道該怎麼幫助她，但我知道害她變成這樣的是誰。」

「是誰？」佛珞依德緊張地嚥口水。

「應該說，是『什麼』。」山普森說。「雖然我對夢魔與巫師的法力免疫，但我還是能感覺到你們的力量。你們每個人的力量都有自己的特徵，而我可以感知到每個人不同的力量。」

「你在說什麼？」林克皺起眉頭。

山普森朝佛珞依德一點頭。「例如佛珞依德感覺像雲霄飛車，如果我拿起她觸碰過的東西，我就會噁心想吐，還有頭暈。」

「哇，謝謝你啊，我也很愛你喔，科學怪人先生。」

「林克，你的感覺比較像很癢的疹子。」

佛珞依德的嘴扭曲成轉瞬即逝的笑容。林克對她怒目而視。

山普森不理他們兩人。「你讓我感覺很癢——很不舒服，就像野葛一樣。我想這是因為你的力量與你的無助相互牴觸，混種通常會給我這種感覺。」

「說不定你只是對帥哥和音樂天才過敏。」林克內心有一部分想痛扁這傢伙，可是絕大部分想聽聽山普森的說法。

「說不定。」山普森聳肩說。「我也不怎麼喜歡夢魔。」

「很好，我們有共識了。」

「那妮骷髏呢？」佛珞依德發問。

山普森握住妮骷髏的手。「她平時感覺很安靜、很冰冷，非常平靜。不算是不好的感覺，類似漂浮在湖泊裡。」

「你有沒有在湖裡游過泳啊？」林克瞅著他。「跟你說的感覺一點都不像好嗎？」

「別打斷人家。」佛珞依德說。她轉向山普森。「那現在呢，你感覺到什麼？」

「她還在，跟地下隧道一樣冰冷，不過我也能感知到咒術。那是熾熱與火焰的感覺——鋒銳且強勁。而且還有別的東西。」

「什麼？」佛珞依德焦急不已。

林克伸手搭住山普森肩頭。「說真的，兄弟，我們快被你整死了。有話就快點說。」

「甜甜的。」山普森說。「是甜甜的，像糖在燃燒的感覺。我想——」

「別說出來。」林克語氣忽然變得嚴肅。「你不用說出來。」

「女妖。」山普森說。「我們身邊只有一個女妖。」

「就我們所知。」林克怒聲說。

「她會做出這種事嗎？」佛珞依德雙眼圓睜。她跨步遠離林克，彷彿「認識萊德莉」是某種具傳染力的疾病。

「不，絕不可能。」林克信誓旦旦地說。

「你的女妖從來沒傷害過人嗎？就算不是故意的？」佛珞依德一臉狐疑。

林克沒有回答。

她從來沒有傷人的意思。

從來沒有「太」傷人的意思。

「林克，如果你說的是真話，那她就是歷史上獨一無二的好女妖了。」佛珞依德的語調十分苦澀。

「不是她，佛珞依德，我知道不是她。她不會做出這種事情的。」

「你只是被她吃得死死的，看不清事實罷了。」

林克揮開她的指控。「反正這又不重要，對吧？萊現在離開了，這件事跟她無關也好，有關也罷，我們就算查明真相也沒辦法讓妮骷髏好起來啊。」

「當然重要，我得知道找誰算帳。」佛珞依德不悅地說。

山普森搖搖頭。「林克，佛珞依德說得對。你不明白，只有對妮骷髏施咒的女妖才能解開詛咒，如果不找到在刀子上施加詛咒的人，就不可能拯救妮骷髏。」他凝視林克。「她的時間不多了。」

「你覺得有辦法找到她嗎？找到萊德莉？」佛珞依德問道。

林克滿臉羞愧。「她之前就那樣走了，我根本不曉得現在人在哪裡。可是我告訴妳，一定不是她幹的。」

山普森幾乎低吼出聲。「你真溫柔，夢魔。」

林克揪住山普森的衣領。「你給我聽著，媚比琳小姐。我了解萊這個人，這件事不是她做的，我敢用自己的性命擔保。」

山普森平靜地凝視他。「但願不會有這個必要。」

林克收縮手部肌肉，鬆開山普森衣領。「抱歉了，兄弟。」

抽出手時，他的誓約戒指又發出光芒——這次從鮮紅色轉變為明暗閃爍的金黃。

林克將戒指舉至面前，佛珞依德與山普森一起看著顏色變幻。

「那是什麼？」佛珞依德伸出手，讓粉紅色微光灑在她掌心。「有點漂亮呢。」

「古老魔法。」山普森說。「而且很強大，感覺跟我遇過的其他東西完全不一樣。」

林克舉起手，看著戒指如忽然獲得生命般變幻色彩。「我覺得這東西好像想告訴我什麼事情……或是它想把我手指整根燒斷。」

「無論是什麼，讓它告訴你吧。」佛珞依德盯著戒指，彷彿它確實由火焰構成。

林克用另一手抓住手臂。「它要拉著我出門。」

「哇！」佛珞依德驚嘆一聲。

「那就跟它走。」山普森說。戒指照亮了整個房間。

「我想，我知道該怎麼找萊德莉了。」林克緩緩說。「至少，我想這枚戒指知道該怎麼做。」

佛珞依德轉向床上的妮骷髏。「妮骷髏，別擔心，我們馬上回來。」她拉好被單，隨後抓起皮外套。「走吧。」

「你會留在她身邊？」林克望向山普森。山普森點點頭。

「還有一件事。」走到門口時，佛珞依德拉住林克。「我不管她是不是你女朋友，我們一定會找到那個女妖，然後給她好看。」

林克不發一語。

他什麼也不必說。

如果萊德莉真和這件事情有半點瓜葛，那輪不到佛珞依德給她好看。

「等一下。」

林克停下來拿背包。熾熱的戒指、不耐煩的幻術師、病危的死靈巫師——無論如何，有一樣東西他不能丟下。

一把鏽跡斑斑的舊園藝剪刀。

若萊德莉與如此黑暗的事件糾纏不清，那鐵定是有原因的。如果有一個原因的話……來者不善，善者不來。

還是有所準備來得好。

第二十七章
飛向天使

萊德莉的決心隨著手機死亡。充電器失蹤也罷，沒有人會「不小心」漏接一百通電話，就算是林克也不可能。

你的訊息，我很清楚地收到了。

她答應給雷諾斯一天，就會給他一天。**諾斯，還有他那位神祕的女妖**。萊德莉暗想。如果她得到更多關於相片中那位女妖的資訊，也許就能揭開雷諾斯的神祕面紗。

她今天的戰服很簡單：衣櫃替她準備了一件復古風印花吊帶裙、一雙鑲嵌金屬與鎖鏈的黑皮軍靴，還有同樣鑲嵌金屬的外套。

看樣子衣櫃很喜歡伊夫聖洛朗這個品牌。好吧。

太陽悠閒地升起，彷彿吃飽了沒事做。萊德莉較晚出門，在一樓大廳與雷諾斯享用茶點——以及一整疊馬卡龍。這些馬卡龍來自拉杜蕾——麥迪遜大道的巴黎風茶館——有玫瑰、草莓糖，當然還有巧克力，可能也有甜瓜，都是最好吃的口味。

在某個平行時空，這一定就是萊德莉心目中的「完美」。

雷諾斯啜著迷你杯濃咖啡，彷彿在喝熱巧克力。萊德莉無法接受咖啡的味道。

「世界已經夠苦了。」她說。「我吃巧克力就好。」

「熱巧克力？」雷諾斯說。

「這個也要。快把好東西拿過來。」她朝最近的一盤餅乾伸出魔爪。

「『Un de chaque』，是吧？」雷諾斯笑著遞給萊德莉半塊焦糖海鹽馬卡龍。今天他穿著上俱樂部的衣服——黑牛仔褲、復古黑外套與黑色細領帶——在粉紅與粉紫色餅乾甜點中顯得格格不入。

「那是什麼意思？」萊德莉將馬卡龍拋進嘴裡，隨後扮了個鬼臉。比起鹹鹹甜甜，她還是偏愛甜甜甜甜。

「好吧，巴黎人沒有這麼放縱，不過義大利人肯定懂。『Uno di tutti』，我每次走進羅馬的烘焙坊都會這麼說，是『全部都來一份』的意思。妳嘗嘗這個椰子口味的。」

她吃過了。

她又嘗了一個，再一個又一個地「品嘗」，直到甜點疊成的小塔只剩盤底殘渣。萊德莉嘴裡塞了滿滿的糖，根本沒時間問問題。**還不到時候**。她心想。**快了**。

用完早餐，他們漫步在麥迪遜大道，來到惠特尼美術館。人行道正在施工，計程車喇叭聲此起彼落，疾速行走的人們飛快地講電話。

紐約市今天迎來了完美的早晨——至少，它本該完美。倘若身在不同的時空，萊德莉不會質疑它的完美。

「只有一天而已，為什麼浪費時間逛博物館？」萊德莉表示不滿。「一個真正的紐約女妖會排這種行程嗎？」

來吧，把你的內在展示出來。

「不是普通的博物館，是紐約所有博物館中我最喜歡的一間。」雷諾斯說。

「還有最喜歡的博物館？」萊德莉戲謔地搖頭。「真的嗎？我不相信。有『最喜歡』就代表你去過不只一間。」

「我確實有，而且妳也該多參觀幾間。妳想想看，安迪・沃荷畫了瑪麗蓮和麗茲，如果她們不算女妖的話——」

「她們不是。」萊德莉翻了個白眼。

「她們不是女妖太可惜了。」雷諾斯笑著說。「跟我去看偉大藝術家的作品，我就帶妳去看——」

萊德莉打斷他。「紀念品店跟小吃店。」

「偉大的女妖。」他露齒一笑。

「就這樣嗎？瑪麗蓮和麗茲？紐約沒有其他偉大女妖了？」

雷諾斯注視著她，笑容逐漸褪去。

她直視雷諾斯雙眼。

就是現在。快告訴我，相片中的女人是誰？

然而此時雷諾斯的手機開始震動，他皺著眉頭從外套口袋掏出手機。「明明門票都預售完了，女妖之歌卻突然退出今晚的表演。這是怎麼回事？」

適才的良機稍縱即逝，帶走了早晨的光明與歡笑。雷諾斯的臉再次蒙上陰影，高深莫測。

但是萊德莉沒時間為他操心，因為此時的她滿腦子都是妮駘髏。

萊德莉將雷諾斯的手腕拉到面前看手錶。「對不起，我得回去了。」

好，她不必假裝自己不在乎了。

「回到妳朋友身邊？」雷諾斯問她。「不是他們把妳踢出來的嗎？」

「是他們沒錯，我是說，是林克。可是我的——」**我要說什麼？朋友？她是我的朋友嗎？**「妮駘髏生病了。」

「妮駘髏？」雷諾斯抽回手臂，拉好上衣。「生什麼病？」

「她在舞臺上昏倒了，你沒看到嗎？就是昨天，我來飯店之前？」

他搖搖頭。「我在那個，我們……之後就走了。」陰鬱撫過他的臉龐。「真是糟糕的消息，我該通知醫生過去看看。」他伸手去拿手機。

「我覺得他們現在可能不想要你或是我的幫助。」萊德莉一字一句緩緩地說。「老實說，佛珞依德、林克和妮駘髏現在最不想見到的人，我猜非你我莫屬。」

雷諾斯緩緩將手機放回口袋。

「妳猜？」

萊德莉挑眉。「你當時也在場啊。」**你吻了我。當著他的面。在眾目睽睽下吻了我。**

「我們該怎麼辦？」雷諾斯似乎由衷感到擔憂。

「我留了幾千條訊息，只能等待了。」

「等什麼？」

「我也不確定。」萊德莉說。

他嘆一口氣。「好吧。」

「女妖。」萊德莉抬起頭。**照片中的女妖。計畫就是計畫，我不能停步不前**。「女妖眼中的紐約，你不是要展現給我看嗎？」

「首先是博物館。我想，有必要擴展妳對『女妖』這個詞的定義。」

「麻煩你賜教。」

雷諾斯微微一笑。「我不是說我比妳還瞭解妳自己，我想說的是，如果妳睜開眼睛就會發現自己並不孤單，至少妳會發現自己不需要孤單。」

「我才不孤單，我有——」誰？沒有林克。特別是經過昨天的種種。

失去了林克。

「我……我有我的表妹，蕾娜。」

雷諾斯點點頭。「那位自然師。妳還有妳的妹妹，那位小靈療師。」

「是姊妹。雖然我很想不小心漏掉她，但我還有姊姊萊絲。」她忽然停頓。「等等——你怎麼知道蕾娜是自然師？」萊德莉不喜歡「驚喜」，她不知道雷諾斯值不值得信任，會不會突然給她一個「驚喜」。

「她是蕾娜·杜凱，妳是萊德莉·杜凱。我認識不少杜凱家的人，還認識更多雷家的人，你們這些人實在說不上低調。」

他們繼續前行。「那萊兒呢？你怎麼知道她是哪一種巫師？」

「我能感覺到。她是個法力強大的女孩。」雷諾斯微笑著說。「就像她姊姊。我看得出妳很關心她，不過妳也得承認，妳算是孤獨一匹狼，在女妖中尤是如此。女妖不都是成群結隊的嗎？帶著滿船神魂顛倒的水手？」

萊德莉不發一語。從離家到遇見林克那一刻，她一直孤身一人……自從轉化之夜，親生父母將她趕出家門……但即使和林克在一起過了一段好日子，萊德莉終將回歸最初的起點。再度孤身一人。

回到路邊。

「你怎麼知道孤獨不是我自己的選擇？」最後，她說。因為其餘話語不能說出口，太痛苦了。

「妳怎麼知道妳不是跟我一樣的大騙子？」雷諾斯說。他朝萊德莉伸出手。

她握住他的手。

雷諾斯的手掌溫暖而強壯，牽手時萊德莉感受到難以言喻的安心。

雖然他是世界上第二討厭的人。

雖然第一名就是她本人。

然後雷諾斯握緊她的手，彷彿也感受到同樣的安慰。

美術館變成在公園野餐與蘇荷區逛街，午後散步變成精緻壽司，晚餐變成甜點——焦糖與法式酸奶油，還有被溫熱巧克力醬淹沒的鮮奶油泡芙。侍者如護衛似地全神貫注，有人為他們開門，有人為他們開車，每個店員都體貼入微。

這一天簡直像邊吃爆米花邊看別人的人生電影，多種願望一次滿足。如果這是真的就好了，如果這是萊德莉的人生就好了。但即使是一天的角色扮演，也比不曾擁有來得好。

然而，她一個女妖也沒見到。

這一天也許很夢幻，王子殿下也許很迷人，但除此之外沒有任何與法術或魅術相關的事物。

儘管如此，萊德莉充分享受了每一分鐘。

待他們回到大道飯店時，萊德莉允許雷諾斯一起回她的公寓。

「就一分鐘。」她說。

他其實不差嘛。她暗想。**以王子的標準而言**。

「就看看夕陽。」雷諾斯同意道。

他其實不差。她暗想。**以敵人的標準而言**。

「就看看星空。」萊德莉稍微讓步。

今天其實不差嘛。她心想。**以戰爭而言**。

「就一天。」雷諾斯說。「妳答應我的。」

就再看一眼，牆上一張小小的相片。她暗忖。

雷諾斯·蓋茲，你的女妖故事又是什麼呢？

第二十八章
恐懼之黑暗

「妳跟這傢伙有多熟？」林克此刻汗流浹背。他甩了甩戴著戒指的手，整隻手感覺快被燒掉了。

「誰？山普森嗎？跟一個暗黑之子能熟到哪裡去？」佛珞依德心情很煩躁。他們正卡在地鐵上——不是地下，也不是巫界隧道，而是平凡到不能再更平凡的地鐵。聞起來像陳年菸味與成人尿布的地鐵。

現在是紐約市尖峰時段，每當車門開啟，人群就如潮水般湧入，直到車廂內的人數變成原先的兩倍。

他們的任務是一幅散落一地的絕望拼圖。

林克與佛珞依德整天都在地下跟隨戒指的指示奔走，然而就林克的理解，戒指只是帶著他們不停繞圈子。妮骷髏的時間不多了，而萊德莉……

林克有一種不祥的預感，說不定萊德莉惹上的麻煩比他所想的還嚴重。**第二筆賭債**。他心想。**第二筆賭債的存在，代表她不能做主，代表只要他有意，雷諾斯·蓋茲可以命令她做出任何事情。就算是傷害妮骷髏也可以。**

他不知該對萊德莉作何感想，但無論如何他都擔憂不已。

林克試圖推開這些念頭，他緊緊抓住上方的扶手，讓修長的身軀隨著車廂移動而搖擺。他轉向佛珞依德。「不過以暗黑之子來看，妳覺得他是真心的嗎？」

佛珞依德站在喀喀作響的座位旁，堅定不移。「林克。你是在問我相不相信他的說法，相不相信你女朋友傷害了我全世界最好的朋友？我們樂團的電子琴手？我當然信。」

林克隔著車廂明暗閃爍的漆黑窗戶，盯著外頭飛逝而去的隧道。**她已經不是我的女朋友了，但這不代表我不瞭解她，也不代表她會做出這種事。至少不會是她一個人的作為。**

他的手隱隱作痛。

佛珞依德僅僅凝視著他。「你認為她不會？」

林克做了個鬼臉。「別傻了，我當然這麼想。」

她受傷地別開臉。「好嘛，既然我蠢到這種地步，那我們也沒什麼好說的了。」

「我想也是。」林克不願去想那把插在後口袋裡的園藝剪刀。**如果你這麼有自信，那為什麼要帶它出門？你打算跟誰戰鬥？這回，她到底捲進了什麼樣的麻煩？**

之後，佛珞依德與林克之間只剩沉默，但地鐵裡的沉默只維持了數分鐘，因為佛珞依德忽然抬頭說起話：「雖然我沒資格插手這件事。」

「哪件事？」林克不甚專注，他正在觀察坐在這排座位另一端的男子偷挖鼻孔……考慮到他坐在尖峰時段的擁擠車廂內，其實還挺不容易的。

「你值得更好的。我只是想說這個。」佛珞依德別過視線。

林克困惑地揉了揉頭髮。「更好的什麼？妳在說什麼啊？」她怎麼說得不清不楚，誰聽得懂？而且那個男人的手指已經深入鼻孔，一不小心就會戳到腦袋了。

「你明白我的意思。」佛珞依德很惱火，這點林克看得出來。

她聽起來有點生氣。

「我真的不明白。」現在林克也惱了。他握住扶手的手緊了緊，火熱的感覺沒有消失。

真的。完全不懂。

「我沒資格插手這件事。我說完了。」

看吧，我就說她生氣了。

「隨妳便。」林克說。「說完就說完。」

我連妳說完了什麼都搞不清楚好嗎？

一名男子擠到他們兩人中間，佛珞依德用力擠回去。她移身靠近林克。「萊德莉把你當垃圾看待。」

來了。「萊本來就把所有人都當成垃圾。」

「你為什麼讓她這樣對待你？」

「沒有人能『讓』萊德莉做什麼，萊就是萊，她是個女妖。她……」林克嘆氣。「很麻煩。」

佛珞依德交叉雙臂。「你值得更好的。我想說的就是這句。」

「我知道。」他也看見了，那一吻。已經沒什麼可說的了——雖然林克也不想和任何人討論這件事，尤其是佛珞依德。萊德莉已經玩他玩膩了，一個愛著你的女孩子不會像她那樣和別的男人接吻。

「你不懂，隨便一個女生能有你這樣的男朋友，就是天大的幸運了。」佛珞依德鍥而不舍。

前提是她真的愛過我。

「隨便一個女生？」一陣刺痛從戒指傳至他的手。「我的老天——」地鐵的手扶桿整條從天花板鬆脫，落在林克手中。

林克驚慌地左顧右盼，不慎握著扶桿轉了一圈，害四周的乘客連忙低頭閃避。「抱歉。這沒什麼，我馬上放回原位。」他試圖將鐵桿塞回天花板，卻徒勞無功。「沒事沒事。」

他放棄了，直接將鐵桿丟在地上，踢到最近的一排座椅下。只有站得最近的耳機男注意到他。「做得好啊，渣渣。」現在鐵桿已經離開他的手，車廂內其餘乘客根本瞄也不瞄林克一眼。

林克感覺自己從來沒有離蓋林鎮如此遙遠。

老實說，他感覺到了很多東西。

他的女朋友劈腿了，也印證了旁人一直以來給他的警告。林克眼睜睜看著她和另一個男人接吻——而且不得不承認，那個傢伙幾乎跟林克自己一樣帥。他樂團的團員可能快死了。他不能吃東西。他不能睡覺。他最要好的朋友不在身邊。他的家人都是瘋子。不知為何，他甚至開始懷疑自己的音樂好不好聽了。

然後我還把地鐵弄壞了。

剛萌生這個想法，列車突然停止行駛。

車門再度開啟，又有更多人湧上車。

林克的手陣陣發疼，幾乎能聽見肌膚燒烤的滋滋聲。他開始考慮摧毀整節車廂。

然後，他低頭看向佛珞依德。

「蠢斃了。」林克抓住她的手，闔上雙眼。

她不解地盯著他。「林克？你在做——」

他將佛珞依德拉得更近。

隨之而來的是寂靜，除了熟悉的嗡嗡聲外毫無聲響——這是一位巫師與一位夢魔離開地鐵車廂、離開逐漸碎裂的隧道、離開尖峰時間的人潮，甚至離開這個次元的聲響。

瞬間移動。

車廂內，沒有一個人發現。

第二十九章 我們是新星

萊德莉從來沒見過這麼多星星。放眼望去是一片凡界星空，而南方之星則不知在何處——不過萊德莉的心思不在巫界星座，她內心想著的巫師只有身旁的這位。以及相片中的那位。

她坐在雷諾斯身旁，在頂樓花園正中間仰望黑夜穹空，兩人共用的躺椅周遭只有燭光照明。

從飯店頂樓仰望星空，夜晚顯得龐大、深邃。

我會永遠記得這一刻。萊德莉心想。**不管什麼王子與戰爭，好與壞**。

這一夜，還有現在的感覺。

我的感覺。

一抹寶藍夜空下方，城市是一簇簇瘋狂的燈光。

我能俯瞰所有人。她回想起過去，曾有個找不到夠高的高跟鞋而苦惱不已的小女孩。

但還是不夠高。

萊德莉的外套早就脫了，夜晚涼風從她裸露的香肩撩起綹綹長髮。她微微發抖。雷諾斯的手臂伸到柔軟躺椅的椅背。前方的桌子上，一排高矮各異的精緻蠟燭明暗變幻。

「感覺真好。」萊德莉對著黑夜說。實話，得以在夜幕的守護下揭開面紗。

「比預期的好。」雷諾斯向後仰，讓頭靠在柔軟椅墊上。「考慮到……」

「考慮到什麼？」

「比如說，某位衛斯理・林肯。我猜這是某種南方人的特殊癖好？類似炸雞和胡桃派。」

萊德莉被這個玩笑惹毛了，她坐起身。「你猜錯了。他是個好人，我——」字句逸散在空氣中。她沒有說完。

她不知道該說什麼。

「妳怎樣？」雷諾斯問她。

「我非常在乎他。」萊德莉說話的方式，彷彿在討論家中的年邁長輩。她蹙眉。

「那他也『非常在乎』妳嗎？」

萊德莉搖搖頭。「已經沒有了。」她向後靠。「我搞砸了。每次都這樣。」

雷諾斯並沒有笑。他的語氣莫名地認真。「他對妳的感覺僅此而已嗎？他是不是還對妳說了什麼？」

「你怎麼知道？」

「讓我猜猜。他是不是說了『愛』這個字？」

「他根本不曉得自己在說什麼。我是女妖。」萊德莉小心翼翼地說出最後兩個字，話中飽含心機。「你也懂的。」

你懂吧？或是那個身分不明的「她」？照片裡的那個女人？

「所以呢？」雷諾斯仔細觀察她的臉。

「所以，別人對我說的話不是他們的本意。你知道的吧。」**正常人**。萊德莉心想。**可憐、無助的正常人**。

「如果他知道呢？我是說，如果他知道自己在說什麼呢？如果他對妳的感情真的是他內心的感情呢？」

「有差嗎？我該如何分辨真假？我的能力能讓別人關愛我，我該如何相信別人對我的感情？」

「妳沒辦法。」雷諾斯緩緩地說。「正面的感情無法分辨，只有負面感情才是真的。所以妳一半的行為、一半的言語，都是為了誘發那些妳可以相信的感情。」

對，完全正確。為了分辨真偽。

萊德莉啞口無言。她不曾想像自己有一天會和人談論這件事，每個字、每句話都用盡了肺裡的空氣，用盡了全身的力氣。她從未對任何一個人說過這些，她沒對蕾娜說過，甚至對林克也沒有提過。

這是什麼意思？我和雷諾斯·蓋茲能這樣對話，他還看透了我深藏心底的祕密……究竟是什麼意思？

她別過頭，不讓他看見眼中忽然浮現的氤氳。

雷諾斯轉向她。「妳不愧為女妖。」

萊德莉含笑擦乾眼睛。「是嗎？就跟你母親一樣？」她小心發問。時機已然成熟，現在他將道出祕密，他非說不可。他和萊德莉同樣孤獨，他們是同類，而這是他們共同的戰爭。他們孤單一人的路邊。

同為黑暗巫師，他們同樣面對過無數被摔上的門——萊德莉萬分確信。

因為雷諾斯．蓋茲是女妖後裔。

一定是。

他就像我，和正常人天差地遠。

萊德莉不知道這個結論在她意識裡花了多久才成形，也不知道自己為什麼花了這麼多時間才看出來。

雷諾斯驚愕地注視她。

萊德莉吸入一口氣。「媚妖？俱樂部裡像火一樣四處蔓延的魅惑之術？你以為我猜不到嗎？」

她不由自主地顫抖。

「走吧。」雷諾斯說。「進去聊。」

燈光黯淡，但爐火旺盛。雷諾斯背對火爐而坐，萊德莉則坐在他對面。兩名黑暗巫師腳下的厚地毯柔軟又暖和。

萊德莉凝視著他。「你之前為什麼不告訴我？」

「告訴妳，我母親是女妖？一般人是不會到處宣揚這種事情的吧？」

「為什麼不行？這算是天大的祕密嗎？」她怒火中燒。「我們女妖真的如此惹人厭嗎？」

雷諾斯厭惡地向前傾身。「保密並不是因為她女妖的身分，是因為她的境遇。」

「她的境遇？」萊德莉將字句砸回他臉上。「說得這麼好聽？」她雙眼閃爍著怒火。「何不說『疾病』？或是『瘟疫』？這就是你從不提她的原因嗎？因為你害怕被她傳染？」萊德莉氣得渾身顫抖。

「我不是那個意思。」雷諾斯一手搭在她手臂上，她猛然抽回手。「妳誤會了。」

「所以是我的錯囉？」**不可置信**。

「不，我的意思是，我表達得不好。」他愁容滿面。「況且，我以為妳早就知道了。我以為全世界都知道。」

萊德莉的態度稍微軟化。「知道什麼？我怎麼可能知道你的事？」

「妳沒聽過哀落的蓋茲家？拜託。」

「告訴我。」她說。這回，她主動拉起雷諾斯的手。「你可以告訴我，諾斯。」

他良久不語。「我知道的不多，母親在我很小的時候就去世了。」

「很遺憾。」萊德莉能望見他眼中的哀傷。**這是真的，他不是在耍妳**。

雷諾斯點點頭，眼神停留在遙遠的彼方。「妳讓我想到她，妳似乎一直對自己深信不疑，相信自己命中註定的絕不會是平凡人生。」

正常。萊德莉暗想。**「正常」人生**。

「我的母親也是，她本該得到更好的人生。」

「發生了什麼事？」萊德莉沒有放開他的手。

「她從我們身邊被奪走，像寵物一樣關在籠子裡。她不被當人看待，只是經手強大巫師與夢魔的『力量』。」

就如過去無數名女妖。萊德莉心想。

「這件事毀了我的雙親、我的妹妹、我的人生。」雷諾斯看向萊德莉。「怎麼會有如此殘忍的人？」

她握住雷諾斯另一隻手。現在，他們相觸的指尖溫暖、溫柔，她沒有移開視線。

「我懂。」萊德莉說。「我也曾經被豢養在籠子裡。我絕不會讓這件事重演。」她的語調變得與神情同樣陰鬱。「我寧可死。」

雷諾斯注視她。「妳愛他嗎？那個混種夢魔？」

「這跟現在的話題有什麼關係？」

「我必須知道答案。」

萊德莉感覺憤怒的火苗再次燃起。「不關你的事。」

雷諾斯也動怒了。「是牢籠嗎？」

現在，她已怒不可遏。「什麼？」

雷諾斯一字一句，尷尬地擠出：「愛。對妳來說是不是——會不會——也感覺像牢籠？」

萊德莉沒有回答。雷諾斯緩緩抽出手，起身離座。他走至一整排落地窗前，眺望城市夜景。

「母親是不是感覺自己一直被束縛著？被我父親，被我的家庭？」

萊德莉站到他身邊。「被你？」她輕聲問道。

雷諾斯陷入沉默。

萊德莉吸了一口氣。「他愛過我。林克。我的意思是，他是這麼說的。這太——太奇怪了。」將感情轉化為文字感覺更加怪異，尤其在此時此刻。尤其對雷諾斯・蓋茲。

感覺像牢籠嗎？這就是我逃走的原因嗎？這就是愛嗎？

「不。」她忽然說。「諾斯，它不是牢籠。」她伸手搭住雷諾斯的肩膀。「愛是一扇敞開的門。」

萊德莉伸長雙臂，盡量環抱住他寬闊的胸膛與肩膀。他讓頭輕輕枕著她的手臂。

雷諾斯良久不語，終於開口時，聲音模糊不清。

「萊德莉・杜凱，到底是什麼，讓妳認為自己不值得被愛呢？」她能感覺到雷諾斯強而有力的心跳。

孤獨的路邊，孤獨的牢籠。這就是我們的世界。

她心中並無怨懟。她瞭解這個世界。

這個世界，還有他。

萊德莉搖搖頭。「沒錯，諾斯，愛很可怕。它很痛苦、很羞恥，人們為它寫了一首首歌曲——難聽又肉麻的歌曲——說什麼心碎、落淚，還有跟隨戀人走入黑暗。」

「聽起來很慘。」雷諾斯說。萊德莉聽不出他語調中是否帶著笑意，兩人之間的黑暗太過濃稠。

這樣比較安全。

「它就像一種疾病，諾斯，就像凡人的疾病。完全失去膽量，情緒的上吐下瀉，還有太多太多木吉他伴奏。」

雷諾斯笑著抬頭。「小女妖，妳把氣氛給毀了。」

「就是這樣。可是當你愛上一個人，你失去了對自己言行思想的控制。『控制』是我的至愛，沒有比失去控制更討厭的事情了。那你告訴我——像我這樣的一個人，該拿愛情這種東西怎麼辦？」眼睛開始灼燒。

雷諾斯嘆了一口氣。「所以妳剛剛說的牢籠，那是謊言。」

是真的，所以才是她永遠無解的難題。愛是力量的相反，而萊德莉想將兩者皆攥在手心，缺一便無法忍受。

她雙手離開雷諾斯，轉身遠眺夜色。下方的城市如此地遼闊、如此地遙遠，她感覺自己像是在飛——如果她能飛就好了。她會拋下這一切，飛得很遠很遠。

雷諾斯跟著挪動身體。萊德莉感覺他移到自己身旁，在黑暗中拉起她的手，舉至唇邊。

她抽開手。「你沒聽到我剛剛說的話嗎？」

「我不必聽妳說，因為那就是我的心聲。」

最好是。萊德莉暗想。不過她並沒有出聲爭論，而是抬頭注視他。「我恨這種懦弱的感覺。」

「還有錯誤的感覺。」

「什麼？」

「小女妖。妳有沒有想過，愛一個強大的人只會讓妳變得更強大？」

她搖頭說：「不對。愛就是愛。」

雷諾斯將一綹捲髮順到她耳後。「不是。」他輕輕抬起她的臉，拇指按著她下巴。「絕對不是。」

兩人的目光在黑暗中鎖定對方。

黑暗的眼神，黑暗的巫師，黑暗的夜晚。好個危險的組合。萊德莉心想。但是她無法改變這個組合，就像她無法制止自己。

某種力量將她與雷諾斯·蓋茲連結在一起。

強大的力量。

他們站在一起俯瞰夜晚的城市，臉幾乎貼在一起。遠方的燈光明暗閃爍，對世界這個角落的情形一概不知。雷諾斯一隻手撫過她手臂的肌膚，這一刻，她知道她比什麼都希望雷諾斯吻自己。

吻我。她心想。**我要你再吻我一次**。

這是先前在俱樂部的那種感覺，再度席捲她的心。她只覺身體發熱、暈眩，嘴唇開始灼燒，與上次接吻的感覺一樣。

那是我們第一次真正親吻。

感覺再正確不過。感覺是命運的牽引。

而且，感覺異常熟悉。

為什麼？

「諾斯。」她的聲音微微顫抖。「我們是不是曾經做過類似的事？」

渴望雷諾斯·蓋茲的感覺……為什麼我總覺得自己曾經也如此渴望過他？

他不知道為什麼，似曾相識。

他的臉。我看過他的臉。

但這時，萊德莉的視線落在牆上的相片，落在不同的臉上。她隔著雷諾斯的肩膀死死盯著那張臉。

女妖一家。妹妹。母親。雷諾斯。

她不曉得之前為什麼忽略了那個人。

她之前並沒有特意去注意他。

她之前並不知道。

那個黑眼男子。

「我不能——」萊德莉開口。

「別去想混種夢魔的事，離開他。」雷諾斯在她耳畔低語。「在太遲之前。」

萊德莉沒有聽進去。

我認識那個男人。

相片裡的男人。

她深呼吸。

然後呼吸滯澀，因為她知道相片裡的男人是誰——突如其來的認知化作比妮骷髏那把彈簧刀還鋒利的刀刃，刺穿萊德莉的心靈。

雷諾斯家庭合照裡的男人——和他母親與妹妹在一起的男人——是較年輕的亞伯·雷。

亞伯·雷。

死於林克之手，以及我的背叛。

亞伯．雷是諾斯的家人。

亞伯．雷是諾斯的

是諾斯的

諾斯的

萊德莉推開雷諾斯，逕自走到牆上裱框的相片前。「是他。」

雷諾斯露出痛苦的神色。

萊德莉驚駭不已。「可是亞伯身邊只有約翰，約翰應該認識你才對啊。」

「亞伯不是我父親，他永遠不可能是我父親。」

「你怎麼知道？」

「他就是把我母親關在籠子裡的罪魁禍首，是他害我父親自殺。亞伯．雷毀了我的家庭，現在他即將毀滅妳的家庭。」

萊德莉恨不得將相片從牆上扯下來。「我不相信你。我已經不知該相信什麼了。」

雷諾斯再次握住她的手。「這不重要。妳必須在一切都太遲之前，趕快離開這裡。」

比起請求，雷諾斯說的話更像是命令。萊德莉天生就不愛遵守命令。

「太遲？你在威脅我嗎？」她後退一步。

「那不是我的本意。」雷諾斯移近一步。「我只是希望妳在太遲之前，離開那個混種夢魔。妳——你們——都將遭遇不測。」現在，雷諾斯的語氣與她同樣冰冷。

「你在說什麼，諾斯？」萊德莉又倒退一步。「林克？為你的合作夥伴送上一位混種夢魔？我們又回到這種無聊的恐嚇了嗎？」

「事情很複雜。」

「只要跟你有關就不可能簡單。」

「我沒辦法解釋，可是妳必須相信我。拜託了。我能保護妳，但他做不到。」雷諾斯伸出手，但萊德莉沒有與他握手。

「說實話，我開始覺得你是我最不該信任的人。」

「妳錯了。」

萊德莉別過頭。「說得好。我到底有什麼毛病？來你這邊做什麼？」

「妳是女妖，妳在做自己最擅長的事。」雷諾斯苦澀地說。

「這又是什麼意思？」萊德莉對話題走向有種不好的預感。

「首先你將遭遇女妖，所有接近她們的男人將陷入她們的魔咒。」雷諾斯以陰沉語調朗誦荷馬史詩。

老實說，他現在聽起來像個瘋子。

「諾斯，別這樣。」

「無防備之人一旦靠近並聽聞女妖之歌，妻兒將永無歡迎他歸鄉之日。」

「我才沒有對誰做這種事。」

「因為女妖端坐原野詠唱蠱惑之歌，近處躺著一堆殘敗的人骨，殘存肌膚在骨骼上腐爛。」

「閉嘴！」萊德莉大喊。

「所以當你航行至此，用捏軟的蜂蠟塞住同伴雙耳，絕禁聆聽女妖之音。」

「我不是那樣的。」萊德莉眼中盈滿淚水。

雷諾斯抬眼直視她。「但奧德賽只是一個男人，我們也都聽過那個故事的結局。問荷馬就知道了。」

「你不必唸《奧德賽》給我聽。我不會毀了你，我不是怪物。」萊德莉說。

雷諾斯盯著她，神情無從解讀。

「對，我不認為妳是怪物。但我是。」

第三十章
某種怪物

「怪物？」萊德莉聳聳肩。她的視線離不開照片中亞伯・雷的臉。「只能說虎父無犬子。」經過剛剛那一番對話，她不打算對雷諾斯・蓋茲溫柔。**難怪我從來不信任別人。**

「不准這麼說！」雷諾斯怒不可遏。他從牆上拆下相片，用力摔到地上，碎玻璃四處飛散。「我說過了，他不是我父親。」

「是，是。諾斯先生，你一向讓人感覺特別可信，所以我絕對沒有懷疑你。」

雷諾斯走至窗邊，盯著曼哈頓夜晚的天際線。「巫界現有的分類，無法定義我的身分。就算有地下護照這種東西，我也不能直接勾選『女妖』那一欄。」

「為什麼不行？你玩弄人的能力不會輸給女妖，而且不管你父親是誰，你還是女妖後裔。還有，媚妖俱樂部的蠱惑法術不是你的傑作嗎？」

「萊德莉。」他來回踱步。

「拜託好嗎，雷諾斯。我們現在至少該坦誠相待了吧？」

既然我們已經沒有能失去的事物了。萊德莉心想。**既然我已經知道你跟亞伯・雷**

是同夥了。

她繼續說下去：「難道女妖之歌樂團表現得這麼好、吸引這麼多觀眾與粉絲，不是你暗中搞鬼嗎？」

雷諾斯聳肩說：「是樂團的名字，光是聽名字心裡就該有個底了。」

「你是怎麼做到的？飲料嗎？是你的『神酒』嗎？」這還在想像範圍內。

他搖搖頭。

「一個女妖不可能同時影響那麼多人，而且還做得如此徹底。是空調系統嗎？用某種咒術增強了效果？」這她也聽過。

「不是。」

萊德莉用手指捲弄一綹金髮。「說吧，該公布魔術的機關了。告訴我你是怎麼辦到的。」

雷諾斯沉默了許久。

「音樂。」最後，他開口說。

「什麼？」

「是山普森的吉他，那其實算是把豎琴，是我母親的遺物。我稍微改造了一下之後……就這樣，演唱會大成功。」

萊德莉無奈地搖頭。「好吧，我就知道不是歌詞的功勞。我也不該驚訝，畢竟你為俱樂部取了女妖的名字，不用法術動點手腳也辜負了『媚妖』之名。」

「相信我，細節並不重要。說實話，妳對我的認知越少，妳就越安全。」

「那土耳其軟糖呢？消失的人群呢？其他這些該怎麼解釋？」**該如何解釋你在我**

心中觸發的情愫？這場不是戰爭的戰爭？她必須得到答案。

「謊言交易。」雷諾斯凝視著她。「妳該不會以為欠我賭債的只有妳一個人吧？妳覺得那些輸掉的才能、人情與法力都到哪去了？」

「原來如此，是才能、人情、法力。你只是個小偷，你擁有的能力都是竊取而來的。」一切都顯而易見。之前她竟然沒看穿雷諾斯的把戲。

「不完全是。妳知道我母親是女妖，而我父親——我真正的父親——生前是預言師。我體內流淌他們的血液。」

「你說的算。」萊德莉說。她忍不住用言語補了一刀——她忍不住，尤其當這把刀名叫亞伯・雷。

雷諾斯停下腳步，臉色鐵青。「我的家庭就是我的家庭，它並不完美——差得遠呢，它壓根是地獄。」

萊德莉點頭同意。「我開始有點頭緒了。」

「沒錯。但除此之外，妳知道我的家庭是什麼嗎？是我、家、的、事。」

萊德莉踏步到他面前。「諾斯，冷靜點。到底是怎麼回事？你為什麼不願意告訴我？你一下想把我嚇跑，一下帶我去夢幻的紐約一日遊，看樣子不是精神異常就是個忽冷忽熱的渣男。」

「謝啦。」

「無論如何，只要你把現在的狀況說清楚，我就會幫你。我說真的。」

「不。」雷諾斯說。「就算我不把妳牽扯進更多麻煩事，妳也已經泥菩薩過江，自身難保了。麻煩似乎會主動找上妳，就跟它自動來找我一樣。」萊德莉從未見過這般緊張的雷諾斯。

「所以，話題又繞回怪物了？」她問道。她幾乎不敢聽到答案。

「妳不明白這種感覺。我比妳還要黑暗。」雷諾斯搖頭說。他的語音很低沉，微微顫抖著。「一想到他們要我對妳做的事情……」

「停。」萊德莉說。「諾斯，你確實有很多種身分，但你絕不是怪物。相信我，我見過的怪物可多了。」

「例如亞伯．雷？」雷諾斯問她。他的語調變得更加黑暗。

「這個我無可反駁。」

「他偷了我父親的預知能力，用以實行他的黑暗計畫。直到有一天，我父親預知自己將死在我母親手裡。」

應該說，那位你認為是你父親的人。萊德莉暗想。

「他受不了，直接從巴貝多一座懸崖跳下去——因為他不希望自己唯一心愛的女人下半輩子活在愧疚的陰影下。」

「諾斯。」她不知該說什麼。就和她猜測的一樣，雷諾斯的心靈與她自己同樣殘破不堪。

或許更嚴重。

「我就像妳一樣，是由祖父母撫養長大的。亞伯．雷將我的母親逼瘋，並確保我的人生和他那些夢魔實驗品一樣可悲。」

萊德莉非常清楚雷諾斯的意思。「遭遇亞伯．雷之後，沒有人能毫髮無傷地離開。」

雷諾斯點頭說：「也許這就是我討厭妳那位混種夢魔男友的原因。我痛恨任何讓我想起亞伯或他那實驗機構的事物。」

萊德莉不由自主地握住雷諾斯的手，因為眼前是個傷心欲絕的小男孩。「雖然這件事你已經知道了，不過……亞伯已經死了。沒有人比我更清楚，因為當時我就在場。」

雷諾斯依然悶悶不樂。「我聽說了。是園藝剪刀，對吧？」

萊德莉點點頭。「一把園藝剪刀，直接刺穿心臟。他死得不能再死了。」她握緊雷諾斯的手。「諾斯，你瞞著我的究竟是什麼事？」

「我一直試圖告訴妳。」他移開視線。「這個故事複雜的一面。」

「請說。」

「小女妖。」雷諾斯說。「我願意付出我所擁有的一切，改變當初與妳相遇的情境。」

「我知道。」萊德莉握得更緊了。

他哀傷地注視她。「我願意付出比那更高的代價，改變我在夢中看見的未來——妳的未來。」

萊德莉的心跳開始加速。「什麼？」

「妳必須知道，就算我看見了妳的未來，也不代表完全沒有希望。」雷諾斯忽然溫柔地撫摸她臉頰。

她退離雷諾斯的手。「諾斯，你到底看到了什麼？」

「我看見了我們的未來。我的，還有妳的。」

「然後呢？」萊德莉不確定自己是否想聽下去，但她無法制止嘴巴發問。

「我想說的是，我們一定還有希望。我們之間也還有希望。」他靠近萊德莉，似是準備親吻她。

萊德莉屏息等待，卻沒有等到雷諾斯的吻。

因為瞬移的聲響搶先傳入耳裡。

接著，是十三號馬汀鞋與家具「親密接觸」之後的巨響。

衛斯理・林肯——四分之一夢魔與四分之三沸騰的心——從分隔臥房與客廳的牆壁走出。他調整牆上的掛畫，並將自己的腳從垃圾桶拔出，不過整體而言，就連萊德莉也不得不承認他瞬移的技術進步了。

而戰鬥技能進步得更多了。

林克毫不廢話，直接衝撞雷諾斯後將他按在牆上。

「真是出乎意料。」雷諾斯試圖推開林克。

林克不動如山。「萊，告訴我是他，不是妳。」他死死盯著雷諾斯大吼。

萊德莉抓住林克手臂。「住手。你來這裡做什麼？」

「很顯然是來扁我的。」雷諾斯說。

林克轉頭看她。「我在找一個欠扁的人，然後我真心希望那個人是他，因為我來到這裡第一天就想狂揍他了。」

「別放水啊。」雷諾斯闔上雙眼。「快打啊，不用留情。」

萊德莉努力想拉開林克。「你瘋了嗎？」她全力拉扯，然而林克動也不動。「我為之前發生的事道歉，我也不曉得自己當時在想什麼，但是你不可以就這樣衝進來威脅我——或是他。」

「其實，他可以。如果他不做，那由我代替他來。」佛珞依德走到房間中央，雙手幻化成指虎。「幻術師式的格鬥，沒有凡人規則，也沒有什麼複雜的良心。」

她舉拳擺出預備姿勢。

雷諾斯滿臉困惑。「鬥陣美女，冷靜點。我不會傷害你們的。」

林克瞪著他。「那當然，因為我們會單方面傷害你。快承認自己的罪行，那說不定還有討論空間。」

「你究竟要我承認什麼？」雷諾斯問道。

林克遲疑半晌，目光從雷諾斯轉向萊德莉。「妮骷髏情況很不妙，她可能回不來了。」

「什麼？」萊德莉感覺胃部開始糾結。「這麼嚴重？」

林克的臉蒙上一層陰影。「山普森說傷害她的人是個女妖。」

「林克。」萊德莉搖著頭開口說。

「萊，別告訴我是妳幹的。告訴我是他逼妳的。」林克雙目赤紅，眼神瘋狂。「別說是他利用那筆賭債逼妳去傷害別人。」

雷諾斯與佛珞依德直盯著他，就連萊德莉聽林克提起她在苦痛俱樂部欠下的賭債時，也露出訝異之色。

她搖頭說：「諾斯？他沒有逼我做任何事。」她輕觸林克的手臂。

「拜託妳了，萊。」林克的語氣近乎絕望。「我瞭解妳，對吧？妳不可能真的傷害別人的。妳真的不是這種人。」

萊德莉不懂林克的意思，不過想必不僅是指妮骷髏受傷的事。

「林克，聽我說。我什麼事都沒做，沒有傷害妮骷髏，也沒有傷害別人。」

佛珞依德的表情瞬間轉冷。

林克寬心的模樣誇張到萊德莉以為他會熊抱她。「太好了。」他語音顫抖。「我一直都相信妳，還為妳辯護。」

「你相信我？」

「我知道在妳內心深處，妳只是個愛說大話的女孩而已，從來沒有傷人的意思。妳就是那種像海膽一樣的人，全身長刺只是因為害怕鯊魚，內在還是非常柔軟。」

「至少是適合小魚居住的地方。」佛珞依德煩躁地補充。「我們可以不要再談心，趕快開始扁人了嗎？」

林克沒有看她，而是看著雷諾斯與萊德莉兩人。「假如不是妳幹的，也不是他逼妳幹的，那到底是誰幹的好事？妮骷髏時間不多了，我們要是什麼事都不做，接下來想和她說話就只能再找一個死靈巫師了。」

「不是我們。」雷諾斯說。兩個字，迴響在四人之間。

我們。

林克的視線從雷諾斯移到萊德莉。「他說的是真的嗎？」

萊德莉緩緩點頭。「你應該明白，無論是他或是我，都絕不會做出任何傷害妮骷髏的事情。」**或是傷害你，林克**。

林克用力搖頭，不過看起來更想搖晃房裡所有的物品。**然後再全部扔出去**。萊德莉暗想。

「真的嗎？你們不會傷害她？她的脖子可是開了一條縫，一直流出黑血。」林克怒斥道。「妳也看見了。如果不是你們做的，那她為什麼已經一腳跨進冥界了？」

「若妮骷髏病倒的原因是脖子的傷口，那就是我的錯了。」雷諾斯輕聲說。所有人都聽得一清二楚。

林克喉頭發出憤怒的低鳴。「你這是什麼意思？」

「她是替我工作時受傷的。」雷諾斯的神情悲痛不已。

「她彈電子琴的時候割傷脖子？」萊德莉問道。

雷諾斯搖了搖頭。「她在我手下的工作不僅是演奏音樂，她同時也是我的死靈巫師。雖然我不該將她捲入這件事情，但我需要她。」

「需要她做什麼？」林克問他。

「她是我所知最優秀的死靈巫師，和雷家的連結比任何人都要強。」現在，換成雷諾斯不敢對上萊德莉的視線。

「雷家。」萊德莉渾身不適地重複道。「當然了。亞伯。」

這回，輪到林克一臉嘔意。「亞伯？我的亞伯？」

雷諾斯雙手抱頭，無奈地點頭。「我不得不替他們辦事，所以才需要藉妮骷髏的身體與亞伯．雷談話。」

「你是他的間諜？亞伯．雷的跑腿小弟？他可是毀了你的家庭、害死了你雙親的男人！你竟然替他辦事？」萊德莉全然無法相信。雷諾斯比她想的還要扭曲。

雷諾斯低頭不語。

萊德莉吐出問句：「而且妮骷髏知道這件事？」

憶。」

「不。」雷諾斯邊說邊抬起頭。「她完全不曉得。她醒來的時候腦中不會留下記

林克緊緊交叉雙臂。「亞伯祖父到底要你做什麼？」

雷諾斯瞪著他。「現在已經不重要了。」他說。「我並沒有完成那件事。」

萊德莉一臉狐疑。「我們怎麼知道？」

「因為，我要是辦完他交代的事項，你們兩個早就死了。」

房裡陷入寂靜。

林克首先打破沉寂。「好，你是大英雄，我相信這個故事一定很精采，不過我們現在沒空聽你鬼扯。妮骷髏快死了。你家山普森好像是某種魔法探測器暗黑之子，他說害妮骷髏變成這樣的是一個女妖，而且只有那個人才有辦法救她。」

雷諾斯的語氣非常嚴肅。「我並沒有割傷她，不過那是我的刀沒錯——那是我母親的遺物。我將那把刀借給妮骷髏是怕她無法保護自己，畢竟她擁有死靈巫師的法力。」

從佛珞依德的表情看來，她恨不得將雷諾斯碎屍萬段。「你是說，她為你賣命的時候嗎？我有個提議——你自己保護她如何？」

雷諾斯用手指梳過頭髮。「沒那麼簡單。」

「跟死人講話就簡單了？」佛珞依德怒斥道。

萊德莉十分驚恐。「不，你說得對，她還是自己保護自己比較好——畢竟照你的說法，她完全不曉得發生了什麼事。」

「妮骷髏和我簽下合約，她唯一的要求就是清除那些記憶。於是我用失憶咒抹消

了她的記憶。」

「她為什麼這樣做？」佛珞依德問。

「因為她害怕。她與冥界溝通的能力嚴重妨礙了她的生活，當初第一次見到她的時候，她幾乎連下床演奏音樂也做不到。她不想再過那種生活，然而死靈巫師在某些人眼中價值連城，她知道若是再度公開演出，終有一天會有人找上門。於是她來到我這裡，尋求我的庇護。」雷諾斯的語調透出無奈。

「目前看來，你的『庇護』真是棒啊。」林克說。

雷諾斯不理他。「那把刀附有咒術，原本的目的是壓制失控的冥界亡魂。除了刀刃本身之外，我根本不知道它會對巫師造成傷害。」

「你不覺得拿給妮骷髏之前應該先搞清楚嗎？」佛珞依德低吼。

「她在我面前割傷了自己。」雷諾斯說。「我並不曉得她會因此病危。你們得相信我，我絕對不會傷害妮骷髏，對我而言沒有人比她更像朋友了。」

再不想辦法治好她，萊德莉心想，**你就半個朋友也不剩了**。她舉起一隻手。「等一下，她在你面前割傷自己？然後你就袖手旁觀？」

雷諾斯嘆息一聲。「嚴格來說，並不是她自己割傷自己。」

「不然是誰？」

「亞伯・雷。」

「當然是他。」林克一拳擊穿牆壁，灰泥與粉末四處飛揚。「少了他事情就太簡單了。」

他一手揪住雷諾斯衣領，一手拉起佛珞依德的手。「該導正一切了。萊德莉，隨便抓住一個人。」

林克不必說萊德莉也明白，現在牽著林克的已經不是她了。

第三十一章 刀光劍影

雷諾斯解除妮骷髏刀上的咒術，並沒有花費多少時間。法術解除後，眾人只能等著觀察傷口是否癒合，就連山普森也不再陰惻惻地預言妮骷髏的未來。不過，仍然沒有人知道接下來會發生什麼事。

等待永遠是最艱苦的一步。

萊德莉盯著一張席德・維瑟斯海報，再沿著牆看到約翰・萊登、扭曲社會樂團、X樂團、黑旗樂團、死者甘迺迪樂團。她不太懂龐克搖滾，不過眼前的一系列海報想必是龐克搖滾名人堂。

「Necros樂團？真的有這個樂團？」她在一張老舊的龐克海報前駐足。「這是她名字的來由嗎？」

佛珞依德點點頭。「妮來自俄亥俄州的托雷多市，跟這個樂團一樣。我想，對她來說這就是命中註定。」她微微一笑。「就像『林克佛珞依德』。」

「妳有種再說一次啊，『超級爛』，妳說啊。」萊德莉對她怒目相向。

林克打斷她們。「說到妮骷髏，妳們覺得還要等多久？」他的語氣透出擔憂，自從雷諾斯解除咒術之後一直如此。

「最要緊的問題是，一個人究竟能在自己身上穿幾個洞？」萊德莉搖著頭觸摸一張扭曲社會樂團的海報，以及隔壁的死者甘迺迪樂團。舉目所見的每一張臉都像極了妮骷髏，說是她的親戚也不為過，至少也該是同一個樂團的死黨——有半數人穿環的數量甚至比妮骷髏誇張。

佛珞依德看向萊德莉。「妮最愛死者甘迺迪了，她說他們是她的族人。」

萊德莉揚起眉頭。「妮骷髏有自己的族人？」

「那當然，她有我們。」佛珞依德說。

「你們感情真好，否則也不會讓她在牆上貼滿海報。」萊德莉的指尖撫過X樂團海報的邊角。

「妳從來沒有過摯友嗎？」從佛珞依德的語調聽得出她不抱任何期望。「還是妳一直都活在妳那個名叫『心』的洞窟裡？」

萊德莉雙眼死死盯著海報上的巨大「X」字。

別回答。

別讓她看見。

別讓任何人從妳的傷痛得到成就感。

「佛珞依德，別這樣。」林克抬起頭說。「萊有很多朋友，也有個大家族，而且她還有我。她有我們所有人。」

萊德莉的視線穿過這個房間，對上林克的雙眼。

「我們就是她的族人。」林克說。

這就是事實。

萊德莉感到想哭，不過她寧可戳爛自己雙眼也不願在佛珞依德面前崩潰。拯救了她的是一聲呻吟，來自嘎吱作響的矮床。

「我的托雷多。」妮骷髏咕噥一聲。

林克笑容滿面。「嘿，我們剛剛才提到那裡呢。」

妮骷髏掙扎著張開眼睛。「我感覺身體像屎一樣糟糕。」

「妳看起來也跟一坨屎差不多。」萊德莉對她展露微笑。她從未因為看見一堆穿環與藍色偽雞冠頭而如此開心過。

「嗨，夥伴。」佛珞依德握住妮骷髏的手，另一隻手立即化為盛開的花束。

妮骷髏點了點頭。「可以變成巧克力嗎？」

「妳想吃我的手指嗎？」佛珞依德的手恢復原樣，而妮骷髏轉頭望向房內其他人，臉上掛著虛弱的微笑。

林克在床邊猶豫不前。「別擔心，兄弟，我們已經把整件事都搞定了，再過沒多久妳又可以生龍活虎地演奏了。」他尷尬地拍拍妮骷髏的床。

「搖滾吧！」妮骷髏比出魔鬼之角手勢，也就是重金屬搖滾界的「好啊！」。「老闆大人在這裡做什麼啊？」

雷諾斯靠著牆坐在房間地板上，安靜得幾乎令人忘卻他的存在。

佛珞依德伸手將一絲藍髮從妮骷髏臉上撥開。「他只是跟我們一樣，很擔心妳而已。」她並沒有多說，不過萊德莉知道，佛珞依德對雷諾斯・蓋茲與死靈巫師親信之間的祕密關係頗有微詞。

萊德莉猜他們晚點才會開戰。這就是樂團與族人無異。

「我從來沒進行過這種儀式。希望會成功。」萊德莉點燃2D公寓守護結界的最後一根蠟燭，完成了圈起練習舞臺、沙灘與妮骷髏臥房的大圈，燭光明暗不定。萊德莉不確定妮骷髏是否仍有性命之憂，但眾人不願意冒險讓現在的她處於毫無防護的狀態。

萊德莉吹熄最後一根火柴時，雷諾斯轉身看著她，目不轉睛。「對不起，小女妖。」

我也是。她暗道。**為了這件事**。**為了這一切**。短暫的瞬間，雷諾斯似乎不知該說什麼，但萊德莉也同樣無言以對。

她甩開這種感覺。「別這麼說，那是場意外。況且你也回來幫妮骷髏解危了，這才是重點。」**過去的事情已經過去了**。她心想。

界線已被破壞，心聲也已脫口而出。再討論下去也沒有意義。

雷諾斯伸手輕觸一綹粉紅捲髮。「我想，該說再見了。」他放下手臂。「好好照顧妮骷髏，也照顧好妳自己。」

「不用你說我也會。」萊德莉的目光在他臉上流連。

「我知道。」雷諾斯說。

他躊躇不決地小心踏近一步。

「妳會介意嗎？」他略為尷尬地示意萊德莉。「一個真正的道別？因為我可能再也不會見到妳了？」

「什麼？」

雷諾斯展開雙臂。最後的擁抱，朋友之間的擁抱。萊德莉無法拒絕，卻也無法制止自己在靠近他之前回頭一望。只為確保房門緊閉。

儘管萊德莉已經和林克分手，若被他或佛珞依德撞見自己與雷諾斯・蓋茲發生任何肢體接觸，萊德莉耳根便永遠不會有清靜的一天。

燭光閃爍，輕煙裊裊。

萊德莉與雷諾斯站在圓圈中心——2D公寓的海灘。

雷諾斯將她拉入懷抱，萊德莉能感覺到他外套裡強壯的手臂。想當初，他們在媚妖俱樂部的舞池相視而立，於彼此雙唇印下美妙卻又恐怖的一吻——那之後，彷彿已經過了漫長歲月。

當時的她不曉得，那並不是最後一吻。

雷諾斯傾身靠近她。

嘴脣輕輕相觸，是非常不一樣的吻。

甜甜的。

對他們兩人而言，夠甜了。

雷諾斯知道自己傷了萊德莉，在親吻她的瞬間便感覺到了。

如果一開始對她坦承一切就好了。

如果。

他以為只要能烙下最後一吻，也許就能發揮咒術的效果，也許萊德莉就會原諒他，萬物也會回復到他搞砸一切之前。

然而他的願望宛如水中撈月，永遠不可能實現，因為他從最初便搞砸了。

最初答應將她送給雷家的嗜血夢魔。看著她死在俱樂部的火海中卻沒有警告她。

如果我讓那個未來成真。

在地獄，有一個專門為雷諾斯這種人打造的地方。

它的名字，叫人生。

他所剩的，只有一個吻。

這個吻。

雷諾斯從眼角餘光瞥見燭火，視界旋轉著脫離他的控制。

那場火。

畫面在親吻時襲來，他無法阻止眼前浮現的預知幻影。

幻影的煙霧在雷諾斯試圖看清的同時消散。他站在某個灰暗骯髒的地方，空氣中瀰漫著垃圾與餿水的臭味，石地板與天花板附了一層薄薄的黴菌。

沒有燈光。地下。應該是監牢。看起來比較像地牢。

雷諾斯發現自己站在走廊，低頭便能看見一間間牢房。每一扇鋼造門扉都一模一樣——沉重的門上由鋼條分隔內外，並以門閂深鎖。

他跨步離開這排牢門，走向走廊末端。走廊底端站著兩名略為面熟的男子，他們打趣地望向前方牢門的方窗，觀察牢房內的事物。

第一位男子身材魁梧，身穿黑西裝與廉價皮鞋。

另一名男子較瘦但盛氣凌人，五官籠罩在黑色紳士帽的陰影下，昂貴襯衫的袖子被隨興地捲至肘部。這位才是真正的危險人物。他抽著雪茄後退一步，離開牢門。

雷諾斯認出了雪茄的金色皇冠烙印。

巴貝多雪茄。他是雷家的人。

雷諾斯不必看見男子那枚沉重銀製圖章戒指，不必看見戒指上的家徽——符合這身打扮與這種氣質的只有一個人，即使雷諾斯從未親眼見過他，也能一眼認出他的身分。

西拉·雷，亞伯惡名昭彰、危險至極的玄孫。

「在我下達其他指令前，把她好好綁著，關在這裡。」西拉的口音很重，但雷諾斯一時聽不出是哪種腔調。「在我們這一行，魅惑法力是極有價值的能力。之前那個女妖一點用處也沒有。」

穿廉價皮鞋的男子窺視牢房裡的黑暗。「那些鎖鏈會留下疤痕嗎？」

「當然。不過我會逼她自己施法消除疤痕，或是讓她留著作紀念。」

「您認為這個女妖比上一個好？」

「她出自法力高強的血脈，而且她也樹立了不少強大的敵人，不然怎麼會流落至此呢？」西拉的語音不帶一絲情感。「你知道雷諾斯・蓋茲嗎？」

魁梧男子點點頭。「我好像在他的俱樂部見過他。」

「他母親是我高曾祖父的私人女妖，那婊子的法力可強了。就是她兒子把這個女妖賣給我的。」西拉・雷哈哈大笑。

「很貴吧？」

「與他的性命等價。」西拉說。

「您逼他用女妖換取自己的性命？」西拉的手下驚愕不已。

「當然不是，我逼他用自己的性命**付出代價**。」他聳了聳肩。「永遠別和嗜血夢魔打交道。」

雷諾斯腹部逐漸石化。這是他首次預見自己的未來——至少接近自己的未來——他之所以能看見，多半是因為這並非他的預知幻影。

這是萊德莉的未來。

她就是那兩人所說的女妖。

被他們像畜生一樣用鎖鏈綁縛的女妖。

煙霧再次降臨，兩名男子可怕的面孔緩緩消失……

……然後萊德莉結束了這一吻。

「諾斯？你還好嗎？」萊德莉凝視他的眼眸，然而雷諾斯似乎沒有看見她。萊德莉用力搖晃他的肩膀。「諾斯，你這樣很可怕你知道嗎？」

神智重回他的雙眼，他又一次將萊德莉拉進懷裡，擁抱的力道大得令她隱隱生疼。「有一件事必須告訴妳，小女妖。」

萊德莉退離他的臂彎。「什麼事？」

「很久以前便該告訴妳的事情。」雷諾斯直視她的瞳眸，眨也不眨。「我並不想這麼做，我也從來沒做過這種事。」

「做什麼事？」聽雷諾斯這麼說，萊德莉開始懷疑自己是否真的想得到答案。

「我父親警告過我，這種話沒有人想聽。」

「諾斯。」恐懼浮現在萊德莉心中。

「即使是巫師也不想聽，我們都喜歡假裝自己能永生不死。」

萊德莉面無血色。「你到底在說什麼？」

「妳的吻嘗起來像火焰，是有原因的。」雷諾斯從頭娓娓道來。

第三十二章 拋棄式英雄

雷諾斯在五十根蠟燭所建構相對安全的守護結界內，盡可能對萊德莉與林克全盤托出。不過即使是一千根熊熊燃燒的蠟燭，也阻止不了雷家人。

現在，就連2D公寓也不再安全。

雷諾斯說明完畢前，萊德莉還得抓住林克阻止他暴走。幸好她不必阻止佛珞依德或山普森，他們現在忙著照料妮骷髏，沒興趣聽雷諾斯說話。

「你的意思是，」林克說。「你答應了亞伯・雷，說你會把我們交給他的手下。這個部分你已經告訴過我們了。」

雷諾斯點點頭。「一個手下，西拉・雷。他的孫子。」

「那個惡棍。」林克說。

「或是『二當家』。聽說他是這麼稱呼自己的。」

「為什麼是我？他要我做什麼？」萊德莉內心木然。

「妳說呢？他想復仇。」雷諾斯說。「妳的混種夢魔用園藝剪刀刺死了他的祖父。」

「那位祖父是罪有應得。」林克聳肩說。「這還說得通——不過我絕對不會乖乖送死。可是他為什麼要得到萊？」

雷諾斯走至窗邊，望向窗外。要他看其他地方太難了。「引誘亞伯到你面前，將他送到你手裡受死的，就是她。」

「所以西拉也想殺她？」林克問道。「殺我還不夠？」他的表情幾乎像受到侮辱。

萊德莉適才沉默不語，神情寫滿了恐懼。「是這樣嗎？這就是我的……」

「我不確定。」雷諾斯緩緩地說，彷彿每一字都帶來無限痛苦。「我已經兩度預見妳的未來，兩次發生的事情不一樣。」

「不過我會死吧？死在火裡？」

「一次是這樣。」

「一次？那另外一次呢？」

這回，雷諾斯臉上顯露出焦慮。「還記得我母親的故事嗎？」

她點點頭。

「西拉是個強大的男人，而部分的強大源自他身旁那些黑暗巫師。他需要一個女妖，而妳的血脈算是最強大的一支了，萊。」

「不准那樣叫她！」林克怒斥道。「萊不是你的朋友，真正的朋友才不會把對方賣給黑暗夢魔。」

「但西拉就會。西拉是個商人，把女妖賣給出價最高的買家是筆好交易，如果那名女妖正好是害死亞伯．雷的凶手之一，那就再好不過了。」

萊德莉震驚地盯著雷諾斯。「你說你母親是亞伯的奴隸。你的意思是，你原本打算把我賣給西拉，讓我像你母親一樣被鎖在籠子裡？讓西拉像他祖父一樣囚禁我？」

林克攥緊雙拳。

「這是一種情況。」雷諾斯謹慎地說。「另一種情況就是之前說過的火災。」

萊德莉不敢相信。「你竟然一個字也沒對我說？」

雷諾斯盯著地板。「我很努力想告訴妳。」

不夠努力。

雷諾斯面露痛苦。「我真的不想把妳交給他們，但我之前實在找不到更好的解決方案。現在不同了，現在我們是……朋友，所以我才會告訴妳這些事。」

林克走上前，站在萊德莉身旁。「我不會讓你把她交給任何人，也不會讓任何人再把她關進籠子裡。我會代替她去受苦。」

「林克。」萊德莉開口說。

雷諾斯回身面對他們。「你不懂，凡人。」

「四分之三凡人。」林克並沒有退縮。

「亞伯要的是你們兩個，如果我把你們交出去你就死定了，而她將被鎖在牢籠裡。如果我不把你們交給他，他還是會叫西拉來找你們。所以，我們需要一個B計畫。」

「如果我們離開呢？」萊德莉說。「現在馬上逃走？」

雷諾斯點點頭。「你們應該這麼做沒錯，直接遠離這個地方，永不回頭。這是最明智的選擇。」

「把剩下的事情也說給她聽吧。」山普森倚著門框站在房門口。

「閉嘴。」雷諾斯說。「別來攪和。」

萊德莉轉向山普森。「把什麼事說給我聽？」

「給我閉緊嘴巴。」雷諾斯不悅地命令他。

山普森將大手插入口袋，目不轉睛地盯著雷諾斯。「我不喜歡別人對我呼來喚去。你應該知道的，老闆。」

雷諾斯感覺肝火上冒。「你剛才那句話只有一個關鍵字：『老闆』。這件事已經解決，別再提它了。」

山普森點頭，棕髮遮覆了臉上的表情。「如果他們兩個離開，你就不會是我的老闆了。所以，我現在說不說都沒差，對吧？」

萊德莉霍地旋身。「諾斯，他到底在說什麼？」

雷諾斯注視著她，注視著改變了一切——包括他自己——的少女。「假如我不把你們兩個交出去，西拉會對我很不高興。」

「豈止不高興？他會宰了你。」山普森臉上毫無笑意。「可能是西拉動手，也可能是一群地怒代勞，也許他心情好還會讓你自行選擇。」

「哎呀。」雷諾斯硬是擠出笑容。「反正我最近本來就不順遂。」

萊德莉的表情崩解了。「那我們留下，我們不會讓你獨自面對西拉·雷的。」

「她說得對。」林克同意道。「我才不會讓別的男人替我挨打，特別是你這種垃圾。」

雷諾斯搖頭說：「妳不懂，在混種夢魘死透、妳被拴上鍊條之前，西拉是不可能停手的。沒有人能逃過雷家的魔掌，這點你們現在應該很清楚。」

「如果他以為我們死了呢？」萊德莉發問。

雷諾斯搖搖頭。「我該怎麼告訴他？說你們兩個去百慕達三角洲旅遊，飛機離奇失蹤了嗎？除非親眼看見你們的屍體，否則他不可能相信你們死了。」

「不能用咒術或是某種幻術混過去嗎？說不定佛珞依德可以想出一個好把戲。」林克說。「例如『假巫師屍體咒』之類的？」

但萊德莉明白，有些問題即使是魔法也無法解決。

有時候，你只能仰賴最經典的謀略與操弄。

凡人手段。

第三十三章
喔洋子！

數小時後，雷諾斯佇立在帝國大廈頂樓。紐約市在他腳下向外延展，但他看不見，因為他只專注於此時此刻。這是賭上一切的遊戲，而到了終局，雷諾斯手裡已無勝券。接下來唯有一個選擇。

他一直以來的選擇。

虛張聲勢。

雷諾斯心裡沒有底。這是萊德莉的主意，那個混種夢魔也同意了——不過只要他認為能防止萊德莉落入亞伯手中，再危險、再荒謬的計畫林克也會立即同意。

雷諾斯了解他的感受，這也是他此刻來到這裡的原因。

他聽見觀景臺的門打開，隨即是接近身後的腳步聲。「聽說你在找我。」雷諾斯說。

就是這樣。讓他以為你手裡的牌是葫蘆。

西拉·雷繞著他行走，一絲巴貝多雪茄的菸味隨著動作飄散在空氣中。身穿筆挺襯衫、昂貴灰西裝褲與義大利翼紋皮鞋的他，比起犯罪帝王更像企業總裁。

一位嗜血夢魔總裁。

惡棍的標記只限於走私雪茄、一千五百元美金上衣捲起的衣袖，以及頭上的紳士軟帽。

還有他的指關節。

一般商人的指關節不會因經常將人毆打致死而變形。

「你最近都上哪去了，小子？我還留了訊息給你呢。」

雷諾斯聳聳肩。「沒去什麼特別的地方。」

西拉逼近他，點燃的雪茄頭與雷諾斯臉頰之間距離短得危險。「你以為我在開玩笑嗎？當我叫你這種狗過來，就是要你夾緊尾巴立刻滾進我的辦公室。」

「我最近很忙。」

「死了就不忙了。」西拉說。「給你一天，交出那個女妖和混種夢魔。」

「冒昧問一句，你為什麼如此在意他們兩個呢？」雷諾斯很清楚，他這是在老虎頭上拍蒼蠅。西拉．雷與問題這種東西向來不睦。

「你為什麼突然這麼感興趣？學會多愁善感了嗎？我知道你對雜種和專門實現別人願望的傢伙有什麼看法。」西拉咧嘴一笑。「他們就像親人，是吧？」

雷諾斯強忍著怒火，一聳肩。「戳到你痛處真是抱歉，我只是有點好奇而已。」

「我祖父希望我替他復仇。」西拉長長吸了一口香菸。「至於為什麼想得到那個女妖，我有我的理由。」

「是愛嗎？」雷諾斯揚起眉毛。

西拉露齒燦笑。「對我來說是如此。」

雷諾斯不禁全身一顫。

被監禁、被鎖鏈綁縛的萊德莉，不斷哀求西拉饒她一命。光是這個想法便令雷諾斯渾身不適，尤其考慮到西拉會因此愉悅不已。「隨你高興，我個人不怎麼喜歡女妖。」

「會勾起太多回憶嗎？」西拉睥睨他。「沒記錯的話，你母親為我祖父工作的時候，對實現我所有的願望沒有半點怨言——不過她忙著當亞伯的小淫婦時，又是另一回事了。」

雷諾斯奮力壓下熾熱的怒火。

冷靜。

他逼自己想像掏出口袋裡附有詛咒的彈簧刀，架在西拉·雷頸邊。**看著肌膚在刀尖分離，看著血液汨汨溢出，看著他的身體倒地**。

雷諾斯深吸一口氣，繼續目不轉睛地直視西拉。「算了，明晚來取貨吧。我會把他們困在俱樂部，你到時再來接手比較方便。」

「明天？」西拉顯然感到很意外。

雷諾斯聳肩說：「那個混種夢魔的行為難以預料，讓我很頭痛，不過明天他會在俱樂部演唱，意味著女妖也會露臉。我會把他們鎖在地下室的儲物間。」他微微一笑。「這就為您打包好菜餚，請外帶慢用。」

西拉思索片刻，終於點點頭。

「別忘了先把夢魔打暈，我們夢魔比你們巫師聰明許多，不能不有所準備。假若他會瞬移，他就一定知道能帶著女妖一起走。」

「自然是如此。」

西拉在雷諾斯手邊的欄杆掐熄雪茄。「明晚。如果他們不在，代價由你來償還。」

雷諾斯試圖維持高深莫測的表情。「我也不奢望你的仁慈。」

「我有沒有給你看過我的紋身？」西拉將衣袖又捲高十幾公分。四個字，因夢魔上臂鼓起的肌肉呈弧形。

不慈不悲。

「我祖父親手割出來的。」西拉讓袖子落回原位。他打了個響指，身後的觀景臺大門應聲敞開。

西拉離去後，雷諾斯於觀景臺佇足良久。他還必須完成一件事，而且是在自己改變心意前做完。

他從口袋取出火柴紙盒，指尖撫過紙盒上的五個字。

雷諾斯無法窺見自己的未來，不過現在已經不重要了。他非見不可的，並不是自己的未來。

他必須預見她的未來。

雷諾斯已經看過火焰，看過鎖鏈，並且開啟了此生規模最大的騙局。他必須知道這個計畫是否能成功——是否能保護她。

無論她對雷諾斯抱有何種想法，他都必須知道。

他點燃火柴，硫的氣味竄入鼻腔。

他抬眼，在眼前的黑暗中窺見了萊德莉．杜凱最後時日。

這是第三次，也是最後一次。

當烏雲捲過天際，他做了另一件事。他計畫改變未來。

四人坐在中央公園的石堆吃熱狗，四周樹木茂密。天色陰暗，隨時有可能下雨。

幸運的話，來的只有雨而已。

但我們何時幸運過了？

萊德莉仍然聽得見中央公園南的車聲，城市的喧囂莫名地令人安心。自從聽了雷諾斯的說明，萊德莉無論到哪都感覺不安全，然而其他人總不能一直陪她躲在蠟燭結界裡。

躲在熱鬧的公共場所——凡人的領域——是她唯一能想到的第二方案。

還有團結一致。

「這就是妳偉大的計畫？妳絞盡腦汁想出來的就只有這個？」佛珞依德不屑地說。她將剩下的熱狗塞進嘴裡。

「對啊。」林克瞪著她。「沒辦法，海軍太忙了。」

「你覺得真的能奏效嗎？」妮骷髏將她的熱狗丟回袋子裡。「西拉會相信嗎？」

她復原的速度比眾人想的都還要快，特別是她昨天還躺在床上奄奄一息。

儘管如此，現在挑戰熱狗還操之過急。

「他可能會。」林克嘆一口氣。「大概。」

萊德莉也吃不下去。「可能性不高。如果你們不想加入的話，我不會怪你們。」

她雙手插進皮外套的口袋，全身顫抖。

「那是什麼意思？」妮骷髏亂扯脖子上令人不適的繃帶。

「意思是，我沒有誠實對待林克，也沒有誠實對待你們。我真的很抱歉。」萊德莉聽起來很難受。「也為其他很多事情感到抱歉。」

妮骷髏看著她。佛珞依德沒有看她。

林克沉默不語。

在遠處，兩個計程車司機大聲爭執，喇叭聲此起彼落，車流伴隨轟隆聲經過。

「妳想聽聽我的看法嗎？」妮骷髏問她。

萊德莉不敢肯定。

「妳，萊德莉·杜凱，是個超級大賤人。根本就是小野洋子。」妮骷髏緩緩地說。說完她看向佛珞依德，幻術師少女聳了聳肩。

萊德莉全身僵硬。「然後？」

「然後，我覺得她前夫約翰·藍儂是全宇宙最偉大的音樂家之一。」妮骷髏露齒粲笑。

萊德莉被打得措手不及。「這又是什麼意思？」

「每個樂團都需要一位洋子。還有，西拉·雷可以去死！誰都不准動我的樂團。對不對，佛珞依德？」

佛珞依德將熱狗紙袋揉成一球。「好女孩，說得有道理。」

妮骷髏舉起一隻拳頭。「撞拳吧，姊妹。西拉・雷可以準備下葬了。」

佛珞依德也舉起拳頭。

林克也同樣舉拳。「別讓我乾等著啊。」

萊德莉沒讓他等。

「那麼。」妮骷髏搓著藍色偽雞冠頭說。「妳能幫我的頭髮弄個造型嗎？我想我今晚需要一場布魯克林魔髮盛宴。」

「沒時間了，我們還得回公寓跟諾斯碰頭。」萊德莉滑下岩石，蘇格蘭短裙稍微勾到石頭的稜角。

「拜託告訴我他會帶披薩來。」妮骷髏邊說邊跟著滑下來。「只要不是熱狗，什麼都行。」

「他要帶的東西比披薩更棒。」林克與佛珞依德爬下岩石時，萊德莉說。「他會帶媚妖俱樂部的藍圖過來。」

第三十四章
毀滅交響曲

「這裡是地獄。」萊德莉坐在地下室潮溼的地板說。

「說得好。」林克坐在她身旁，仰頭盯著天花板。隔板與灰泥上方，某條水管不斷漏水。

不只是地獄。是監獄。她心想。她幾乎能聽見水桶後傳來老鼠的窸窣聲。

我怎麼會跑到布魯克林一間夜店的骯髒地下室？我怎麼會害怕自己的未來？躲避西拉·雷？

他們在寂靜中等待。這種時刻，能說的話已經不多了。

即使花了二十四小時制定計畫，今晚的行動依然令人惴惴不安，樂團在一片沉重的死寂中搭車前往俱樂部。媚妖俱樂部地下室依然充滿霉味，空蕩而溼冷。雷諾斯依然在辦公室來回踱步，彷彿又一次回到開幕日。

但這不是開幕日。

沒有熱鬧非凡的巫師人潮，沒有畫了螢光人體彩繪、販售神酒的「媚妖」，沒有調酒師，沒有樂團。

在俱樂部的地下室，什麼也沒有。就如雷諾斯答應西拉的那樣，這裡與世隔絕。和這個儲物間相比，地下隧道簡直是人間樂土。

萊德莉能感覺到沉重的樂聲穿牆傳入耳裡，是雷諾斯雇用的ＤＪ在代替林克他們表演。每一個聲響都能嚇她一跳。

「開始放音樂了。」林克側耳傾聽。

「沒錯。」快來了。萊德莉暗想。

「我們應該在上面表演的。」林克略為惆悵地說。

「今晚不行。」

「也是。」

萊德莉對他露出笑容。「你之前表現得很好喔，頂克小子。」

「對啊。女妖之歌。」他唸出樂團名字的模樣，彷彿已將它埋入失敗樂團的墓園。

誰殺了林肯。神聖搖滾。香腸樂團。女妖之歌。

萊德莉擺弄自己閃亮亮的粉紅指甲。「不全是諾斯的功勞，你知道嗎？你們受歡迎不全是因為他的法術。」

林克並沒有上鉤。「對啊，還有他媽媽的女妖豎琴。」

「林克。」

「現在也不可能去驗證了。」林克嘆了口氣，看向她。「那不重要了，萊。我們得趕快離開這裡，去到安全的地方。」**帶妳離開這裡，送妳去安全的地方**。這是他的想法。萊德莉瞭解林克，她知道林克再怎麼生氣也還是會替她著想。

她一直以來是他最優先考慮的事。照顧她、為了她做出正確的選擇、在意她……萊德莉不懂，自己為什麼花了這麼久才願意相信。

現在也不可能去驗證了。

她克制住伸手觸碰林克——即使是輕搭他手臂也好——的衝動。這種感覺很奇怪，她竟然必須制止自己觸碰林克。

是我的錯。

是我害了自己。

「啊——！」林克一聲痛呼打破沉寂，他像是想甩脫整隻手似地不斷搖晃手腕。

萊德莉舉起戴著戒指的手，痛得皺眉。鮮紅微光使四周牆壁上映出黑影。「燙得要命。」

「妳的戒指會發燙嗎？」

他們沉默半晌。

萊德莉斜眼偷瞄林克。「你知道嗎，換作是我，我也願意。」

他揚起眉毛。「願意什麼？」

「代替你。我是說，代替你被亞伯關起來。之前在公寓，你說的那些……你說你願意代替我被他抓去受苦。」

林克熱切地盯著前面的牆壁。「嗯？」

萊德莉聳聳肩。「我只是想讓你知道。」

林克轉向她。「萊——」

突如其來的敲門聲使兩人一驚，萊德莉迅速起身，林克也手忙腳亂地站起來。

「諾斯？」

「是我。」門外是熟悉的聲音。

林克開鎖，打開儲物間的門。「你也太慢了吧。」

「抱歉。」雷諾斯說。「我做了一些布置——一大堆布置。佛珞依德和妮骷髏都已經準備就緒，我把她們分別安排在舞臺兩端等我的信號。」

萊德莉直視雷諾斯。「妮骷髏，她——」

「她很好。相信我，她比妳想得還強健。」萊德莉這才想到，某些方面而言，雷諾斯比他們所有人都了解妮骷髏。

林克似乎鬆了口氣。

雷諾斯掃視陰暗的儲藏間。「這裡的環境兩位還滿意嗎？很奢華對吧？」

「我們就不能在你辦公室等嗎？」萊德莉問道。

「我告訴他我把你們關在地下室。」雷諾斯說。「這是計畫的一部分，必須弄得很逼真才行。西拉的眼線時時刻刻盯著這間俱樂部，他是不會輕易相信別人的。」

「那接下來呢？」萊德莉發抖著問他。她也知曉計畫內容，但這並沒有令她感到安心。

雷諾斯從口袋取出小小的深紅色火柴紙盒，用手指夾著舉至身前。萊德莉立刻認出那款火柴紙盒，上面印著「媚妖俱樂部」。

雷諾斯另一手拉起萊德莉的手，萊德莉幾乎能感受到林克緊盯他們的目光。「妳確定要執行這個計畫嗎，小女妖？」

「如果你確信這是唯一的辦法。」她回答。

林克的視線鎖定火柴。「你拿火柴是打算做我想的那件事嗎？還是你打算養成抽菸的習慣？」

「時候到了。」雷諾斯說。

「所以造成一場小火就好了，對不對？聲東擊西？」萊德莉開始緊張了。

「沒那麼小。」雷諾斯說。「比我之前說的再大一點。」

「諾斯。」萊德莉抽開手。

「好吧，一點都不小。」雷諾斯聳聳肩。「別擔心，我已經交代過妮骷髏跟佛珞依德了，那位幻術師會把事情辦好的。她們會在客人搞清楚狀況前——但願能在建築崩塌前——疏散所有群眾。」

「等等，兄弟。」林克突然專注起來。「你打算燒了你的俱樂部？」

「只有讓西拉·雷以為你們兩個都死了，他才有可能放過你們。我們必須做得很逼真，必須讓他親眼看見——或是讓他手下看見才行。媚妖俱樂部起火的時候，他們肯定會看見的。」雷諾斯揮揮手中的火柴。「懂了沒？」

「等一下。你是認真的？」萊德莉搭住他的手臂。「你願意為了我燒毀媚妖俱樂部？」

「為何不願意？」雷諾斯看著她聳肩。「它就是為了妳而建的啊。」

一瞬間，無人接話。

然後林克用力盯視雷諾斯。「可以把你的花言巧語藏在心裡嗎，小白臉？否則燒起來的可能就是某些特定的超自然生物了。」

雷諾斯不理他。

萊德莉別開視線。「不行。」

「萊德莉，拜託。我這輩子沒做過什麼好事，就這次而已，請讓我做出正確的抉擇。」

「我說了不行。」她搖頭說。「取消這個計畫。一定有更好的辦法。」

林克看著她。「雖然我不想這麼說，可是這傢伙說得有道理。萊，我們現在已經沒得挑了。」

「沒錯。」雷諾斯嘆息一聲。「他們來抓你們，這裡被燒毀，我們扛著屍體出去。」

「我們的屍體。」萊德莉依然無法理解現在的狀況。

他點點頭。「當然，等亞伯發現你們沒有出現在冥界時，計畫一定會穿幫。但等到那個時候你們已經跑遠了，只要低調點便行。」

「像『證人保護計畫』那種低調。」林克點頭表示贊同。「我們會想辦法好好躲著。」

雷諾斯降低音量。「藍圖你們都看過了，你們等會不能走正門出去，不然會被西拉的手下發現。從這裡走只有一個出口。」雷諾斯指向走廊一端。「工作人員出入口在走廊盡頭，你們從那邊出去。」

「西拉不會叫手下守著那個出口嗎？」萊德莉問他。

「會。」雷諾斯說。「但如果那裡是火源的話，他們不會站得太近。」

「你的意思該不會——」萊德莉無法強迫自己說完。

「這裡就是起火點。」雷諾斯點頭說。「你們得從火中逃出去，沒有別的方法了。」

「喂喂。」林克揮揮手。「這兒還有個混種夢魔呢。我們不會從那扇門出去，我們兩個直接瞬移出去就好了。我最近進步了不少。」

「不可能。」雷諾斯說。「西拉不是白痴，他已經做了預防措施。這間俱樂部施了咒，除了我自己的咒術外他也設立了結界。你沒感覺到嗎？沒有人能瞬移進入或離開這間俱樂部，現在即使持有瞬移邀請函也不能無視結界進出了，所有人都必須像凡人一樣從出口離開。」

萊德莉開始驚慌失措。「你警告過我的。就是今晚。」

雷諾斯點點頭。「妳會葬身火海，這確實是一種可能。但這不一樣。我沒有看過類似的幻像——我沒有見過我們親自點火的未來。」

「你怎麼知道？」萊德莉已近乎絕望。

「我看見了木造樓梯，還有大火，還有天空。我並沒有看見俱樂部的地下室。」她搖了搖頭。「如果是同樣的呢？」

「不是。只要我們控制好狀況，就不會是。」

「你確定？」萊德莉從他的表情看得出，他一點也不確定。

「百分之九十九確定。這不是我看見的未來之一，這不會是妳的死路。」

萊德莉沉默了片刻。

我又有什麼選擇？

「我寧可死在火場裡，也不要成為西拉．雷後宮的一員。」最後，她終於說。

林克握住她的手。「有我在，兩個都不會成真的。」

「有我們在。」雷諾斯說。

「等等，倒帶回去。」林克皺起眉頭。「如果我不能瞬移，我們要怎麼離開這裡？

我的能力是很酷，可是我沒有防火功能啊。」

「我有。」站在門外的山普森說。萊德莉不曉得他站在那邊看了多久。

林克揚起眉毛。「真的假的？」

暗黑之子用力看了林克一眼。「當然是假的，笨蛋。不過我能控制火焰。」山普森矮身踏進儲物間。「聽過蝴蝶效應嗎？在中國的一隻蝴蝶扇動翅膀，就可能造成地球另一邊的颶風。」

「我暑修生物學被當掉了，你能不能說白話？」

山普森繼續說：「妳表妹摧毀萬靈法則時，就導致了這種效應。她從根本改變了超自然世界。」

「黑暗之火。」萊德莉低聲說。

山普森灰色雙眼對上她的目光，他露出笑容。「不然我們為什麼叫暗黑之子呢？」

「是真的。山普森和其他暗黑之子的法力源自黑暗之火。」雷諾斯說。「所以對他們而言，凡界的火焰根本不算什麼。」

「嗯？那『凡界的吸入濃煙窒息』呢？」林克一臉狐疑。

「火就是火，我能用意念操控火焰。」暗黑之子看著萊德莉說。「就像妳能用意念操控男人一樣。」

「我還以為你對凡人沒興趣。」萊德莉同樣疑惑地瞅著山普森。「我還以為你從不插手巫師的糾紛。」

他聳聳肩。「每條原則都有例外。我不想讓樂團解散。」

林克瞠目結舌地盯著女妖之歌的吉他手。「你是超自然界的萬磁王。我的老天爺。」萬磁王是林克最崇拜的漫畫角色，他給了山普森自己心目中的最高評價。

「我比較喜歡金屬製品樂團。」山普森說。「不過這個也行。」

林克吹了聲口哨。「我告訴你還有你的黑暗火球，這是在誇獎你。」

「所以就這樣決定了。」雷諾斯舉起火柴紙盒。「是時候自己掌握自己的未來了。這場火由我們點燃，命運之輪由我們推動。」

林克露齒一笑。「我明白你的意思了。如果是我們推動命運之輪，它就不能輾過我們了。」

雷諾斯將火柴交給林克。「你沒有表面上那麼愚蠢嘛——以一個被凡人限制的奇怪夢魔而言。」

「大家都這麼說。」

雷諾斯轉向萊德莉。「妳準備好了嗎？」

她一甩長髮。「天生就準備萬全。」這是她第二次嘗試對雷諾斯虛張聲勢。希望這回他相信了。

林克拿著火柴紙盒，萊德莉與山普森嚴肅地站在他身旁。他們簡直像參加喪禮似地——某方面而言，這確實是一場喪禮。

「**燃火咒**。」雷諾斯說。他從外套內袋掏出一枚籌碼。「讓這場派對開始吧。」

萊德莉見鬼似地盯著那枚籌碼，神不守舍。

「那是什麼？」林克發問。

「我在謊言交易遊戲中贏來的小東西。這是筆賭債，我從一位非常強大的黑魔師那裡贏了一個非常強大的咒術。」雷諾斯看向萊德莉。「當然，不如杜凱家族強大。」他微微一笑。「但同樣很辣。」

萊德莉注視著他。「在牌桌上遇到誰都不奇怪，對吧。」

他對萊德莉笑了笑，籌碼在手中翻轉。「我們點燃這個小東西，燃火咒就會立即生效，咒術將開始焚燒俱樂部。」

「真的嗎？」林克搔搔頭。「就這麼簡單？」

「不曉得，我從來沒試過。」

雷諾斯高舉籌碼。

他的目光掃過地下儲物間，轉向頭上的天花板。樓上便是俱樂部的舞池。萊德莉幾乎不忍心看他。

「晚安，媚妖。」

雷諾斯親吻籌碼，隨後將它交給山普森。

「就是現在，趁我還沒反悔快動手。」

山普森在指間轉動籌碼，而後緩緩抬起手臂，籌碼就躺在手心。「點火吧，林克。」

萊德莉倒退一步。「小心點。」

林克捏著火柴準備點燃，回眸一望。「當然了，寶貝。」他看向山普森。「很高興能結交你這個兄弟，我們另一邊見。」

林克唰地點燃火柴，等待火苗成長的瞬間無限延伸，趨近永恆。

雷諾斯別過頭。山普森咬緊牙關。林克看了萊德莉最後一眼，將火柴舉至籌碼上方，讓它掉落山普森手心。

頃刻間，世界只剩雪白。

灼目火光與熱流將所有人轟飛，林克重重撞上後方的牆壁，萊德莉摔倒在他身旁，雷諾斯雙膝跪地。

只有山普森保持站立。他平舉手臂，手心捧著激烈閃爍的火球，刺眼得宛如豔陽。他舉起火球，朝走廊底端的出口投擲出去。

執行雷諾斯的計畫。

數秒之內，火舌捲上天花板的木梁以及牆壁的木板。

媚妖俱樂部即將帶著雷諾斯的夢想，付之一炬。

「該走了。」山普森說。他全身冒煙並沾滿灰燼，不過毫髮無傷。

林克拉著萊德莉站起身。「等我們出去以後，提醒我買一件新上衣送你。」

「你的衣著品味我看不上眼。」山普森笑也不笑。他專注地盯著三人。「除非你們想烤焦，不然一定要緊緊跟著我。」

「臥倒找掩護。」林克說。「懂。」

山普森對上他的視線。「我不是在說你那種三級的火辣。」

「我大概猜到了。」

火勢在眾人眼前蔓延，每一秒伴隨巨響不斷擴展勢力。木材在劈啪聲響中斷裂，彷彿整棟建築在臨死前活了起來。地下室走廊已經濃煙瀰漫，烈焰如潮水般滾過天花板。山普森踏入火炎，即使事先聽過雷諾斯的說明，映入眼簾的畫面仍然不可思議——火潮捲離山普森的身體，被限制在他附近的牆上，宛如暗黑之子周圍裹著一層泡泡。

面對凡人火焰時，他確實擁有防護罩。

雷諾斯驚恐地看著火焰吞噬整個房間，從四面八方圍剿他們。每當山普森前進一步，便有更多火舌侵入他們身後的空間。

林克朝泡泡邊緣伸出手。

「別亂來。」山普森說。「它只對我有效，混種夢魔。」

林克讓手垂下，然後拍拍暗黑之子的肩膀。「你真的是萬磁王呢。」

「跟緊了。」

萊德莉跟在林克身後，雷諾斯一隻手扶著她的背。

我們會成功。非成功不可。

雖然火焰會自行遠離山普森，但空氣的溫度不斷上升，四周的牆壁、地板與天花板開始坍塌，化為灰燼、火炎與焦黑的木塊。

地板震顫不已，木板在他們腳下塌陷。山普森帶領他們走下長廊，這是場攸關生死的跳格子遊戲。

然後，全員逃走中正式開始。

他們能聽見四面八方傳來的凌亂腳步聲與尖叫聲，即使熊熊烈焰燒得建築劈啪作響仍聽得一清二楚。

火災警報器一個又一個啟動，尖銳警報聲充斥整幢建築。

尖叫聲逐漸變響——又逐漸靜下來。

一定是佛珞依德跟妮骷髏把大家都帶出去了，就像她們說的那樣。

萊德莉腦中只剩這個念頭。

至少，這是她腦中唯一的願望——希望她們能帶領樓上的人群逃離現場，因為她不願面對另一種可能性。

那兩個女孩和山普森一樣剛強，說不定比他還厲害。

就算是妮骷髏。就算是現在。

四位超自然生物快步走在廊上，火焰被隱形防護罩逼得向上竄。

計畫進行得很順利，直到天花板一條橫梁開始斷裂。

在聽見聲響前，萊德莉就先感覺到了。**我的手燒起來了。為什麼我的手會燒起來？**她低頭看見戒指亮起紅光。

不好的事情要發生了。

「林克——」她開口。

但最先看到的是雷諾斯。「萊！小心——」

萊德莉抬頭的同時，一大塊熊熊燃燒的木材坍落下來。

她尖叫著向後跳。

不！

雷諾斯試圖推著她前進，然而他們兩人與山普森的距離已經太遠。火舌掃過地板朝他們襲來，橫梁砸落時也帶倒了萊德莉。現在，劈啪燃燒的木梁硬生生擋在山普森與林克身後，隔開了萊德莉與雷諾斯，大火迅速包圍兩人。

我看過這一幕。雷諾斯黯然心想。**這就是結局**。念頭尚未消失，下一個想法接踵而至。

不，不行。我不會讓這個未來成真。

「萊！」林克的喊聲從濃煙裡傳來。

雷諾斯抱起倒地的萊德莉。困惑與焦慮在她臉上交戰。「有我在，小女妖。」濃煙灼燒他的肺臟，他劇烈咳嗽。眼前只剩火海，什麼也看不見，世界在他們四周崩塌。失去了暗黑之子的保護，他們撐不了多久。

雷諾斯在濃煙中找尋山普森的身影，然而眼睛只能勉強看見前方一、兩公尺。山普森不回來肯定有原因，雷諾斯知道他不可能丟下他們不管。

雷諾斯跌跌撞撞地離開走廊最炎熱的地方，一隻手將萊德莉緊緊擁在胸前，另一隻手扶著石牆前進。炎壁逐漸逼近，煙塵與火星隨著濃煙撲面襲來。

不是現在。不是這樣。

雷諾斯退回一扇門前牆壁的凹陷處，暫時躲避火焰與熱氣。

但他們的選項越來越少了。

身後的門上了鎖，他們被火勢困在原處，林克與暗黑之子不知所蹤。

萊德莉不知所措地咳嗽。「我們被困住了，對不對？」雷諾斯無奈地左顧右盼，但他搖頭否認道：「我會想辦法的，萊。我保證我們能逃出去。」

我們逃不出去了。

雷諾斯調整姿勢，意圖用自己的身軀替萊德莉阻隔火焰，然而現在他也和萊德莉一樣咳個不停，背部的灼痛超過了能夠忍受的臨界點。

刺痛的雙眼緩緩闔上。

「諾斯，不要走。」他隱約聽見萊德莉的呼喚，從非常遙遠的地方傳來。

我在這裡。他心想。嘴巴發不出聲音了。

沒救了——這是第二個浮現的念頭。他們永遠出不去了。

對不起，萊德莉。對不起，因為闇影總是如影隨形地跟在我身邊，他們跟著我找到了妳。

「別這樣，諾斯！張開眼睛。我就在這裡。」

他的頭垂落萊德莉肩頭。

「雷諾斯！」山普森在火中大喊。

濃煙從中分開，山普森毫髮無傷地衝出炎壁。他兩手分別抓住萊德莉與雷諾斯——滾燙熱氣突然散去。得救了。「那個混種夢魔剛剛暴走了，一直喊著要自己回來救她，我費盡全力才在西拉的手下看到他之前把他打暈，丟到安全的地方。」

「我們得趕快帶她出去。」雷諾斯竭力抬起頭顱。

「我沒事，可以自己走。」萊德莉恢復平時的語調，雷諾斯也感覺好多了。現在睜開了眼睛，他的視線再也離不開萊德莉。雷諾斯知道，這很可能是最後一次近距離看她了。

山普森領著兩人走到最後的樓梯口。林克就癱倒在階梯旁。雷諾斯與萊德莉能感覺到新鮮空氣一陣陣吹來。

外面的世界近在眼前。

雷諾斯大口喘氣，將萊德莉拉近。

「謝天謝地。」他說。

萊德莉努力呼吸空氣，並沒有說話，不過她朝雷諾斯伸出一隻手。

雷諾斯靠近她的臉，調整自己的呼吸，讓雙脣最後一次擦過她的面頰。然後他放開萊德莉，將她推向山普森。「妳得走了，小女妖。」

「你是說，我們得走了。」她仍然握著雷諾斯的手。

山普森轉身背對他們，在驅離火焰的同時，努力給雷諾斯與萊德莉獨處的空間。時間所剩無幾。

「我們得按計畫行事。有人必須留下來面對西拉，否則他不會相信你們兩個已死。」雷諾斯說。

「不，我已經說過了，我們已經討論過幾百次了。我不會把你留在這裡面對他們。」

「我很快就會追上你們的，但是我要先演一齣戲給西拉看——總不能抱著妳去騙西拉吧？我必須從正門走出去，等一切都平息下來的時候，我們會在外面的世界碰頭的。」

「你說謊。」萊德莉說。

她說得沒錯。

雷諾斯仰望天花板焦黑的橫梁。**這些梁木還能撐多久呢？**他非讓萊德莉明白不可。「等西拉發現你們還活著，他一定會天涯海角追捕你們。我留下來才能幫助妳——你們得逃出紐約，去哪裡都好，只要是很遠很遠的地方就行。」

照明設備開始一個個爆裂。

陳舊的酒瓶開始爆開、起火。

他們身後，又一條梁柱砸落地面。

俱樂部即將崩塌。

萊德莉咬住嘴脣。「那我的賭債呢？我欠你的賭債怎麼辦？你難道忘了嗎？」

雷諾斯伸手從口袋取出某樣物品，按在她手心。「拿去吧，它歸妳了。」

萊德莉的手指握住其貌不揚的籌碼。「諾斯。」她說。

「我沒有忘記。妳的一切我都記得。」雷諾斯柔聲說。「而且妳不欠我任何東西，也永遠不會欠我任何東西。」

「你也知道那是謊話。」

「妳不是幫我找了個鼓手嗎？」

「你也知道，我說的不是那筆賭債。」

雷諾斯張開手臂擁住她，將她用力抱緊。「小女妖，妳欠我的——妳從一開始就欠著我的——不是能在賭桌上輸掉或贏得的東西，即使賭的是才能、人情、法力也一樣。」

萊德莉語音顫抖。「那是欠莊家的賭債，諾斯，是你說的算。只要是我能給的東西，你說一聲我就得給你。」

「我知道。」雷諾斯說。**我比誰都明白，因為我每天都在想這件事情，想了幾千幾萬遍**。「真希望我從來沒有贏得那筆賭債。如果我沒有逼妳來到這裡就好了。如果我沒有要求妳找鼓手就好了。那全部都是個天大的錯誤，我對不起妳。」語句中的事實——以及表露無遺的情感——無可抗拒。

萊德莉斜身，用全力丟出籌碼，丟入熾焰赤紅的心臟。

一滴淚水滾落她的臉，她用沾滿黑灰的手背擦拭面頰。「我原諒你。」

女妖的淚珠。

雷諾斯只見過另一名女妖哭泣，那是他母親，亞伯・雷將她從家人身邊奪走的那一日。雷諾斯一直忘不了那一刻。

也永遠不會忘記這個瞬間。

他並沒有目送山普森扛著萊德莉從後門離開。騙局做得很嚴謹，萊德莉如人偶般癱軟，全身上下都是黑灰，西拉及他的手下不可能知道小女妖的心臟依舊在胸口搏動。

令人不安的畫面。

我可能再也沒機會見到她了。我不想記得她現在的樣子。雷諾斯若有所思地摩娑手指，她的淚水仍留在指尖。

我想記得的是這個。

雷諾斯轉身走向俱樂部的門。也許，這就是最後一次。

待他終於逃離這棟建築時，媚妖俱樂部已不復存在。他看著消防員朝房屋的架構與剩餘的屋頂噴水，以免火勢蔓延至附近的建築物。

凡人的火焰，凡人的消防員。他們頗為擅長自己的工作，可惜隔天早上這些記憶就會消失。

一輛黑色運動型休旅車在他面前的人行道旁停下。漆黑的車窗搖下，西拉·雷紳士帽下的眼眸直直盯著他，隨後瞟了俱樂部的殘骸一眼。「你有保險嗎，小子。」

繼續虛張聲勢，再一次就好。

為了她。

雷諾斯回想自己的母親，回想發現父親身亡那一夜。他回想起自己悲哀的一生中，發生過的每一件慘事。然後，他回憶起唯一更痛苦的事——萊德莉被鎖鏈禁錮的未來。就像被關在牢籠裡的母親。

以及他此時的感受。

完完全全空蕩蕩的。

雷諾斯抬起充血的雙眼，對上西拉毫無感情的瞳眸。「你到底要什麼，西拉？」

他揮手示意被大火吞噬的俱樂部。「我什麼都沒了。我已經沒有能給你的東西了。」

西拉點燃雪茄，開門下車。他走至雷諾斯身邊，拍掉雷諾斯燒焦上衣肩膀處的灰燼。「你這樣說話真令人難過啊，孩子。總會有東西留下來的。」

恐懼竄遍雷諾斯的血管。

別表現出任何反應。

戴著紳士帽的夢魔將手臂掛在雷諾斯肩上，隨即卡緊他的頸項。

雷諾斯呼吸困難地奮力反抗。

「你以為我會被你爛到不可置信的演技騙過嗎？我知道你把那個小賤人放走了。」西拉臂彎卡得更緊，完全阻斷雷諾斯的呼吸。「你是個傻瓜，蓋茲，就像你老子一樣。你為了一個女妖拋棄自己的性命，但是你愚蠢的奉獻對她並沒有任何幫助，因為她的小命也快走到盡頭了。」

西拉的司機打開後座車門，西拉將雷諾斯扔上車。即使是年紀不輕的夢魔，西拉的胳膊仍如鐵一般堅硬。**一生以別人的法力為交易籌碼，最後就會變得和他一樣**。車門「砰」的一聲關上時，雷諾斯心想。**身為同行，我再清楚不過**。

雷諾斯諷刺地輕笑。他從來沒想過，自己和西拉·雷有如此多的共同點。

空氣撕開了他的肺臟，每一次呼吸都宛若窒息。雷諾斯知道西拉·雷會殺了他——並會因此樂不可支——但自己的未來對他而言已經不重要了。

因為雷諾斯已經看過她的未來，那是第三個版本，也是最終的版本。萊德莉·杜凱人生最後的時日，他已經看了最後一眼。

今天送給她，明天只能由天使決定了。

黑暗，從最開始便源源不絕。

雷諾斯·蓋茲比誰都清楚。無論你是推動命運之輪的人，或是眼睜睜看著它以破竹之勢朝你滾來的人，到最後的最後，黑暗一定會找上你。

但願知曉這個道理的，只有他一個人。

汽車開始移動，雷諾斯闔上雙眼。

他快失去意識了。

早在第一次見面，我就該說出我對她的想法了。這是我唯一的遺憾。在多年前，我們都還是小孩的時候……

在巴貝多的沙灘……

我初次遇見這世界上唯一能夠理解我的人——擁有與我相同的能力，能切身體會我心中感受的女孩。

我早該告訴她的。

雷諾斯眼前蒙上黑暗，沒能說出口的理由悄悄從指縫溜走。

後續
回歸黑暗

離開紐約的道路快速鋪展開來，與前往紐約時無異。不過這回，露西貝兒坐在前座的巫師與四分之一夢魔中間，喉頭發出滿足的呼嚕聲。

「這隻貓有什麼毛病吧？她難道不曉得我們在逃亡嗎？」萊德莉毛躁地說。

「當然不曉得，她是隻貓。」

「露西貝兒跟三姊妹一樣超愛聊八卦。」萊德莉說。「她什麼都知道好嗎？我們在努力逃離地下巫界的人渣，公寓已經不安全了，整個紐約市都沒有我們的容身之處，搞不好這整個國家都是西拉・雷的眼線。這隻笨貓不該在那邊呼嚕呼嚕的。」

萊德莉焦躁地抖來抖去。就算是再也看不到一座城市，她也不在乎。她只知道她和林克擁有彼此，他們還活著。

還能活多久呢？

「別一直回頭看。」林克說。

「沒辦法啊，我又不想死。」萊德莉說。「而且我覺得我——我們被人監視著。」

「妳不會死。好吧，妳會死，我們所有人都會死，但不是現在。」儘管嘴上這麼說，林克還是踩油門加速。「如果諾斯搞定他的部分，那西拉・雷不可能知道我們在哪裡，也不知道我們要去哪裡——而且樂團其他人早就跑得不見蹤影了。」

萊德莉瞥了一眼窗外的景色。她不願去想雷諾斯，他此刻做了什麼或沒有做什麼，他為了留下來斷後犧牲了什麼。「我們不可能永遠躲著西拉。」

「不要急著幫我下定論，我超會躲的！去年哈波校長幾乎一整個學期都找不到我。這是我的眾多天賦之一。」林克俏皮地眨眨眼。萊德莉知道他所言不虛，況且林克幾乎時時刻刻都躲著自己的母親，在躲藏方面算是經驗豐富的老手。她想，現在林克的隱身技能應該足以媲美莎凡娜・史諾引人注目的技能。

「西拉不是哈波校長。」萊德莉仍然沒把握，不過林克已經令她稍微安下心，話語一如既往地撫平了萊德莉緊張的情緒。

「是沒錯，可是西拉也不是史上最強嗜血夢魔。說不定我們可以甩掉他，說不定我們可以爭取一些時間。」

直到亞伯再度加入戰局。萊德莉暗忖。**但願那天永遠不會到來**。

「那現在呢？」她看向林克。他們又一次回到了老爺車，回到了林克故事的開頭與結尾。現在一想，蕾娜初次遇見伊森也是在這輛車上。老爺車看盡了世間冷暖，到現在還能發動實在是奇蹟。

林克斜斜望了萊德莉一眼。「現在？什麼意思？」

「我們不能回紐約。」

「太太您說得沒錯。我們不能回紐約，除非妳想在安息園安居樂業。」林克說。

「不過既然都掛了，要飄去哪裡都不成問題了。」

「別開玩笑了，我是認真的。你根本不曉得我們現在面對的是什麼對手，基本上我們已經被判處死刑，我們玩完了。忘了女妖之歌吧，不會再有人雇用你了，你可以現在跟你的音樂生涯說再見。」**拜託**。萊德莉在心中哀求。**拜託，拜託說再見**。

林克輕敲方向盤。「啊呀，我的小雞翅。」

萊德莉幾乎尖叫出聲。「不准。那樣。叫我。」

他笑嘻嘻地無視她的發言。「親愛的，我們只是在紐約玩完而已。我之前講過那麼多次妳都沒在聽嗎？我不是說了，有一堆樂團從來沒去過紐約，還不是照樣轟動搖滾界？」

萊德莉只能定定地看著他。「你瘋了，你知道嗎？」

「雖然我沒有樂團，不過我還有妳，不是嗎？」

「不是一直都如此嗎？」

「妳沒回答我的問題。」

林克撥開她的長髮，露出晶瑩剔透的「S」耳環。「這是什麼？」

「耳環嗎？我忘記取下來了。」女妖（Siren）的S。媚妖（Sirene）的S。**來自某個巫師衣櫃的耳環**。它們讓萊德莉想起大都會博物館頂樓，想起星光下的晚餐。

地獄舞會的灰姑娘。她心想。

「那是真的鑽石嗎？」林克注視著她。「還是別告訴我好了。」他搖搖頭。「我贏不了。」

「贏不了什麼？」萊德莉開始自我意識過剩，她將捲髮撥回原位。

「贏不了紐約市先生。他的炫，他的錢，我一樣都贏不了。」

「『紐約市先生』救了我們一命。」她說。

「是從他自己手上救了我們一命。嚴格來說，他只是破壞他原本陷害我們的計畫而已。」

「我不想『嚴格來說』。」

「我不是他，我永遠不會是他。」林克視線鎖定前方的馬路。「我是個南方鄉下男孩，我送妳的耳環一定是購物中心買來的。妳應該早就知道了。」

萊德莉心中，某種東西碎裂了。不願面對的情感吞噬了她全身，太多太多，她已經不知所措。

我擁有的事物，我失去的事物。我擁有的人們，我失去的人們。

但是萊德莉和林克活下來了，他們在一起，他們擁有現在，他們擁有彼此。這才是最重要的。

如果她能對林克表達這些情感就好了。

萊德莉看著林克。「我不希望你成為別人。你就是來自南卡羅來納州蓋林鎮的衛斯理．林肯。」

「妳說的話真的很甜，甜心。我喜歡妳這份甜，我也很想相信妳。」

「林克。」

「拜託，妳我都很清楚，我這種人在雷諾斯．蓋茲眼裡就是螻蟻。」

萊德莉輕觸他的肩膀。「那些我都不在乎。笨蛋，我要你吻我啊！」

話說出口的瞬間，她發現這就是自己的心聲。

林克咬著嘴脣思索。「不行，妳不能因為某一次在巷子裡跟我擁吻，然後覺得我很可憐就跟我在一起。」

「我們不是在巷子裡。快吻我。」

「我說了不行。如果我們要在一起的話，一定得是因為我們都想跟對方在一起。因為我們尊重對方，然後需要對方，還有愛——」

「吻我。」萊德莉說。

林克緩緩在高速公路的路肩停車。

他下了老爺車，繞到副駕駛座的門外，打開車門。他單膝跪地，因為除此之外他高大的身體無法平視萊德莉。

萊德莉從座位上俯視他。「我能為你做什麼嗎，衛斯理・林肯？」

「萊德莉・杜凱，妳心裡真的有那麼一丁點笨笨的妳，愛著那麼一丁點笨笨的我嗎？」

她熱淚盈眶地凝視著他。如果林克第一次說「我愛妳」的時候，她用力抱住他、親吻他可愛的臉、承認自己也一直愛著他的話，這一切就不會發生了。他們就不會吵架。她就不會逃離美國，也不會逃離凡界。她就不會試圖在賭桌上忘卻自己。

「苦痛俱樂部」這個名字取得真好。那是她失去一切的地方。自從她踏進那間俱樂部，她和林克的生活就只剩無盡苦痛。但是當萊德莉誠實面對自己時，她不得不承認，在那之前她已經度過了痛苦的三個月。

為什麼？

因為她無法開口對這個笨笨的男孩——自己碎裂的笨心臟中，每一條肌肉都深愛著的男孩——說出她愛他，全心全意、深入骨髓，說自己從來沒有如此深愛一個人。

萊德莉無法回到乍奚王，無法回到那個夏日午後，因為太痛苦了。她無法沿著錯誤的道路回到交岔路口。

於是，她闔上雙眼哭泣，用力地哭泣。

她融入林克的懷抱，將臉埋入他寬闊的肩膀，哭得亂七八糟的鼻子貼著他刺刺的頭髮。從林克第一次告白那日起，他就一直等著她。

衛斯理・林肯終於得到了答案，即使那個答案是沾在脖子上的鼻涕，即使萊德莉・杜凱已經哭得說不出話，只能勉強點頭。

即使他已經等了很長一段時間，比連續鯊魚週還要長，比一整個暑假的普遍級電玩還漫長，甚至比桑莫市舉辦的「樂團全武行」還漫長。

林克不介意。剩下的他可以慢慢等，即使要用漫長的餘生等待。

因為此時此刻，史上最長——至少，這位巫師與這位四分之一夢魔之間的史上最長——冷戰終於甜蜜地告一段落。

他們終於在一起，準備對全世界宣戰。

或是永遠躲在世界的某個角落。

他們目前尚未定好計畫。

「下一個問題，親愛的。」

「你今天問題好多，頂克小子。」萊德莉雙腳翹在林克腿上，林克一面開車一面握住她粉紅色的腳趾。

她動動腳趾，惹得林克微微一笑。

「最後一個，我保證這個問題比上一個簡單。」

「好吧。」萊德莉說。

「我們該回蓋林鎮嗎？」

他錯了。這個問題也不容易回答。

這個問題主導了一百哩路程的對話。

儘管萊德莉很想回答「是」——她從沒想過自己有一天會這麼想回蓋林，回到蓋林鎮所代表的一切——她內心深知不能將危險帶到自己在乎的人們身邊，甚至連她與林克的目的地也不能告訴他們。

因為對手是西拉·雷。**更糟的是，還有亞伯**。

「那我們該去哪裡？如果不能留在紐約，也不能回家的話？」萊德莉還沒想好答案。

「妳剛剛說蓋林鎮是『家』？」

「別逃避問題。」萊德莉邊逃避問題邊說。

林克露齒一笑，拍拍方向盤。「我們該上哪去呢？妳和我，兩個人？寶貝，這是音樂與魔法之旅！我知道該去哪裡，我們只有一個目的地。」

「嗯？」

「沒錯。這本來是我自傳的第十章……我有跟妳說過嗎，我的自傳？《卡羅萊納巨星》？」

萊德莉想了片刻。「〈林克維加斯萬歲〉？」

「不是那個，那是假的魔法。而且那是第十二章的事——還有白老虎喔——等我的喉嚨唱到壞掉，而且吃太多花生醬變成大胖子以後的人生計畫。」林克朝她眨眼。

萊德莉露出笑容。喉嚨還沒壞掉嗎？她實在聽不出來。「所以要去哪呢，搖滾小子？別在告訴我之前死在馬桶上啊。」

「拜託，那還不是最慘的死法。」

是不是最慘的死法萊德莉不敢說，不過至少不是大火，也不是牢籠。不曉得雷諾斯預見的第三個未來——最終版本——是什麼呢？

他到最後仍不願說出口的未來。

萊德莉又看向林克。「快說，我們要去哪？」

林克正要告訴她時，廣播電臺開始播《天堂之梯》，他們靜了下來。

這是老爺車上唯一的規則。

林克的回答可能得等幾分鐘了。

萊德莉用手指捲弄一綹粉紅色長髮，開始思索眼前未知的未來，以及遺留在身後的過去。

林克高聲歌唱，音樂在車內飄蕩，風呼嘯而過。萊德莉開著車窗，一手掛在窗外享受溫暖陽光。高速公路一側有牛，一側有馬，放眼望去是一球球用繩索綁好的牧草，像極了生日禮物盒。

以一個心臟飽受摧殘、人頭掛著懸賞令的人而言，萊德莉感覺挺不錯的。她的戒指輕敲車子外殼，她看不見戒指是否發光，此時她也不在乎。

也是因此，她沒有看見朝他們直衝而來的卡車。

甜心寶貝——

人們說，當時油箱燃燒的火焰足足有兩層樓高。

搖滾小子，你不准離開我——

老爺車的後車箱？像摔在地上的手風琴一樣徹底撞爛。

階梯。**火焰**。**天空**。

《天堂之梯》持續播放，直到收音機被火舌吞噬。

未完待續

作者鳴謝

無數人投入了心血，將林克與萊德莉以及巫界的故事在《危險魔物》系列呈現給讀者們。這六個月對我們而言是一場奇蹟。

我們的經紀人：瑪格的莎拉・伯恩（以及哲內出版經紀的所有人）與卡蜜的茱蒂・理摩（以及作家之屋出版經紀的所有人），謝謝你們一如往常優雅、超棒的合作。

我們的編輯：瑪格的凱特・蘇利凡與卡蜜的艾林・史丹，還有前編輯茱莉・契納，謝謝你們不只是耐心、傑出，而且從一開始就熱情支持#林克萊德莉陣營。

小布朗出版青少年圖書部門的出版組、銷售組、編輯組、營銷組、廣告組、學校與圖書館、美術編輯與校對組，謝謝你們為了世界各地的巫師奔波忙碌。

各位老師、圖書館員、書商、部落客、記者、tumblr 使用者、推特甜心們、臉書粉絲、各路親朋好友、作家朋友、參加 YALLFest 書展的朋友們，還有**親愛的讀者們**（**注意：就是你！**），你們都是巫師世界的一分子，你們是**人類史上最棒的粉絲團**。

我們為各位獻上巨大的——衛斯理・林肯式的——感謝。

我們尤其感謝我們各自的家人，你們是我們生命中的至愛，我們每一天都充滿了你們的魔法。

路易斯、愛瑪、梅與凱特，亞歷克斯、尼克與史黛拉，我們會把最大的櫻桃棒棒糖留給你們。

XO，
瑪格&卡蜜

奇炫館

危險魔物

（原名：Dangerous Creatures）

著　者／卡蜜・嘉西亞&瑪格麗特・史托爾（Kami Garcia & Margaret Stohl）
譯　者／朱崇旻
榮譽發行人／黃鎮隆
執 行 長／陳君平
協　理／洪琇菁
總 編 輯／呂尚燁
美術總監／沙雲佩
美術編輯／李政儀
執行編輯／許晶翎
企劃宣傳／楊玉如、施語宸、洪國瑋
國際版權／黃令歡、梁名儀
文字校對／施亞蒨
內文排版／謝青秀

出　版／城邦文化事業股份有限公司　尖端出版
台北市中山區民生東路二段一四一號十樓
電話：（〇二）二五〇〇―七六〇〇
傳真：（〇二）二五〇〇―二六八三
E-mail：7novels@mail2.spp.com.tw

發　行／英屬蓋曼群島商家庭傳媒股份有限公司城邦分公司　尖端出版
台北市中山區民生東路二段一四一號十樓
電話：（〇二）二五〇〇―七六〇〇（代表號）
傳真：（〇二）二五〇〇―一九七九

中彰投以北經銷／楨彥有限公司（含宜花東）
電話：（〇二）八九一九―三三六九
傳真：（〇二）八九一四―五五二四

雲嘉經銷／威信圖書有限公司　嘉義公司
電話：（〇五）二三三―三八五二
傳真：（〇五）二三三―三八六三
客服專線：〇八〇〇―〇二八―〇二八

南部經銷／威信圖書有限公司　高雄公司
電話：（〇七）三七三―〇〇七九
傳真：（〇七）三七三―〇〇八七

香港經銷／城邦（香港）出版集團有限公司
香港灣仔駱克道一九三號東超商業中心1樓
電話：（八五二）二五〇八―六二三一
傳真：（八五二）二五七八―九三三七
E-mail：hkcite@biznetvigator.com

新馬經銷／城邦（馬新）出版集團 Cite（M）Sdn. Bhd.
E-mail：cite@cite.com.my

法律顧問／王子文律師　元禾法律事務所
台北市羅斯福路三段三十七號十五樓

二〇二二年三月一版一刷

■中文版■

郵購注意事項：
1.填妥劃撥單資料：帳號：50003021戶名：英屬蓋曼群島商家庭傳媒(股)公司城邦分公司。2.通信欄內註明訂購書名與冊數。3.劃撥金額低於500元，請加附掛號郵資50元。如劃撥日起 10～14日，仍未收到書時，請洽劃撥組。劃撥專線TEL：(03)312-4212 ・ FAX：(03)322-4621。E-mail：marketing@spp.com.tw

國家圖書館出版品預行編目資料

危險魔物 / 卡蜜．嘉西亞（Kami Garcia），瑪格麗特．史托爾（Margaret Stohl）作．朱崇旻譯．-- 1版．-- 臺北市：城邦文化事業股份有限公司尖端出版：英屬蓋曼群島商家庭傳媒股份有限公司城邦分公司發行，2022.03

面；　公分

譯自：Dangerous Creatures

ISBN 978-626-316-549-6（平裝）

874.59　　　　111000285